Les 79 carrés

Castor Poche
Collection animée par
François Faucher, Hélène Wadowski,
et Martine Lang

Titre original :

THE 79 SQUARES

Une production de l'Atelier du Père Castor

MALCOLM J. BOSSE

LES 79 CARRÉS

Traduit de l'américain par
ROSE-MARIE VASSALLO

Illustrations de
CHRISTIAN BROUTIN

Castor Poche Flammarion

Malcolm J. Bosse

L'auteur est né à Détroit. Il écrit depuis l'âge de quatorze ans.

« Lorsque j'étais enfant, j'écrivais pour le plaisir, maintenant c'est mon moyen d'existence. Le côté le plus difficile du travail de l'écrivain, c'est la demande physique que cela implique. Durant mes déplacements fréquents, mon épouse et mon fils m'accompagnent toujours.

« J'ai écrit *Les 79 carrés* à la suite d'un rêve où un garçon prisonnier m'apparaissait étendu dans l'herbe et comme prisonnier d'un mur invisible. »

Du même auteur, dans la collection Castor Poche :
Ganesh, n°79.

Rose-Marie Vassallo

La traductrice vit en Bretagne, près de la mer.
« Lorsque l'on vient de lire un livre et d'y prendre plaisir, on éprouve le désir de le propager. Et l'on s'empresse de le prêter à qui semble pouvoir l'aimer. Mon travail de traductrice ressemble à cette démarche : partager ce qui m'a plu. »

Christian Broutin

L'illustrateur de l'intérieur est né le 5 mars 1933. Il découvre très tôt le dessin en copiant Grandville et Gustave Doré. Après des études classiques, il est élève à l'École normale des métiers d'art et sort premier de sa promotion. Christian Broutin est l'auteur d'une centaine d'affiches de films ainsi que de nombreuses couvertures de livres et de magazines. Depuis 1976, il travaille également pour l'étranger.

Romain Slocombe

L'illustrateur de la couverture est né à Paris en 1953. Auteur de bandes dessinées et illustrateur pour la presse et l'édition, il a écrit plusieurs romans pour la jeunesse. Passionné par l'Extrême-Orient, il vit à Paris avec son épouse japonaise et leur fille.

1. Le jardin

De leur banquette au fond du café, les quatre lui faisaient de grands signes.

– Hé, Solo ! Solo, on est là !

Solo. C'était le nom qu'ils lui avaient donné. Et c'était par ce nom qu'Éric avait su qu'il était admis dans la bande. Ils n'avaient pas de cérémonial, pas de rituel initiatique. Ils ne se donnaient même pas le titre de « bande ». Leur seul lien était leur refus de se joindre à quelque activité que ce fût – sportive, musicale ou autre – organisée par le collège. Leur seul signe distinctif, leur marque d'exclusivité, c'étaient ces noms qu'ils s'étaient donnés : Zap, Horse, Superkool et Bones. S'étant d'eux-mêmes coupés du reste du monde, ils exigeaient les uns des autres une fidélité absolue. Quiconque appartenait à la bande s'excluait par là de tout le reste.

Tout comme les quatre autres larrons, Éric avait laissé tomber, au cours de l'année écoulée, jusqu'à la dernière des activités émanant peu ou prou du collège. Et les premiers jours de ces vacances d'été les voyaient se réunir quotidiennement tous les cinq, en fin de matinée toujours, le plus souvent chez Larry devant des hamburgers et des coca-cola. Isolés qu'ils étaient du commun des mortels, ils ne pouvaient compter que les uns sur les autres, et le mot d'ordre était impérieux : on reste ensemble et on se tient les coudes. Chacun devait son temps à la bande, et si l'un d'eux, un jour, manquait au rendez-vous chez Larry, c'était le lendemain un interrogatoire implacable :

– Où c' que t' étais, hein, hier? Qu'est-ce que t' étais allé faire?

Solo ne manquait jamais un seul jour, conscient de n'être encore admis qu'à l'essai au sein de la bande. Il se souciait particulièrement de l'effet qu'il produisait sur Superkool – Superkool qui, sans être officiellement le chef, imposait le respect, plus que Horse qui pourtant le dominait d'une tête. Superkool était un adolescent râblé, aux cheveux blonds plutôt longs, et auprès de qui nul ne se sentait d'humeur à plaisanter. Il portait toujours un couteau sur lui et se disait prêt à s'en servir si quiconque lui cherchait noise. En réalité, il n'avait jamais fait de mal à une mouche, et Horse l'accusait de trop regarder la télé. N'empêche que personne ne s'était jamais risqué à tenter de lui retirer son arme.

A peine Solo venait-il de se glisser sur le vinyle de la banquette, à côté de cette boule de muscles, que les trois autres se levaient pour gagner la piste de bowling. Solo ne bougea pas ; il attendait le signal. Mais Superkool restait assis devant son coca, l'air songeur. Il se tourna soudain vers Solo, avec un sourire en coin. Est-ce que par hasard Solo n'aimerait pas fumer un peu d'herbe ? Le cœur de Solo se mit à tambouriner ferme. Jamais encore il n'avait tâté d'aucune substance de ce genre. Mais il était hors de question de refuser, et il accepta sur-le-champ. Quelques instants plus tard, il suivait Superkool au long d'un itinéraire savant, de pelouse en jardin, de fossé en ravine.

Chemin faisant, l'autre expliquait par le menu toute l'astuce de la manœuvre. C'était un copain du collège, un grand, qui revendait de la marijuana quand il en avait en rab. Comme il était l'un des rares à refiler de l'herbe aux plus jeunes, on se passait le tuyau en douce. Le problème, c'est qu'il fallait faire gaffe... Ils longèrent un trottoir, traversèrent la chaussée en face d'un pavillon, et Superkool siffla doucement. Le copain connaissait le signal ; s'il était chez lui, il irait les attendre là-bas, au coin de la rue. Solo prenait des airs entendus, de peur de laisser voir son ignorance. Il marmottait de temps à autre : « Ah ouais, je vois ! » et suivait le mouvement.

Ils venaient de se hisser du creux d'une ravine pour déboucher sur un jardin ensoleillé lorsqu'ils s'immobilisèrent tout à coup. Non loin de là, à moins de vingt mètres, devant une façade aux planches grises, un vieil homme était assis dans un fauteuil de jardin. Il était difficile de dire s'il faisait un petit somme ou s'il était éveillé. Ses mains osseuses pendaient inertes par-dessus les bras du fauteuil, et il ne bougeait pas du tout. Malgré la douceur de cette matinée de juin, une écharpe de tartan était enroulée autour de son cou maigre. Deux touffettes de duvet blanc se hérissaient, saugrenues, de chaque côté de son crâne, qu'il avait hormis cela entièrement chauve et qui luisait au soleil comme un parchemin poli par le temps. Mais ce qui frappa les garçons, lorsqu'ils s'enhardirent à faire quelques pas en avant, ce fut cette paire d'yeux dardée sur eux, intense. Des yeux d'un bleu profond, du même bleu que le ciel, justement. Et soudain une main maigre se souleva d'un bras du fauteuil et leur fit signe d'approcher. Le visage fripé s'animait d'un sourire, mais ce sourire n'avait rien d'amical.

– Dites, vous autres, leur lança le vieil homme d'une voix étonnamment sonore, vous ne demandez pas la permission, vous, quand vous traversez un jardin ?

Les garçons, cloués sur place, ne savaient plus que faire ni que dire.

– Vous m'entendez ? Je vous ai posé une question. Vous ne demandez jamais la permission, vous autres, avant de passer chez quelqu'un ? Toi, oui, toi. Tu pourrais répondre quand on te parle.

Il pointait vers Solo un index noueux.

Solo consulta son compagnon d'un coup d'œil et haussa les épaules.

Mais le vieil homme ne désarmait pas.

– Elle a quelque chose de drôle, ma question ? Hein ? On peut savoir ?

– On ne savait même pas que vous étiez là, plaida Solo.

Le vieil homme pinça les lèvres, se renversa contre le dossier de son fauteuil.

– Bon, admettons, dit-il. Comment t'appelles-tu ?

– Pouvez m'appeler Solo ; ça suffira bien.

– Et toi ?

– Ça vous regarde ? siffla Superkool.

Le vieil homme eut un gloussement.

– Eh bien, la politesse n'a guère fait de progrès, ces quarante dernières années. Je te repose donc ma question, poliment : *Comment t'appelles-tu ?*

– Et vous ?

– Moi ? M. Beck. Et je te remercie, tu es bien aimable de t'en informer.

Les deux garçons, décontenancés, échangèrent un regard, puis se tournèrent à nouveau vers le

vieil homme, qui grimaçait un large sourire.
– J'avais presque oublié qu'il existait des garçons sur cette terre, ma foi, poursuivait-il. Pas sûr que je serais encore capable de deviner leur âge. Toi, par exemple (il désignait à nouveau Solo), je te donnerais dans les douze ans, c'est ça ?
– Je vais en avoir quatorze, rectifia Solo, choqué.
– Tu vois ? Qu'est-ce que je disais ? commenta le vieil homme avec un petit rire attristé. J'ai perdu jusqu'à la notion des âges.

Une fois de plus les garçons échangèrent un regard.
– Et maintenant, dis-moi donc ton vrai nom, Solo, reprit soudain le vieil homme.

Solo se contenta de le regarder fixement, sans mot dire.

M. Beck alors retrouva son sourire maléfique.
– Bravo pour la politesse, vraiment ! dit-il. (Il s'inclinait en avant pour mieux scruter ses visiteurs.) S'il y a une chose qui n'a guère changé, ces quarante dernières années, c'est bien les gosses mal élevés. Toujours les mêmes, à ce que je vois, depuis la dernière fois que j'ai eu affaire à cette espèce-là. Hmm. Les choses vont et viennent et disparaissent, mais les gosses mal élevés, ça, c'est éternel. Pas vrai ?

Il en frappait de bon cœur le bras de son

fauteuil, comme pour une excellente plaisanterie.

Les adolescents ne détachaient pas leurs yeux de cette tête boucanée, de cette écharpe de tartan, de ce pantalon gris trop grand et de ces chaussures noires plantées là sur le gazon, incongrues, comme si elles n'avaient rien à voir avec cette silhouette trop grêle et comme prête à s'envoler, telle une brindille, à la première bourrasque venue. Le vieil homme n'était qu'une paire d'yeux, deux mains maigres et un sourire acerbe.

– Viens donc, murmura Superkool en faisant un signe à Solo. On met les voiles.

– Ho, toi ! l'arrêta M. Beck, impérieux. Combien je parie que tu as un couteau sur toi, hein ? Dis voir le contraire, qu'on s'amuse un peu !

Superkool, malgré lui, ouvrit plus grands les yeux.

– Qu'est-ce qui vous fait dire ça ?

– Tiens pardi, benêt ! Rien qu'à la bosse qu'il fait dans ta poche, n'importe qui pourrait...

– 'videmment, je suis scout.

Le vieil homme laissa échapper un gloussement.

– Toi ? Boy-scout ? Tu veux rire !

– Et alors ? Qu'est-ce que vous en savez ?

– J'ai l'œil, moi, figure-toi. Je sais regarder. J'ai ma méthode.

Les deux garçons pouffèrent de rire et échangèrent un coup d'œil qui disait clairement : « Complètement gâteux, le pauvre vieux. »
– Bon, tu viens ? reprit Superkool.
Il fit quelques pas en direction d'une clôture.
– Minute ! ordonna M. Beck. Écoute-moi d'abord. Si tu tiens à te balader avec un couteau sur toi, débrouille-toi pour que ça ne crève pas les yeux, d'accord ? Tu en dis trop long, avec ça. J'ai connu un gars, dans le temps, qui en savait un bout sur tout ça ; c'est de lui que je tiens ce que je te dis là. (Il s'éclaircit le gosier.) Allez, blanc-bec ! Tu peux filer, maintenant.

Superkool étudia un instant le vieux visage dédaigneux, puis, haussant les épaules, il s'éloigna d'un pas nonchalant, les mains dans les poches. Chemin faisant, il émit un bâillement appuyé.
– Bon, je me tire ! lança-t-il à Solo comme il atteignait la clôture.
– Et toi, reste donc ici une minute ! ordonnait à Solo le vieil homme.
– Mais oui, va, reste donc un peu à lui tenir compagnie ! ricana Superkool. Tu connais l'adresse. On s'y retrouve.
– Il a raison, dit M. Beck. Reste ici une minute, histoire de voir à quel point je déraille.

Superkool, toujours ricanant, avait franchi

d'un bond la barrière et s'enfonçait dans le jardin voisin.

L'espace d'un instant, Solo fut à deux doigts de suivre son compère. Rien ne le retenait ici, après tout, hormis la curiosité pure. Les poings sur les hanches, il toisait le vieil homme d'un regard de défi.

– Tiens, approche donc un peu, se radoucit M. Beck. Je ne suis pas fou, va !

Solo hésita, s'approcha lentement, s'immobilisa à quelques pas du vieil homme.

– Merci, dit ce dernier. Je voulais simplement voir de plus près quelqu'un d'aussi jeune... J'ai quatre-vingt-deux ans.

Quatre-vingt-deux ans. Il avait donc sept ans de plus que le grand-père de Solo le jour de sa mort. Et pourtant Solo, pendant un temps, avait bien cru que son grand-père était le plus vieil homme sur terre. Grand-père s'était battu, au cours de la Seconde Guerre mondiale. En Italie, contre les Allemands.

– Vous avez fait la guerre ? s'entendit-il demander au vieil homme.

– Laquelle ? Ce n'est pas le choix qui manque, tu sais.

– La Deuxième. La Seconde Guerre mondiale.

– Non, j'étais occupé ailleurs, pendant cette guerre-là. Pour la Première, je m'étais engagé, par contre. Mais je ne suis jamais allé jusqu'en France.

– La *Première* Guerre mondiale ?
– Jamais fait celle de Corée, ni du Viêt-nam non plus. J'en ai entendu parler, c'est tout, avait repris M. Beck sur un ton étrangement pensif, comme si le souvenir lui revenait de ce qu'avait été sa vie, au temps où se déroulaient ces guerres.

Soudain, il se fit impérieux :
– Regarde-moi.

Le garçon posa son regard sur le vieux visage.
– Regarde-moi bien !
– C'est ce que je fais.
– Non, mieux que ça. En pensant à ce que tu regardes.
– Mais c'est ce que je fais ! s'exaspéra le garçon.
– Alors, dis-moi ce que tu vois. Ce que tu vois *exactement*. Tous les coups sont permis.

Lorsque les adultes le mettaient à l'épreuve, et surtout d'une manière qui le déconcertait, Solo avait une réponse toute prête :
– Je ne sais pas.
– Je m'en doute bien, que tu ne sais pas ! dit le vieillard sur un ton bourru. (Il balaya du bras l'air lumineux de l'été.) Et là, autour de toi, partout, qu'est-ce que tu vois ?

Le garçon jeta un bref coup d'œil circulaire.
– Ben... un jardin, je suppose.
– Voilà. Je m'y attendais, triompha le vieil homme. C'est la stricte réalité – tu supposes. Tu

supposes, mais tu n'en es pas sûr. Tu regardes, et tu ne vois pas. Mais moi, je pourrais te le montrer, tout ce qu'il y a à voir ici. Je pourrais t'apprendre à regarder pour de bon. Voilà plus de quarante ans, maintenant, que je regarde – que je regarde tout, dans le détail, minutieusement. Tu penses si je sais faire ça bien !

Solo se sentait mal à l'aise. Il n'avait qu'un désir : rattraper Superkool. Même si cela signifiait, ce qui ne l'enthousiasmait guère, qu'il allait falloir fumer de la marijuana pour la première fois. Ce serait moins pénible, en tout cas, que d'écouter radoter ce petit vieux complètement cinglé. Pourtant, sans savoir pourquoi, il restait cloué sur place, fasciné par ces yeux d'un bleu intense.

– Alors ? poursuivait M. Beck. Qu'en dirais-tu ? Crois-tu que tu aurais assez de trempe pour tenter le coup ? Tu te sentirais de taille ou pas ? Dis. Tu veux essayer de le regarder, ce jardin ? (Le garçon ne disait rien et le vieil homme se mit à rire sur ce fond de silence.) Tu me crois complètement sinoque, n'est-ce pas ? Eh bien, je vais te dire : c'est toi qui es sinoque, si tu ne reviens pas ici, demain, pour apprendre à *regarder pour de bon* ce jardin !

Solo ne répondit pas. Il se remit en marche, le plus naturellement possible, pour repartir par là où il était venu – la ravine. A la lisière de la

pelouse, il marqua une halte et, par-dessus l'épaule, lança entre ses dents :
– Mon vrai nom, c'est Éric.

*
**

A son réveil, il faisait grand jour. Un rayon de soleil baignait son torse nu, et la lumière trop vive le fit cligner des yeux. Il tenta vainement de se souvenir de son dernier rêve, mais sans pouvoir en capter les images. Un coup d'œil sur le lit d'à côté l'informa, à son soulagement, que son petit frère était déjà levé. Roddy, à neuf ans, était assez grand pour jouer les fléaux, et trop petit pour être un copain. Éric aurait aimé avoir sa chambre à lui, et il l'aurait eue à coup sûr sans le triste épisode des carreaux cassés. L'affaire lui avait coûté son intimité.

Des bruits familiers montaient du jardin. Une voiture reculait dans l'allée. A en juger d'après le feulement de l'embrayage, c'était la Porsche ; et c'était Mère qui effectuait cette marche arrière, avec sa témérité habituelle. Il attendit encore, étendu sur son lit, et bientôt lui parvint le ronronnement grave et régulier de la Cadillac s'engageant dans la rue : c'était Père, cette fois – la manœuvre était plus prudente. Éric jeta un coup d'œil sur sa montre (une montre que lui avait value une bonne note en maths, l'année précédente). Encore une minute ou deux, et ce serait sa sœur aînée qui foncerait vers son travail, un job d'été au restaurant McDonald du coin... Peu après, en effet, la porte claquait à la volée : Susan était partie à son tour. Et comme Roddy, à l'heure qu'il était, devait être en route pour le terrain de sports, ce dernier claquement signifiait que la maison était déserte. Chacun s'était envolé de son côté. Depuis l'épisode des carreaux cassés, Éric faisait de son mieux pour rencontrer le moins possible les membres de sa famille.

L'incident avait eu lieu vers la fin de l'année scolaire. Un jour, en sortant de chez Larry, Bones et Éric avaient foncé sur leurs vélos, les dents serrées, sans intention précise, mais vibrants du désir d'exprimer haut et clair leur rancœur à l'égard du collège et de l'avenir tel qu'ils le voyaient. Ils avaient pédalé, pédalé, jusqu'à se retrouver là, comme par hasard, devant leur collège endormi et plongé dans l'obscurité, ce collège qu'ils allaient quitter, mais pour en retrouver un autre qui ne leur souriait pas davantage. Ils avaient contemplé en silence ces grands bâtiments où ils estimaient avoir été floués, grugés, manipulés comme des marionnettes. Ils étaient venus là sans préméditation, comme la limaille de fer attirée par l'aimant.

– On y va, avait dit Éric.

– Où ça ? Quoi faire ? avait demandé Bones.
– Chercher des munitions.

Ils avaient à nouveau enfourché leurs vélos et pédalé dare-dare vers une carrière abandonnée. L'heure du dîner était passée depuis longtemps, mais ils étaient retournés au collège, leurs sacoches pleines de cailloux. Avec une froide détermination, ils avaient empilé leur caillasse devant la bâtisse assoupie.

Et Bones, en pouffant de rire, avait levé les yeux vers les fenêtres où miroitait le clair de lune.

– Tu crois qu'on va vraiment le faire ? Pas sûr qu'on en soit cap...

Alors Éric, pour toute réponse, avait lancé la première pierre. Ce verre qui avait volé en éclats, c'était comme un exorcisme. C'était comme si ses souvenirs du collège, et son appréhension de l'établissement suivant, se fracassaient à leur tour en cascade. Avec une sorte de rage, il avait jeté une deuxième pierre ; il avait mis dans ce geste tout le poids de ses frustrations, réelles et imaginaires. Bones à son tour avait visé, et envoyé voltiger une grosse pierre. Bientôt c'est d'une grêle de cailloux qu'ils arrosaient tout le bâtiment, mais cette tâche les absorbait tant que les éclairs d'un gyrophare surgi à l'autre bout de la rue avaient échappé à leur vigilance. Ils n'avaient saisi l'horreur de la situation que lorsqu'une voix les avait hélés : « Plus un geste, et restez où vous êtes ! » Il était trop tard pour fuir.

Traînés au poste de police, ils étaient passés aux aveux immédiatement, encore qu'aucun d'eux n'eût été en mesure d'expliquer aux adultes la raison de leur geste. Et comme cet acte de vandalisme était leur premier délit, tous deux s'en étaient tirés avec sursis et mise à l'épreuve. Ils étaient officiellement, pour six mois, « en liberté surveillée ».

C'était moins d'une semaine après cette aventure que la bande, pour la première fois, avait appelé Éric par ce nom inédit – Solo. Pourquoi Solo ? Probablement, s'était-il dit, à cause de ses habitudes solitaires, mais il n'avait bien sûr jamais posé la question. Il n'était que novice, dans cette bande. D'une certaine manière, au fond, il était doublement « à l'épreuve » : au regard de la loi, d'abord, mais aussi aux yeux de la bande.

A présent qu'il était seul, il pouvait se lever et aller déjeuner. Il descendit les marches trois à trois, en avalant de l'air qu'il se faisait un plaisir d'éructer bruyamment. Un petit tas de vaisselle sale attendait, sur un coin de la table, l'arrivée de la femme de ménage qui venait désormais chaque jour, depuis que Mère était accaparée par tant de réunions diverses qu'elle ne restait plus guère à la maison.

Il se fit griller du pain et mit à réchauffer le reste de café que sa mère avait laissé pour lui sur un coin de la cuisinière. Il était tacitement admis par l'ensemble de la famille qu'Éric pouvait prendre ses repas seul. En réalité, au moins pour le petit déjeuner, il préférait de loin manger seul, de toute manière. Il pouvait ainsi, en déjeunant, regarder tout à loisir les feuilletons télévisés du matin sur le petit poste de la cuisine, pratique que sa mère condamnait formellement. Pourtant il les aimait bien, ces feuilletons ; la vie y semblait tellement plus colorée, plus dense qu'elle ne l'était à Forest Park !

Il engloutit cinq tranches de pain, généreusement surmontées de beurre et de confiture, et but trois tasses de café noir – mais pas une goutte de jus d'orange, contrairement à la prescription maternelle. Tout en mangeant il suivait des yeux, sur le Sony, le drame de cette pauvre Laura Miles en train d'informer le docteur Rollins que le bébé qui venait de mourir n'était pas le sien, mais le rejeton de Grace Andrews, avec qui son mari, Richard, avait eu naguère une liaison. Elle ajoutait qu'il valait mieux regarder les choses en face, et son mari entrait dans la pièce juste au moment où le docteur Rollins, pour tenter de la consoler, venait de lui enlacer l'épaule. L'épisode se terminait sur l'image dramatique des trois protagonistes figés dans un cocktail de mimiques, savant dosage de stupeur, de colère et d'angoisse mêlées. Éric éteignit le poste et s'en fut errer à travers la maison. Il se retrouva bientôt à l'étage, passa devant la chambre de Susan. Inutile d'essayer d'ouvrir sa porte, elle la fermait toujours à clé. Bah ! de toute façon, il ne devait pas y avoir grand-chose de bien intéressant, là-dedans. Il fit quelques pas dans sa chambre, jeta un vague coup d'œil sur les jouets de Roddy et ses propres modèles réduits. Il devait bien y avoir un an qu'il n'y avait pas touché, à ces trucs-là ; mais Roddy n'aurait le droit de mettre la main dessus que dans un an, au plus tôt. Il bâilla, regarda machinalement par la fenêtre. Il y avait presque toujours, dans ce quartier plus qu'aisé, quelque camion de livraison d'où descendait un homme en casquette venu remettre un paquet. Éric consulta sa montre. Non qu'il fût pressé par le temps, mais il préférait libérer la place avant l'arrivée de la femme de ménage. Elle était bien gentille, mais vraiment trop bavarde. Il redescendit l'escalier en traînant les pieds et retourna devant la télévision. Il aurait bien volontiers regardé un autre feuilleton, malheureusement il n'y en avait plus à cette heure-là. Le choix se résumait à des jeux télévisés et une émission pour les tout-petits. Ce n'aurait pas été la première fois, à vrai dire, qu'Éric aurait regardé une émission pour tout-petits – détail qu'il se serait refusé à admettre devant quiconque, qu'il n'admettait qu'à contrecœur par-devant lui-même. Mais il éteignit le poste.

Il se servit un dernier café tiède et, tout en le sirotant, réfléchit à ce qu'il allait pouvoir faire avant le rendez-vous quotidien chez Larry. Il y avait bien la solution d'aller chez Superkool à vélo, mais Éric s'était rendu compte qu'il n'y était guère le bienvenu. Cinq fois déjà, depuis le début des vacances, il était allé là-bas, mais Mme Lindblum, chaque fois, lui avait répondu que son fils n'était pas là, alors même qu'au moins par deux fois Éric l'avait vu lui faire signe à la fenêtre. Superkool avait beau fumer de l'herbe et porter une arme, il n'était pas autorisé à faire entrer chez lui un camarade qui avait eu maille à partir avec la police.

Le souvenir lui revint de l'incident de la veille. Après la rencontre de ce drôle de bonhomme dans son jardin, il s'était scrupuleusement rendu à l'endroit convenu pour y rejoindre Superkool. Il avait bien retrouvé l'endroit en question, mais, de Superkool, point. Il avait patrouillé dans tout le quartier pendant une bonne demi-heure, en vain. Peut-être le fournisseur d'herbe avait-il envoyé paître Superkool, mais ce n'était pas une raison. L'autre aurait tout de même pu attendre dans les environs. S'il s'était agi de quelqu'un d'autre, Éric aurait exigé des explications ; on ne laissait pas comme ça les gens en plan, sans les prévenir. Mais, s'agissant de Superkool, il savait déjà qu'il ne piperait pas.

Il sortit de la maison pour gagner le garage, dont le battant s'ouvrait automatiquement. Père était fasciné par tout ce qui fonctionnait comme par magie, sur un effet de presse-bouton ; son gadget favori, pour l'heure, c'était ce signal électronique qui faisait s'ouvrir la porte du garage. Éric inspecta son vélo, tripota vaguement le pignon des vitesses, donna un petit coup de pied dans les rayons pour vérifier qu'ils tenaient bon. Il y avait des types qui s'y connaissaient joliment, en matière de vélos. Zap, par exemple. Ce gars-là, rien qu'à voir un vélo, même à trois rues de distance, il était capable de vous en dire la marque, le modèle exact, le nombre de vitesses et le prix, toutes taxes comprises, à la boutique du coin. D'un geste nonchalant, Éric donna un autre coup de pied dans le pneu avant. Il laissa échapper un long soupir. Non, ce qu'il allait faire, sans doute, en attendant l'heure d'ouverture chez Larry, c'était plutôt un petit tour à pied. Il traversa la pelouse de derrière et se laissa glisser le long de la ravine abrupte, au fond du jardin. Il avait découvert depuis longtemps qu'en suivant ces ravines on pouvait pratiquement traverser toute la ville, hormis le quartier des affaires. Il avait déjà parcouru un bon bout de chemin quand il réalisa brusquement où il allait. Il en fut le premier surpris. Il n'avait certainement pas eu l'intention d'aller par là, ni de retourner voir ce jardin et ce vieux bonhomme complètement cinglé dans son fauteuil d'osier. Et pourtant, manifestement, c'était bien ce qu'il faisait. Comme il gravissait le flanc de la ravine, son rêve du matin lui revint tout à coup. Il était auprès de l'étrange vieux bonhomme, qui ricanait et racontait Dieu seul savait quoi, dans une langue dont Éric ne saisissait pas un mot. Non, il n'allait tout de même pas retrouver ce vieux gâteux ? Oh ! et puis après tout ! Une façon de tuer le temps, en attendant l'heure d'aller rejoindre les autres.

Il effectua un rétablissement et se retrouva dans le jardin.

*
**

Le vieil homme était assis exactement au même endroit que la veille, avec la même écharpe autour de son cou décharné. Mais à côté de lui, sur une table, il y avait un pichet et des verres – deux verres.

Éric tournait déjà les talons lorsque le vieil homme le héla, triomphant :

– Juste à l'heure !

Le garçon jeta un coup d'œil par-dessus son épaule ; l'autre lui faisait signe de revenir.
– Juste à l'heure, tu arrives juste à l'heure !
– Jamais dit que je viendrais, marmonna Éric en revenant néanmoins sur ses pas.
– Non, tu ne l'avais pas dit, mais ça ne fait rien, tu es bien à l'heure.

Éric fit quelques pas dans l'herbe et s'arrêta.
– Approche donc. Je ne vais pas te mordre.

Éric ébaucha un sourire et s'avança sur la pelouse. A quelques pas du fauteuil du vieil homme, il s'immobilisa, muet.
– Je t'offrirais bien de la citronnade, mais tu ne l'as pas encore méritée. Rien sans peine, dans ce jardin.
– Jamais dit que je voulais quelque chose, non plus.
– Non, mais tu verras, tu auras soif, après le boulot.
– Le boulot ? Jamais dit que je voulais travailler.

Éric, baissant le nez, écrasait l'herbe machinalement, de la pointe de ses chaussures. De la folie furieuse, voilà ce que c'était. Rien de tout cela ne tenait debout. A commencer par l'idée saugrenue de revenir se pointer là.
– Qu'est-ce que tu regardes ? demanda le vieil homme tout à trac.
– Rien. Mes pompes.

– Bien dommage.

Éric releva le nez, perplexe.

– Quoi ? Qu'est-ce qui est dommage ?

– Que tu regardes tes pieds, et pas autre chose. Il y a tant et tant d'autres choses à voir !

Cette voix vibrante et pleine de ferveur acheva de décontenancer Éric.

– Tiens, dis-moi plutôt ce que tu vois là, autour de toi, reprit M. Beck. Maintenant, là, en ce moment.

– Beh, un jardin.

– Un jardin ; ça veut dire quoi, un jardin ? Dis-moi ce que tu *vois !*

– Euh... J' sais pas.

– Bon, ça va, dit froidement le vieil homme. Si tu veux t'en aller, libre à toi.

– Mais c'est pourtant vrai : je ne sais pas.

– Alors, regarde, bon sang ! C'est seulement si tu regardes que tu sauras, cré nom d'une pipe !

La ferveur bourrue de cette dernière remarque plut à Éric, et il parcourut le jardin d'un regard appliqué.

– Voilà, conclut-il au bout d'une ou deux minutes. J'ai regardé.

– Alors dis-moi. En détail.

– Je vois la maison.

– Tu veux dire la façade arrière de la maison. Côté est.

– Oui, 'videmment, marmonna Éric, repris par l'impulsion de fuir.

Pourtant il resta sur place, piégé par cette voix sonore et ces yeux bleus au regard intense.

– Dis-moi exactement ce que tu vois, à partir de l'angle nord-est.

Éric examina le treillis qui recouvrait le mur du petit garage.

– Des fleurs.

– De quelle espèce ?

– Je ne sais pas.

– Des ipomées. Des « gloires du matin », si tu préfères. Dans moins d'une heure, elles seront refermées. (Le vieil homme esquissa un geste d'impatience.) Continue. Et ensuite ?

Non sans hésitations, mais avec méthode, Éric alors décrivit point par point ce qu'il voyait dans ce jardin. Un massif de fleurs. Un arbre. Un buisson. Une clôture. Un autre massif de fleurs. Un arbre. Un buisson. Quand il en eut terminé, il contempla l'ensemble, les poings sur les hanches. Le jardin lui semblait plus vaste qu'au début de son inventaire.

– Terminé ? Tu es sûr ? s'informa M. Beck.

Et comme Éric hochait la tête, affirmatif, il eut un petit rire.

– Non, tu as oublié quelque chose.

Éric balaya tout le jardin d'un regard circulaire, bien convaincu de n'avoir rien passé sous silence.

– Et le bain d'oiseaux ? lui fit observer M. Beck sans indulgence.

– Ah ! oui, c'est vrai.
– Ah ! oui, c'est vrai, l'imita M. Beck, sarcastique. Bon, maintenant, tu es prêt ? On s'y met ?
– A quoi ?
– Au projet dont je t'ai parlé hier. T'apprendre à regarder ce jardin.
– Mais c'est ce que je viens de faire !

Le vieil homme allongea le bras vers la table et y saisit quelque chose d'une main qui tremblait. Il lança l'objet à Éric, qui le rattrapa au vol. C'était un mètre à ruban métallique, enroulé dans son boîtier d'acier.
– Allez ! Mesure-moi ce jardin.
– Comment ?
– J'ai dit : mesure ce jardin. Relèves-en les dimensions, soigneusement. Toutes les dimensions. Cherche combien mesure chaque arbre, chaque massif. Quelle est la hauteur du treillis. Le diamètre du bain d'oiseaux. Tu mesures tout, absolument tout, sauf nous autres. (Il indiquait du geste un petit carnet sur la table.) Et tu notes tout au fur et à mesure.

Les yeux d'Éric recontrèrent le regard bleu, profond. Ils soutinrent la confrontation un moment, puis se détournèrent, vaincus.
– D'accord, dit-il.

Le vieil homme alors lui conseilla de maintenir au sol le mètre à ruban à l'aide de petits bouts de bois fourchus ; il n'avait qu'à aller s'en tailler sur un arbre, dans la ravine. Ce disant, le vieil homme indiquait un couteau de cuisine, sur la table.

Les lèvres serrées, Éric prit le couteau et s'engagea dans la ravine, à la recherche de branches basses. Il en saisit une, ajusta le couteau dans sa main et s'arrêta dans son geste. Mais qu'était-il donc en train de faire ? Relever les mesures d'un stupide jardin pour un pauvre vieux complètement maboul ? Et d'abord, à quoi jouait-il au juste, le vieux bonhomme ? Et pourquoi, oui, surtout pourquoi, lorsque ce vieil homme lui donnait un ordre, Éric lui obéissait-il ? Sans y penser, pourtant, il avait mis son couteau à l'œuvre. Il eut bientôt ce qu'il lui fallait et remonta dans le jardin.

L'heure qui suivit le vit absorbé par le maniement du mètre à ruban. Il le déroulait, l'ancrait au sol, prenait la mesure, notait le chiffre obtenu. Jamais de sa vie encore il n'avait effectué de mesures avec autant de sérieux, mais il est vrai que jamais encore il n'avait senti peser sur lui un regard aussi intraitable. A peine avait-il fini de mesurer l'un des côtés du jardin qu'il s'entendait ordonner de renouveler l'opération, une deuxième fois, puis une troisième, afin d'être assuré de ne laisser nulle place à l'erreur. Après la troisième mesure, il eut droit à un hochement de tête approbateur.

– Parfait, déclara le vieil homme. Si nous prenons la moyenne des trois mesures obtenues, nous obtenons donc trente-cinq pieds sept pouces un quart pour le côté ouest du jardin.

On aurait pu croire, à l'entendre, qu'il énonçait un record olympique.

– Continue, ajouta-t-il.

Éric s'exécuta. Tout au long de la matinée, il s'affaira, son mètre à ruban à la main. Sur une page du carnet, il avait dressé un petit plan du jardin et il alignait méthodiquement le résultat de ses mesures. C'était un peu idiot, comme travail, mais après tout, se disait-il, faire ça ou peigner la girafe ! Au bout d'un long moment, M. Beck lui proposa un verre de citronnade. Le vieil homme avait beau ressembler à un costume élimé qu'on aurait bourré de paille, il était loin d'avoir perdu la tête. Éric lui adressa un bref sourire, et l'autre lui sourit en retour. Les glaçons de la citronnade avaient fondu depuis longtemps, mais le breuvage était encore bien frais. Éric vida son verre d'un trait. Il jeta un coup d'œil sur son tee-shirt mouillé de sueur ; le coton lui collait à la peau.

– Ça fait du bien, de boire un coup ? s'enquit le vieil homme, qui trempait à peine les lèvres dans son verre.

Éric fit signe que oui.

– Tiens, reprends-en donc.

Éric remplit à nouveau son verre. Le vieil homme laissa échapper un soupir.

– J'ai été marin, dans le temps, quand j'étais jeune. Oh ! c'était il y a très longtemps, j'ai à peu près tout oublié – après tant d'années ! Mais s'il y a une chose dont je me souviens, c'est bien d'un certain gobelet d'eau, un jour, après avoir trimé comme un nègre sous un soleil de plomb.

Éric se tut. Il attendait l'évocation d'autres souvenirs, de ces souvenirs que les vieilles gens semblaient inévitablement ressortir à un moment où à un autre de la conversation. Son grand-père, en particulier, était intarissable sur le chapitre du passé. Mais M. Beck, apparemment, en avait déjà terminé. Malgré toute la curiosité que lui inspirait le vieil homme, Éric lui en fut reconnaissant. Il trouvait toujours difficile de prêter une oreille attentive à ce que racontaient les gens âgés. Il avait du mal à les imaginer, tout faibles et rabougris qu'ils étaient à présent, en train d'accomplir ces hauts faits, ces grands déploiements d'énergie dont ils disaient avoir jadis été les auteurs. Aussi est-ce avec soulagement qu'il s'entendit renvoyer au travail, afin de terminer sa série de mesures. Sa tâche menée à bien, il essuya la sueur qui lui embuait les yeux et contempla, satisfait, son petit plan de jardin terminé. Ce plan de jardin, c'était son œuvre. Mais qu'était-il censé en faire, à propos ?

Comme en réponse à cette question muette, M. Beck décréta d'une voix égale :
– Tu n'en as pas terminé, tu sais.

Éric releva les yeux de son plan.
– Tu croyais que c'était tout, qu'ensuite ce serait fini ? poursuivait le vieil homme en fronçant le sourcil. Tu te figurais qu'il suffisait de le mesurer, ce jardin, pour le connaître à fond, pour le faire entrer à la fois dans ta tête et dans ton cœur ?

Éric hésita un instant, puis répliqua sans sourciller :
– Je ne me figurais rien du tout.
– Parfait, c'est beaucoup mieux comme ça, encaissa le vieil homme, enjoué. C'est beaucoup mieux et, il faut le dire, tu as tout de même avancé un peu, c'est un commencement. Tu en sais un peu plus long sur ce jardin, sur ses dimensions, son tracé. Malgré tout, sais-tu, en réalité, à quoi il ressemble ? Non. C'est comme de dire d'un homme qu'il mesure un mètre soixante-dix et qu'il pèse soixante-cinq kilos. Voilà qui ne te renseigne guère sur ce qu'il est, et encore moins sur ses actes et sur ses pensées ; ça ne te dit rien de ce qu'il aime ou qu'il déteste, rien non plus de ses rêves. (Il abattit la paume de sa main sur le bras du fauteuil.) Bien. Mais fini pour aujourd'hui. A quatre-vingt-deux-ans, on se fatigue.

– Voulez-vous que je vous aide à rentrer ? demanda étourdiment Éric.

Les yeux bleus se réduisirent à l'état de fentes.

– Je suis encore capable de me traîner tout seul sur cette distance, merci.

Éric comprit trop tard sa maladresse. Ce n'était certes pas commode d'avoir affaire à un vieil homme de cette trempe.

– Bon, mais voulez-vous que je rapporte le pichet et les verres ?

– Ma fille s'en chargera quand elle rentrera, dit le vieil homme.

Éric haussa les épaules et jeta un regard autour de lui. Un long silence embarrassant s'était refermé sur eux.

– Alors à demain, finit par dire M. Beck.

Éric déposa le mètre à ruban sur la table et fit demi-tour pour repartir.

– Non, garde-le ! Tu en auras encore besoin.

Et il le lui lança comme une balle.

Une fraction de seconde, Éric se demanda s'il devait dire merci. Mais quelque chose de froid sur les traits du vieil homme l'en dissuada formellement. M. Beck, sans doute, signifiait par là qu'il entendait bien le voir revenir dès le lendemain pour continuer le travail – quel que fût, au fond, ce mystérieux travail. C'était comme s'il se tissait entre eux, par-delà l'immense différence d'âge, des liens indéfinissables – comme s'ils étaient deux explorateurs qui ne pussent compter que l'un sur l'autre pour survivre. Oui, c'était un peu quelque chose comme ça, se disait Éric en se coulant dans la ravine, et l'image lui vint à l'esprit de deux hommes emmitouflés faisant front, côte à côte, au vent glacé de l'Antarctique. Il était presque au fond de la ravine lorsqu'il entendit le vieil homme lui crier :

– A demain ! Sois bien à l'heure !

***

Ragoût et salade composaient le dîner chez les Fisher, ce soir-là. Mère avait naguère pris des cours de cuisine, mais elle n'avait jamais le temps d'exercer ses talents, aussi la femme de ménage préparait-elle dans la journée des daubes et des ragoûts qui mijotaient doucement en attendant le soir.

Éric engloutit son ragoût ; l'exercice au grand air lui avait aiguisé l'appétit. Sa portion avalée, il posa les mains de chaque côté de son assiette et regarda manger sa sœur. Susan avait tendance à prendre du poids, si bien qu'elle était toujours au régime et qu'elle attaquait chaque repas comme un grenadier une bataille – tendue, sur le qui-vive, la mine soupçonneuse. Elle manipulait sa fourchette d'une main nerveuse, habile à débusquer les veines de gras qui persillaient la viande, n'avalant chaque bouchée qu'après l'avoir dûment expurgée de cette matière grasse traîtresse. Ce que le restant de la famille ignorait, c'était la faim canine qui harcelait Susan par la suite – Éric seul était au courant. Tous les soirs ou presque, elle se glissait jusqu'à la chambre de son frère, passait la tête à la porte et lui demandait avec une feinte nonchalance s'il n'avait pas, par hasard, quelque sucrerie à lui « filer ». Il en gardait dans ses tiroirs rien que pour elle. Ils s'étaient rarement heurtés de front, elle et lui, depuis des mois, mais ce n'était pas non plus la grande confiance ; chacun restait sur ses gardes, circonspect. Pour Éric, ces sucreries étaient autant d'offres de paix.

Roddy avait nettoyé son assiette et il regardait devant lui, dans le vague. Éric s'émerveillait du flegme de ce petit frère. Roddy ne commettait que rarement de faux pas à l'égard des adultes – il savait d'instinct que faire pour leur plaire. Père et lui semblaient faits pour s'entendre – un même naturel placide, une humeur égale, beaucoup de constance dans les petites habitudes. Père, par exemple, absorbait son repas selon un ordre bien défini, à une cadence imperturbable. La viande en premier, les légumes ensuite, la salade pour finir. Le rituel ne variait jamais.

Mère, par contre, mangeait par à-coups au rythme de sa conversation. Tantôt, le temps d'une diatribe, sa fourchette restait en l'air et planait longuement, indécise, tantôt elle plongeait au petit bonheur dans ce qu'il restait dans l'assiette. Ce soir-là, justement, Mère parlait avec flamme de l'une de ses nombreuses activités « sociales » au sein de la petite communauté urbaine. D'ordinaire, Éric coupait le son quand ce genre de sujet revenait dans la conversation, mais pour une fois il dressa l'oreille. Sa mère avait prononcé le terme de « personnes âgées », et il venait de songer à M. Beck. Mère militait entre autres, en bénévole, au sein d'une association qui animait un club pour les personnes « du troisième âge », et ce matin même elle était allée souhaiter la bienvenue à un nouveau concitoyen, un nouvel arrivant du quartier de Forest Park.

– Quatre-vingt-deux ans, annonça-t-elle.

Éric se redressa sur sa chaise.

– Oui, murmura Père, sur un ton qui pouvait aussi bien suggérer une question qu'une approbation.

Et Mère poursuivit son récit. C'était la fille de ce vieil homme qui l'avait pris ici, chez elle, ce printemps. Une demoiselle Beck. (Éric s'assit plus droit, plus raide.) Oui, celle qui tenait la petite boutique de cadeaux, allée du Cottage.

– Oui, commenta Père, qui venait de terminer ses légumes et dirigeait à présent sa fourchette vers la salade.

La fourchette de Mère faisait du sur place au-dessus de son assiette.

– Je suis donc allée chez eux ce matin, d'assez

bonne heure, et j'ai frappé à la porte. Cette demoiselle Beck est venue m'ouvrir, mais je devrais dire m'entrouvrir, parce que c'est à peine si elle a entrebâillé sa porte, même quand je lui ai certifié que je n'avais rien à lui vendre ! J'ai décliné mon identité, mais penses-tu ! Elle n'ouvrait pas davantage. Et voilà qu'un rugissement s'est élevé de l'intérieur – quelque chose de terrifiant, tu n'as pas idée ! J'ai demandé : « C'est votre père ? » Elle n'a pas eu le temps de me répondre. Parce qu'il s'est mis à crier (et je te garantis que, pour avoir de la voix, il en a) : « Fiche-moi dehors cette bonne femme, et plus vite que ça ! »

Éric pouffa bruyamment.

– Ah ! tu trouves ça drôle, toi ? se hérissa Mère. Dis-moi donc ce qu'il y a de drôle là-dedans ! Je prends la peine d'aller souhaiter la bienvenue à un vieil homme, et lui ne trouve rien de mieux que de m'insulter ! Je ne vois vraiment pas ce qu'il y a de drôle là-dedans, je t'assure.

Éric sentit tous les regards se braquer sur lui.

– Désolé, bredouilla-t-il. Je pensais à autre chose.

– Si tu vois quelque chose de drôle là-dedans, reprit sa mère sans désarmer, moi je veux bien, ça m'est égal. Seulement, j'aimerais que tu m'expliques où est l'humour de la chose. C'est tout.

– Mais je t'assure, plaida Éric, je pensais à autre chose.

Et c'était vrai, au fond. Dans la scène qu'il imaginait, sa mère s'avançait dans le jardin pour souhaiter la bienvenue au vieil homme et celui-ci, impérieux, lui tendait son mètre à ruban...

Éric aurait voulu pouvoir leur raconter sa journée, mais que leur expliquer au juste ? C'était une aventure sans queue ni tête. Il n'allait tout de même pas raconter que ce vieil homme de quatre-vingt-deux ans, celui-là même qui avait envoyé sa mère au diable, lui avait fait consciencieusement mesurer son jardin ? Depuis l'épisode des carreaux cassés, le restant de la famille le tenait dans une évidente suspicion. Parler de M. Beck et de son jardin n'avait guère de chances, il s'en doutait bien, de rétablir la confiance perdue.

Le plus sage était sans doute d'oublier le vieil homme.

***

Le lendemain pourtant, Éric était sur place à l'heure dite. M. Beck semblait impatient de lancer le travail. Il commença par demander si l'on enseignait toujours les mathématiques à l'école : Éric allait en avoir besoin pour calculer la surface du jardin. Il n'expliqua pas pourquoi. Éric le connaissait déjà assez pour savoir que l'explication ne viendrait qu'à son heure, pas avant. Puis M. Beck lui fourra dans la main le carnet de notes et déclara que le nom de chaque plante, fleur ou arbre, devait être reporté sur le plan à l'emplacement voulu. Si Éric avait du mal à identifier une plante quelconque, il n'avait qu'à se procurer des manuels et faire des recherches.

Éric se pencha sur son plan. Le ton autoritaire qu'avait pris le vieil homme le heurtait. C'était juste le genre de chose qu'il avait prise en grippe, en classe ; et voilà qu'en vacances, sans rime ni raison, il se faisait donner des ordres par quelqu'un qui n'était même pas un professeur. Pourtant, d'un autre côté, il lui semblait comprendre l'insistance du vieil homme : tant qu'à entreprendre d'étudier le jardin, autant le faire bien, et à fond. Une fleur, ce n'était pas bêtement une fleur ; c'était une rose, ou un bouton d'or. Un arbre était un chêne, ou autre chose. A partir du moment où on se donnait la peine de marquer leur emplacement sur un plan, autant leur donner aussi leur nom précis.

Il prit une large aspiration, comme on prend une décision ; il se procurerait des livres. Il releva les yeux sur le vieil homme pour le lui annoncer, mais il eut la stupeur de voir le vieux visage affaissé vers le bas, menton contre poitrine. M. Beck s'était endormi – d'un seul coup, comme un bébé.

L'espace d'un instant, Éric sentit monter en lui une bouffée de mépris pour cette carcasse usée au fond de son fauteuil, mais l'image lui revint de la paire d'yeux bleus, brûlant d'un feu glacial et qui savait si bien le forcer à faire des choses idiotes, comme prendre en détail les mensurations d'un jardin.

Et maintenant, ce jardin, il allait en calculer la surface, en dépit de son horreur des maths.

Laissant le vieil homme ronfler doucement dans son fauteuil, il rentra tout droit chez lui pour résoudre ce problème. Il sortit ses livres de maths et s'y lança à corps perdu. Enfin il déposa son crayon, satisfait. Il avait abordé la question sous deux angles différents. Le jardin ayant la forme d'un trapèze – un quadrilatère avec deux côtés parallèles –, il avait appliqué les règles de calcul de l'aire d'un trapèze. Résultat : deux mille huit cent cinquante-six pieds carrés. A titre de vérification, il avait ensuite considéré le jardin comme un rectangle et un triangle juxtaposés ; il suffisait d'additionner les deux aires. Résultat : deux mille huit cent cinquante-six pieds carrés. Il tenait sa solution.

Ce devait être ouvert chez Larry, et la bande, sans doute, s'alignait déjà sur le vinyle, dans sa loge favorite, mais Éric avait encore quelque chose à faire avant d'aller l'y rejoindre. Il enfourcha son vélo et pédala jusqu'à la bibliothèque municipale. *Arbres d'Amérique du Nord,* dans la section botanique, semblait répondre à ce qu'il cherchait. Il regarda à « Chêne des marais », parce que c'était l'un des rares arbres qu'il connaissait – il en poussait un au fond du jardin de M. Beck. La description fourmillait de termes qu'il n'avait jamais rencontrés : périanthe, akène, stipule, pauciflore et bien d'autres. Il ne put démêler le pourquoi du comment, dans cette description détaillée, qu'après avoir recherché une bonne douzaine de mots dans un gros dictionnaire. Après quoi il alla se choisir un livre sur les fleurs et se dirigea vers le bureau de la bibliothécaire, ses deux ouvrages sous le bras.

Mais que faisait-il là, bon sang ? Voilà qu'il empruntait maintenant des ouvrages spécialisés sur un sujet qui ne l'avait jamais passionné ! Tout ça, pour quoi ? Pour pouvoir nommer sur un plan quelques dizaines de malheureuses plantes. Tout simplement parce qu'un vieux bonhomme lui avait dit qu'il devait le faire. Qu'en penseraient les autres, s'ils savaient ? Qu'en dirait Zap ? Zap louchait assez fortement ; il était incapable de fixer ses deux yeux sur un même point, et peut-être était-ce pour cela qu'il avait une profonde horreur de l'inhabituel et du moindre changement. Il faisait des gorges chaudes de quiconque s'écartait, si peu que ce fût, des normes de conduite habituellement admises, et le soudain intérêt d'Éric pour les arbres et les fleurs avait peu de chances de lui échapper. Sur quoi Horse renchérirait, à n'en pas douter. Horse était toujours très monté contre tout ce qui n'entrait pas dans le cadre strict de la bande.

A eux aussi, s'il avait pu, Éric aurait voulu parler de M. Beck et de son jardin. Il aurait bien aimé recevoir l'avis d'un tiers sur toute l'affaire – mesurer un jardin, en dresser un plan, en calculer la surface, autant de démarches qui ne lui étaient guère naturelles. Malheureusement il était exclu d'en parler à la bande. Avoir des amis ne signifiait pas qu'on pouvait leur faire confiance aveuglément.

*
**

Le café-restaurant *Chez Larry* consistait en une vaste salle avec un comptoir, plusieurs loges et un juke-box. De larges baies vitrées donnaient sur la rue qui menait au collège. Quelle que fût la saison, l'endroit regorgeait d'adolescents. Le dénommé Larry n'avait pas de problèmes avec eux ; c'était un grand gaillard râblé, une ancienne vedette du club de football local. Son établissement, aux yeux des parents, était certainement l'un des plus rassurants de la ville.

A peine entré, Solo reconnut Superkool dans

la loge du fond de la salle. Il lui adressa un signe, mais Superkool, les bras croisés, se contenta de l'attendre sur sa banquette, les lèvres pincées.
– Où t'étais passé ? s'informa-t-il sans préambule, comme Solo se glissait dans la loge.
– Pas loin, dans le secteur, répondit Solo, évasif.
– Non, hier, je veux dire. Aujourd'hui, d'où tu viens, ça se voit.

Tout en parlant, de la pointe du menton, il désignait les livres que Solo venait de déposer sur la banquette à côté de lui.
– Hier ? J'avais du boulot à faire à la maison. Où sont les autres ?
– Partis faire une partie de bowling. Horse se demandait si tu finirais par te pointer ou non.
– Et toi ? Tu ne joues pas, aujourd'hui ? demanda Solo, dans l'espoir de faire dévier la conversation.

Superkool, en riant, leva une main bandée.
– Non, je me suis coupé avec cette connerie de couteau.

La serveuse arrivait, calepin en main. Les collégiens assuraient qu'elle travaillait chez Larry depuis une éternité, avant même leur propre naissance. Elle n'était certes pas toute jeune. Ses cheveux roux donnaient l'impression de n'être pas vraiment les siens, tant ils changeaient souvent de teinte, et parfois toute une zone de gris apparaissait vers les racines. Elle était maigre et osseuse, et invariablement chaussée de larges et confortables mules.

Solo commença par commander un coca. Elle tapota sur son calepin d'un crayon impatient. « Avec des frites », ajouta-t-il, et elle referma son carnet d'un claquement sec.

– Tu permets ? On peut voir ?

Solo se tourna vers Superkool, qui allongeait le bras par-dessus la table.

– Allez, quoi ! Fais voir.

– Mais quoi ?

– Tes bouquins, c't' idée !

– Pourquoi ?

– Et pourquoi pas ? Passe-moi ça.

A contrecœur, Solo reprit ses livres sur la banquette et les tendit à Superkool.

Superkool cligna des yeux sur les titres. Il émit un petit sifflement.

– Tiens donc ! Tu t'intéresses à la nature, toi ? Depuis quand ?

– Moi ? Oh ! ça fait longtemps, mentit Solo.

– Tu parles ! Ils sont pour quoi faire, au juste, ces livres ?

– Pour lire.

Superkool s'épanouit d'un sourire incrédule.

– Ah ouais ? Bon, enfin, on s'en fout...

Un nouveau disque lançait son brame sur le juke-box. Superkool se mit à claquer des doigts en cadence.

– Je voudrais apprendre à jouer de la batterie, mais mon père est contre. Ce qu'il veut, lui, c'est me voir devenir juriste. Pas de fantaisiste, dans la famille, qu'il dit. Tu aimes ça, toi, la batterie ?
– 'videmment.
– Horse ne voudra jamais te croire.
– J'ai toujours aimé ça, la batterie.
– Non, ton amour de la nature, il ne voudra pas croire. (Il feuilletait les livres, méditatif.) Tu connais ce mec, en septième, là... Kenny Wilson ? Il élève des serpents dans son garage, paraît. Tu fais des trucs comme ça, toi aussi ?

Solo partit d'un grand rire forcé, qui se voulait méprisant.

– Mouais. N'empêche que tu lis quand même ce genre de livres...
– Et alors ? objecta Solo d'une voix neutre. Qu'est-ce que tu lui reproches, à la nature ?
– Oh ! rien, c'est pas ça. Le problème, c'est que tu nous l'aies jamais dit, tu comprends. C'est ça qui cloche : tu ne nous l'avais jamais dit.

On apportait les frites et le coca. Solo présenta le cornet ouvert à son compère, qui en vida la moitié en une seule poignée. Superkool avait les bras et les mains d'un adulte bien développé.

– Au fait, t'es resté combien de temps, finalement, avec ce vieux bonhomme, l'autre soir ?
– Oh ! pas longtemps, dit Solo, immédiatement sur le qui-vive.

– Pourquoi t'es resté, à propos ?
– Comme ça. Pour voir ce qu'il allait faire.
– Ouais ? Et alors, qu'est-ce qu'il a fait ?
Solo but un long trait de coca, pour se donner le temps de chercher sa réponse.
– Il a parlé du temps où il était marin, dans sa jeunesse.
Superkool hocha la tête.
– Je vois. J'ai un grand-père qui est comme ça. A l'entendre, tu pourrais croire que, des gros durs, y en a jamais eu deux comme lui. Toujours à raconter ses souvenirs de bagarres. Remarque, c'est sûrement vrai que comme baroudeur il devait se poser un peu là ! Et pour les gros bras aussi. Je sais qu'il passait mon père à tabac, quand mon père avait notre âge. (Superkool regardait ses mains, comme pour les comparer à celles de son grand-père.) Il a passé trois-quatre semaines chez nous, l'an dernier. Un jour, je sais plus pourquoi, il a commencé à gueuler après moi, et il a défait sa ceinture. Moi je lui ai dit : « 'tention, petit père ! Cogne-moi dessus, et je te fais la peau ! »
Solo observait son camarade — ces longs cheveux blonds de fille, ce regard bleu impassible, ces avant-bras musclés.
– Et... il l'a dit à tes parents ? demanda-t-il.
– Crois pas. (Un sourire subit vint éclairer le visage impénétrable.) Je pense qu'il a dû avoir peur de moi.

Solo se sentit mal à l'aise. C'était une gêne qu'il éprouvait souvent, en présence de Superkool ; il n'aimait guère cette faculté que possédait le garçon de passer brusquement de l'adolescence ordinaire à une sorte d'âge adulte, qui lui faisait voir les choses sous un jour tout différent.

– Au fait, l'autre jour, se hasarda-t-il, je t'ai cherché un bout de temps, moi, à l'endroit où on devait se retrouver.

Superkool inclina la tête de côté. Il avait oublié. Au fond, c'était sa spécialité : vous donner rendez-vous quelque part, et puis oublier de s'y pointer. C'était une de ces choses qui mettaient Horse hors de lui.

– Tu sais bien, expliqua Solo, le rendez-vous avec ce type du collège. Pour le... (Il pencha la tête en avant et poursuivit à voix basse.) Pour l'herbe...

Superkool haussa une épaule.

– Ouais, ça me revient. Ben, ce qu'y a, c'est que l'autre était pas chez lui. Alors, je me suis tiré.

Sans hâte, Solo reprit ses livres, de l'air le plus détaché possible. Il se glissa hors de la loge.

– Eh ! tu finis pas ton coca ?

– Non, tu peux le finir, s' tu veux.

– Bon, alors à demain, dit Superkool en faisant glisser le verre à lui.

– A demain, si je peux, dit Solo.

Et, sur un geste de la main, il se dirigea vers la sortie.

– Si tu peux ? Sûr que tu pourras ! entendit-il derrière son dos.

*
**

Dans la semaine qui suivit, Éric se débrouilla pour rejoindre la bande tous les jours, soit chez Larry, soit à la piscine, soit sur la piste de bowling, mais ses matinées étaient réservées à M. Beck et à son jardin. Il passa des heures le nez dans ses manuels, jusqu'à l'identification sûre et précise de chacune des plantes recensées dans le jardin. Il en inscrivit les noms, en script, sur le plan, à leurs emplacements respectifs. Mais le plan d'origine était devenu un triste torchon, fripé, surchargé, avec des noms dans tous les sens et se chevauchant par endroits. Aussi Éric apporta-t-il une feuille de papier plus grande, un double décimètre, un stylo, pour recopier le plan au propre. Ce travail lui avait pris une semaine entière.

La plupart du temps, M. Beck restait dans son fauteuil, silencieux, son écharpe autour du cou, ses mains noueuses posées sur ses genoux. Son crâne chauve luisait au soleil comme du bois ciré, et ses yeux bleus semblaient fixer quelque chose dans le vague. Mais Éric savait bien que rien n'échappait au vieil homme de ce qui se passait autour de lui dans ce jardin. Il avait repéré par exemple un écureuil qui avait fait son fief du grand noyer blanc. Il l'avait appelé Roger et montrait souvent à Éric où se cachait l'animal. Et lorsque Éric, assis sous un arbre, cherchait un renseignement dans un livre ou inscrivait un nom sur son plan, il ressentait presque physiquement la présence du vieil homme, cette paire d'yeux qui brûlaient dans son dos. Mais ce n'était pas un sentiment désagréable. En réalité, même, c'était bon de le savoir là, dans son fauteuil, somnolent ou le regard alerte. Et pourtant, pas plus qu'au premier jour, Éric n'aurait su dire au juste ce qu'il faisait dans ce jardin. M. Beck n'avait pas même expliqué pourquoi il lui en avait fait calculer la surface. Tout ce qu'avait fait le vieil homme, depuis le début de la semaine, c'était jeter de temps à autre un coup d'œil approbateur sur ce plan dont la complexité allait croissant. Il avait aussi suggéré à Éric de se procurer des livres sur les petits animaux sauvages, les insectes et les oiseaux.

« Tu verras, avait-il prévenu, c'est plus difficile d'identifier les bestioles. Les plantes restent sagement en place. Pas les animaux. » Lorsque Éric marquait une pause pour un verre de citronnade et qu'il contemplait le jardin, il y voyait un chêne des marais, deux noyers blancs, un érable à sucre, trois peupliers d'Italie. Dans la bordure de fleurs inondée de soleil, la débauche de couleurs prenait maintenant toutes sortes de noms pour lui : il y avait là des capucines, des soucis, des reines-marguerites et des zinnias, des roses, des géraniums, des dahlias, des pivoines, sans parler des gueules-de-loup et des œillets de poète. Les arbustes de la haie avaient nom troène de Chine ou épine-vinette du Japon. C'était un peu comme un miracle. Tous ces noms chantaient dans sa tête, et non pas seulement sur son plan.

Un jour, comme il allait partir, M. Beck le rappela et lui dit avec un sourire :
– Tu as travaillé dur, aujourd'hui. Et j'ai appris pas mal de choses, moi aussi.
– Ah bon ?
– Ne prends pas cet air surpris. Je ne connaissais pas moi non plus le nom des trois quarts de ces plantes. C'est toi qui me les as appris. (Le vieil homme se penchait en avant, clignait des yeux sous le grand soleil.) Tu ne veux pas me croire, n'est-ce pas ?
– Si, murmura Éric sans conviction.
– Je t'assure. Je ne dis pas ça pour te faire plaisir. C'est bien ça que tu crois, non ? Que je te dis ça pour que tu te sentes important ? Hein ? C'est ce que tu penses, avoue ?
– Un peu, admit Éric à mi-voix.
– Eh bien, je suis ravi que la question vienne sur le tapis, ma foi. En réalité, tu vois, c'est vrai que

j'ai une méthode, et une bonne, pour regarder ce jardin — ces quarante dernières années j'ai appris à ouvrir les yeux. Par contre, en matière de jardin, je n'en sais vraiment pas long ; je le regarde avec des yeux à peu près aussi neufs que les tiens, sais-tu ? C'est la stricte vérité.

Le regard d'Éric rencontra le regard bleu, franc et direct.

– D'accord, dit-il. Je vous crois.

– Bien. Nous nous comprenons. Et maintenant, sauve-toi, conclut le vieil homme.

C'est seulement au moment de se glisser, sur les fesses, au creux de la ravine qu'Éric se rendit compte soudain de toute l'émotion que contenait la voix étranglée du vieil homme. Le malheureux, se disait-il, avait dû cruellement souffrir de la solitude, et depuis longtemps, assis tout seul dans ce jardin, sans personne à qui parler, sans nulle part où aller. Peut-être M. Beck avait-il été seul durant ces quarante dernières années, ces fameuses quarante années auxquelles il faisait sans cesse allusion, comme si elles avaient eu pour lui quelque chose de très spécial. Mais spéciales, elles l'avaient été, s'il était resté seul tout ce temps ! Puis Éric se souvint que M. Beck avait une fille, et c'était elle, probablement, qui avait planté ce jardin et qui s'en occupait à présent. C'était un réconfort de penser que le vieil homme avait cette fille pour veiller sur lui. Éric se demandait à quoi elle ressemblait...

Il devait avoir l'occasion de le découvrir dès le lendemain. M. Beck et lui, ce jour-là, s'étaient partagé un steak froid. M. Beck avait demandé à Éric d'aller le chercher au frigo, et c'est ainsi que pour la première fois il avait mis les pieds dans la maison. La cuisine, petite, était immaculée ; le steak était enveloppé dans du papier d'aluminium, aussi méticuleusement que dans un emballage-cadeau. A ce seul détail, on devinait que Mlle Beck était quelqu'un d'ordonné. Comme ils dégustaient leur steak dans le jardin ensoleillé, M. Beck, pour une fois timide, avait demandé à Éric s'il pouvait lui rendre un service. Il s'agissait de passer au magasin de sa fille, pour une commission, dans l'après-midi.

– Tu voudrais bien faire ça pour moi ? demanda le vieil homme. Apparemment, son téléphone est en dérangement, je ne sais pas ce qu'il y a. Je voudrais qu'elle me rapporte ce soir un petit paquet de tabac à chiquer. J'aime bien chiquer un peu, le soir, en regardant la télé.

Du tabac à chiquer. Éric ne savait même pas qu'on pouvait encore en acheter. Il aurait juré que la chose avait disparu du marché avant même le tournant du siècle. Mais c'était vrai qu'au fond, en fait de siècle, M. Beck était né au siècle dernier ! Sur ces méditations, sitôt de retour chez lui, Éric enfourcha son vélo pour effectuer la mission demandée avant d'aller rejoindre la bande.

Il eut tôt fait de trouver le magasin en question, une boutique de cadeaux dans une rue de traverse. Il appuya son vélo contre le mur et regarda un moment la façade. C'était une boutique minuscule, aux vitrines remplies d'un précieux bric-à-brac. Au-dessus de l'entrée, l'enseigne était peinte en lettres rouges sur fond blanc : *Le Chasseur Solitaire.* Éric poussa la porte, une clochette carillonna au-dessus de sa tête. Il y avait deux dames à l'intérieur, penchées sur une table où s'alignaient des poupées.

Éric jeta quelques coups d'œil sur la boutique. L'espace y était utilisé au maximum, les rayons pleins à craquer, et pourtant l'ordre régnait, si méticuleux qu'on n'avait même pas une impression d'entassement. Une infinie variété d'articles garnissait pourtant toute la pièce, de la porcelaine fine aux bibelots raffinés dans des meubles vitrés, en passant par des cendriers de faïence, d'antiques chaufferettes, des breloques et des poupées. Aucun de ces articles ne donnait une impression de déjà-vu. Sans doute Mlle Beck s'était-elle donné de la peine pour réunir tous ces objets originaux. Éric se fit la réflexion que tout devait être plutôt cher.

Il bénit intérieurement la cliente ; sa présence lui permettait, en attendant son tour, d'étudier discrètement la fille de M. Beck. Sans trop savoir pourquoi, il lui importait de savoir quelle sorte de femme elle était, et quelle sorte de fille pour son père. Elle était plutôt grande et anguleuse, et portait ses cheveux, d'un gris sombre, tirés en arrière en une sorte de chignon d'un style plutôt « vieille fille ». Elle discutait doucement avec sa cliente, et sa voix était harmonieuse, avec quelque chose de chantant. Elle semblait choisir ses mots avec soin et, telle qu'elle était, penchée sur cette poupée folklorique dont elle détaillait le costume de paysanne, il émanait d'elle une sorte de paix, de sérénité. Éric décida qu'elle lui plaisait bien. Mais, lorsque la cliente fut sortie, son paquet sous le bras, et que Mlle Beck se tourna vers Éric, il lut sur son visage une expression qui lui déplut.

– Tu dois être Éric, j'imagine, laissa-t-elle tomber froidement.

Et ce disant elle se retrancha derrière le comptoir, où elle prit appui des deux mains, d'un geste de propriétaire.

Éric acquiesça en silence puis transmit à Mlle Beck la requête du vieil homme. A peine avait-il terminé sa phrase que le téléphone sonnait. Tandis que la vieille demoiselle discutait avec son correspondant, Éric se souvint tout à coup que M. Beck croyait que le téléphone de sa fille était en dérangement. Mais... le croyait-il vraiment ? Il lui vint à l'esprit que, peut-être, le vieil homme voulait tout simplement lui faire rencontrer sa fille, et qu'il avait arrangé la chose à sa manière. Oui, mais pourquoi ? Oh ! et puis, après tout, c'était bien inutile d'essayer de deviner ce qui se passait dans la tête des vieilles gens.

Sa conversation téléphonique terminée, Mlle Beck se tourna de nouveau vers Éric. Elle avait repris cette mine vaguement soupçonneuse, ou peut-être désapprobatrice, et cette posture défensive derrière le comptoir de la boutique. Manifestement, Éric lui déplaisait.

– Donc, c'est toi Éric, reprit-elle.

Et elle se tut.

Leurs regards se croisèrent.

– Je ne sais pas au juste ce que tu fabriques, poursuivit-elle au bout d'un moment, mais s'il te plaît n'oublie pas que c'est un vieil homme.

Éric fut pris au dépourvu.

– Comment ? balbutia-t-il.

Il ne voyait vraiment rien d'autre à dire.

– Mon père m'a dit que tu passais des heures au jardin avec lui. Il t'apprend à le regarder, si j'ai bien compris. Je crois que je vois ce qu'il entend par là, mais je ne suis pas sûre que tu le comprennes bien, toi.

– Non, avoua Éric. Je ne crois pas non plus.

– Alors, pourquoi le fais-tu ?

– Je ne sais pas, dit Éric.

Puis il ajouta, sans réfléchir :

– Je l'aime bien, M. Beck.

Elle l'observa un instant, avec insistance. Il s'apprêtait à tourner les talons et à repartir aussitôt lorsqu'elle reprit, presque à mi-voix :

– Bien. Mais il y a une chose qu'il faut que tu saches. Mon père est quelqu'un de tout à fait exceptionnel ; il a terriblement souffert dans sa vie ; il est âgé et il a besoin de paix, de tranquillité. Je ne sais pas pourquoi, mais il te fait confiance. Alors, s'il te plaît, ne lui fais pas de mal.

– C'est tout ? s'enquit froidement Éric, les poings serrés contre ses cuisses.

Elle parut se radoucir un peu.

– Je suis désolée. Je t'ai vexé, je le vois bien. Mais il a confiance en toi, tu comprends, et je ne veux pas que tu lui fasses de mal.

– Lui faire du mal ? Mais comment ?

– En n'ayant pas confiance en lui comme il a confiance en toi.

Éric réprima un grognement de rage exaspérée. Se figurait-elle qu'il était capable de cogner sur un vieil homme, ou même seulement de l'insulter ? Il se retrouva sur son vélo, à pédaler comme un forcené, sans même s'être aperçu qu'il sortait de la boutique.

Pédalant de toutes ses forces, il regagna la ravine et y attacha son vélo à un arbre, avant d'escalader le talus. Quelques minutes plus tard, il traversait le jardin, bien décidé à s'expliquer auprès du vieil homme, qui sortait juste d'un petit somme.

Éric ne tourna pas autour du pot. Il rapporta sans rien omettre sa rencontre avec Mlle Beck, les soupçons dont elle avait fait preuve, ouvertement, à son égard, soupçons qu'il ne comprenait pas, et n'admettait pas non plus. Elle n'avait aucune raison de lui parler de cette façon. Il n'avait rien fait de mal.

Quand Éric en eut terminé de sa tirade, M. Beck poussa un soupir.

– En tout cas, c'est une bonne chose de faite, conclut-il. Ma fille a tendance à être un peu mère poule avec moi, vois-tu ; elle est surprotectrice à mon égard, je le sais. Mais il faut bien te dire que jusqu'à ces derniers mois nous n'avions que fort peu d'occasions de nous voir, elle et moi ; alors, en quelque sorte, nous rattrapons le temps perdu. Elle tient à veiller sur moi du mieux qu'elle peut. Et il faut la comprendre, aussi. Dans son idée, un garçon de ton âge risque surtout de chercher à s'amuser, à se payer la tête d'un pauvre vieux comme son père. Bon. Toi et moi savons qu'il n'en est rien. C'est pour ça, d'ailleurs, que je voulais vous faire rencontrer, tous les deux. Comme ça, elle a compris, elle aussi.

Éric n'en était pas si sûr, mais il n'en souffla pas mot. Il choisit plutôt de poser la question qui depuis le début le tarabustait tant, et que Mlle Beck justement avait ravivée plus que jamais :

– Monsieur Beck, qu'est-ce que ça veut dire au juste, regarder le jardin ?

– C'est justement ce que nous allons découvrir.

– Mlle Beck a dit que vous le saviez, vous.

– Elle a dit ça ? Alors, elle en sait plus long que moi.

Éric se rendit compte soudain qu'il était inutile d'interroger plus avant le vieil homme. Il se contenta donc de poser une dernière question, tout à fait inoffensive celle-là : que pouvait signifier l'énigmatique enseigne du magasin de Mlle Beck ?

– Ah ! des tas de gens le lui demandent, répondit le vieil homme. C'est tiré du titre d'un livre : *Le cœur est un chasseur solitaire* *. D'après elle, cela voudrait dire que les humains cherchent l'amour comme un chasseur le gibier. Il faut que je te dise, Éric, ma fille est une personne qui sort absolument de l'ordinaire.

C'était à peu près en ces termes qu'elle-même avait décrit son père.

– Demain, j'irai emprunter ces livres sur les animaux, dit Éric, un peu gauche.

* Carson McCullers : *The Heart is a Lonely Hunter.*

Et sur ce il repartit, par où il était venu, par là d'où il venait toujours – la ravine.

⁂

Le lendemain, il passa prendre quatre nouveaux ouvrages à la bibliothèque, puis se hâta vers un rendez-vous rituel qu'il avait en horreur : un jeudi sur deux, sans faute, il lui fallait passer au poste de police et rapporter par le menu, à un certain sergent Nolan, l'emploi qu'il avait fait de son temps lors de la quinzaine écoulée. C'était l'une des clauses de sa mise en liberté surveillée. Rien ne lui faisait plus horreur que cette cérémonie, rien ne l'écœurait davantage que cette brochette de flics qui le regardaient, rigolards, s'avancer vers le bureau du sergent. S'ils trouvaient ça drôle, eux, lui pas ! Et ça n'avait rien d'une partie de plaisir que de s'asseoir en face de cette figure rougeaude et d'énumérer en détail le nombre de fois où il était allé au cinéma, à la piscine ou chez Larry.

Ce jeudi-là ne dérogea pas à la règle. L'officier du bureau d'accueil, comme prévu, se fendit d'un sourire réjoui lorsque Éric se présenta et demanda à voir le sergent Nolan. Appelé peu après à gagner le bureau du sergent, il lui fallut comme toujours franchir toute une galerie de sourires narquois et de ricanements étouffés, pour venir se livrer au sergent qui, sérieux comme un pape, acheva la lecture d'un dossier avant de relever la tête. Nolan fit doucement pivoter son siège en direction de l'arrivant.

– Ah ! te voilà, Éric.

– Oui, monsieur.

Le sergent croisa les mains en coupe derrière sa nuque épaisse et entreprit de se bercer nonchalamment sur son siège pivotant, tandis qu'Éric inventoriait ses activités de la quinzaine. Il assura, comme chaque fois – et chaque fois c'était un pieux mensonge –, qu'il n'avait pas rencontré Bones au cours des deux semaines écoulées, Bones qu'en réalité il voyait chez Larry tous les jours.

Le sergent, comme toujours, étouffa un bâillement, puis il se pencha en avant.

– Bien, dit-il. (Du capuchon de son stylo, il tapota la pile de livres qu'Éric avait posée sur le bureau.) Et ça, qu'est-ce que c'est ?

– Des livres sur les animaux, dit Éric avec une pointe de fierté.

– Ah bon ? Tu t'intéresses à ces trucs-là ?

– Un peu, dit Éric.

C'est alors qu'il réalisa qu'il n'avait pas fait mention de M. Beck ni de son jardin. Ce n'était pas intentionnellement qu'il les avait passés sous silence ; il ne lui était pas venu à l'idée que ce détail pût avoir de l'intérêt pour un policier. Il fut pris de l'envie subite d'évoquer M. Beck, cet homme à qui il rendait visite depuis près de deux semaines. Il n'en avait encore parlé à personne. Emporté par l'enthousiasme, il ne put tenir sa langue.

– Oui, j'ai rencontré un vieux monsieur, expliqua-t-il, qui m'a montré son jardin et maintenant ça m'intéresse.

– Ah ouais ? bâilla le sergent. Un vieux monsieur ?

– Oui, il est assis dans son jardin toute la journée, poursuivit Éric avec ferveur. Il m'apprend à le regarder.

– Ouais ? (Le regard ensommeillé du sergent s'était légèrement ravivé.) Il t'apprend à quoi faire, tu dis ?

– A regarder le jardin. Je ne sais pas au juste ce qu'il veut dire par là, reconnut Éric, mais c'est beaucoup plus intéressant qu'on ne pourrait le croire.

– Ah ouais ? Parfait, commenta le sergent, indifférent.

Il tira du dossier d'Éric un formulaire couvert de tampons, y inscrivit la date et le parapha machinalement.

– A dans quinze jours, alors, conclut-il.

Mais Éric n'en avait pas fini de ses explications. Il sentait bien que le sergent Nolan ne saisissait pas ce qu'il pouvait y avoir d'étrangement captivant dans cette exploration d'un jardin.

– M. Beck veut que je trouve le nom de tout ce qui vit dans ce jardin, poursuivait-il. Il dit que je...
– Beck ? rugit soudain le sergent, en se redressant sur son siège.
– Oui, M. Beck. Il dit qu'il faudrait...
– Beck ? répétait le sergent, en faisant pivoter son siège de près de cent quatre-vingts degrés. Hey ! Danny, dis-moi, quel est le nom de ce type, déjà, tu sais, ce vieux bonhomme qu'on a laissé sortir de tôle, il y a quelque chose comme deux mois ?
– Qui ça ?
– Un qui est venu vivre ici chez sa fille. Sous sa garde. Un vieux bonhomme. Du pénitencier d'État.
– Ah ! vu. Beck. C'est Beck qu'il s'appelle, celui-là.

Le siège pivotant du sergent revint se placer dans l'axe d'Éric. Le sergent fronçait le sourcil.
– Comment se fait-il que tu le connaisses, ce monsieur ? Tu l'as rencontré comment ?
– M. Beck ? Euh... je traversais son jardin et il m'a parlé. C'est tout.
– Et tu retournes le voir, comme ça ? Souvent ?

Éric se mordit la lèvre ; quel bécasseau il faisait !
– Pas vraiment.
– Écoute-moi bien, Éric. Il y a quelque chose qu'il faut que je te dise. Je ne veux pas – tu

m'entends bien ? – je ne veux pas que tu ailles traîner chez cet individu. Compris ?

– Oui, monsieur.

– Parce que c'est un repris de justice, figure-toi.

Éric sentit ses joues lui cuire.

– Pas M. Beck, tenta-t-il de nier.

– Si, M. Beck. Je sais ce que je dis. Il sort de prison. Tâche de te tenir à l'écart de ce bonhomme. Je ne tiens pas à voir un gosse en liberté surveillée aller s'acoquiner avec un condamné de droit commun. Pas question.

– De prison ? M. Beck ?

– Si je te le dis !

– Mais pourquoi ? Qu'est-ce qu'il a fait ?

– Ne t'occupe pas de ça. Souviens-toi plutôt de ce que *toi* tu as fait, dit le sergent Nolan en plissant les yeux.

Éric se releva et prit ses livres sous le bras. Il sentait peser sur lui le regard froid du sergent.

– Oui, monsieur, marmonna-t-il entre les dents, et il s'empressa de sortir.

Une fois dehors et à une distance respectable du poste de police, il marqua une halte. La prison. C'était donc là que M. Beck les avait passées, ces fameuses quarante dernières années.

Lorsque Éric émergea de la ravine et se hissa dans le jardin, M. Beck était là qui l'attendait.

– Ah ! tu as trouvé les livres, dit le vieil homme avec un sourire.

Éric les déposa dans l'herbe sans douceur et les contempla fixement, comme s'il s'apprêtait à leur envoyer un coup de pied.

– Quelque chose qui ne va pas? s'informa M. Beck.

– Oh ! rien.

– Qu'est-ce qu'il y a qui ne va pas, Éric ?

– Rien ; ça va très bien.

De la pointe des orteils, il soulevait l'un des livres sans y penser.

– Écoute-moi, dit le vieil homme. Et regarde-moi, surtout.

Éric plongea les yeux dans le regard bleu intense.

– Il faut me le dire, tu sais, quand quelque chose ne va pas. Sinon ce n'est pas la peine. Si nous ne pouvons pas nous parler franchement l'un à l'autre, il vaut mieux que tu reprennes ces livres et que tu t'en ailles tout de suite.

Éric soutenait sans sourciller le regard du vieil homme.

– Vu, dit-il. J'ai quelque chose à vous dire.

– Vas-y.

– Je suis en liberté surveillée.

M. Beck, pensif, posa un doigt sur sa lèvre inférieure.

– Ah bon.

– Je veux dire *officiellement*. Sur décision du tribunal. Six mois de mise à l'épreuve.

– Qu'as-tu donc fait ?

Éric le lui expliqua sobrement.
– Je vois.

Éric observait le vieil homme, qui gardait les doigts croisés sur ses genoux et ne semblait guère ébranlé par sa confession.
– Je voulais que vous le sachiez, dit Éric. Puisque vous avez dit que nous devions être francs.
– Oui, il valait mieux que je le sache, reconnut M. Beck en baissant les yeux sur ses mains, qu'il venait de dénouer. Mais moi aussi, tu sais, il y a quelque chose qu'il vaudrait mieux que tu saches sur moi...

Éric hocha le menton en silence.

Le vieil homme s'éclaircit la voix, comme s'il se préparait à énoncer quelque chose de difficile. Éric devinait ce qui allait suivre, mais il ne savait pas sous quelle forme le vieil homme le lui présenterait.
– Vois-tu, Éric, dit M. Beck après un long silence, je suis en liberté surveillée, moi aussi, en quelque sorte ; je sors de prison ; j'ai été libéré sur parole.

Éric acquiesça sans mot dire.
– Tu le savais déjà ? demanda M. Beck, le front soucieux.
– Je l'avais entendu dire, au poste de police.

Le vieil homme réprima une grimace, puis un pâle sourire lui revint, lentement.
– Eh oui, c'est comme ça, dit-il en rouvrant les

mains. J'ai fait mon temps au pénitencier d'État. Un sacré long temps. Ils t'ont dit pourquoi, là-bas ?

– Ils n'ont pas voulu me le dire.

– Bien. Je ne te le dirai pas non plus, pas maintenant. Un jour, je pense, je finirai par te le dire, mais pas pour le moment, si tu veux bien. Tu ne m'en veux pas ?

– Non non. Pas grave.

– Et puis ma foi, ce n'est pas plus mal, si tu m'en crois, que nous ayons un peu déblayé tout ça. On y verra plus clair, toi et moi. Et maintenant, si nous passions aux choses sérieuses, dis-moi ? (Il leva un doigt qui tremblait.) Mets-toi donc à plat ventre dans l'herbe.

Éric hésita une seconde, puis s'exécuta.

– Et regarde autour de toi, ajouta le vieil homme.

Éric ouvrit les yeux sur cette herbe en gros plan.

– Alors ? Que vois-tu ?

– De l'herbe. Et la terre entre les brins.

– Regarde toujours.

Deux minutes passèrent, et le vieil homme reprit :

– Et maintenant, que vois-tu ?

– Toujours la même chose. Simplement...

– Continue.

– Je ne sais pas, dit Éric avec un petit rire gêné.

Il commençait à se sentir un peu bête, dans cette posture.
– Continue. Rien de neuf ?
– Pas vraiment. Sauf que tout a l'air de devenir plus gros.
– C'est sans doute parce que tu es si près de l'herbe et du sol.
– On dirait un peu la... la jungle.

Et c'était vrai. Plus le temps passait et plus Éric, les yeux au ras de l'herbe, avait l'impression de s'enfoncer dans les profondeurs d'une brousse luxuriante, immense. Ce devait être une illusion d'optique. Il releva la tête un instant et regarda l'étendue verte et veloutée de la pelouse. Ces quelques minutes au ras du sol lui avaient fait perdre la notion de perspective.
– Pourquoi relèves-tu le nez ? s'enquit M. Beck.
– Je me sentais tout drôle, tout d'un coup.
– Repose-toi un peu.

Éric se releva et s'assit. Le soleil en oblique projetait deux ombres parallèles le long de ses jambes. Il attendait calmement l'instruction suivante. Durant toute l'année scolaire, il avait ainsi attendu ses ordres, mais c'était avec l'intention de s'y conformer le moins possible – pas plus qu'il ne le fallait, en tout cas, pour éviter de s'attirer des ennuis. Alors qu'à présent, renversé dans l'herbe, en arrière sur ses coudes, il attendait la suite du programme avec une sorte de bonne volonté nonchalante. Il était d'autant plus disposé à poursuivre l'expérience que ce premier essai ne lui avait pas déplu ; M. Beck lui avait demandé de faire quelque chose de très banal – se mettre à plat ventre dans l'herbe – et curieusement ce qu'il y avait vu lui avait semblé inédit.

– Trouve une fourmi et suis-la, dit soudain M. Beck, impérieux.

Éric jeta un coup d'œil sur le vieil homme. M. Beck eut une mimique d'impatience :

– Mais oui, tu as bien entendu : une fourmi. Trouves-en une, et tâche de la suivre, partout où elle va.

Sans dire un mot, à quatre pattes, Éric se mit en quête d'une fourmi. Il eut tôt fait d'en repérer une, une grosse fourmi noire qui se faufilait entre deux brins d'herbe.

– J'en ai une ! exulta-t-il.

– Ne la perds pas !

Éric concentra toute son attention sur la minuscule créature. Il suivait des yeux, fasciné, les six petites pattes qui s'activaient à vive allure, de brin d'herbe en grumeau de terre. Il la perdit de vue un instant, le temps pour elle de se glisser sous une tige rampante.

– Ne la perds pas !

Éric, toujours à quatre pattes, surveillait sa fourmi avec tant d'attention, à moins de trente centimètres de son nez, qu'il en avait presque le vertige. La célérité mécanique avec laquelle se mouvaient ces pattes noires avait quelque chose d'hypnotique. Il lui fallut à plusieurs reprises détourner son regard au loin afin de s'éclaircir la vue et de pouvoir se concentrer à nouveau sur la bestiole. Il était difficile, aussi, de suivre des yeux ses antennes, tant elles s'agitaient frénétiquement, de manière désordonnée en apparence, et frappaient à petits coups précipités tout ce qu'elles rencontraient en chemin. Pourtant Éric ne quittait pas des yeux sa fourmi. En même temps, comme s'il se dédoublait, il s'observait lui-même en train d'observer la fourmi. Ou plus exactement, au bout d'un moment, plutôt que de suivre vraiment cette fourmi, c'était à lui-même qu'il songeait, à lui-même en train de suivre une fourmi. Que dirait Horse, s'il le voyait ? Et Zap ? Et Superkool ? Oui, que diraient-ils tous s'ils le voyaient en ce moment, à quatre pattes sur une pelouse, en train de suivre une fourmi noire comme si sa vie en dépendait ?

Il cligna des yeux.

La fourmi avait disparu.

Il explora l'herbe alentour, ébouriffa les touffes entre ses doigts. Mais la fourmi resta invisible.

– V'là que je l'ai perdue, marmotta-t-il.

– N'empêche que tu l'as suivie pendant trois bonnes minutes, lui fit observer M. Beck.

– Ce n'est pas tellement longtemps, dit Éric en se relevant.

– Plus que tu ne crois. Mais sais-tu seulement pourquoi tu l'as perdue ?

Éric eut un geste d'ignorance.

– Ce n'est probablement pas parce qu'elle marchait plus vite que toi, dit M. Beck. Alors ?

Éric haussa les épaules.

– Tu t'es mis à penser à autre chose ; ce ne serait pas pour ça, par hasard ?

– Si.

– Et trente secondes ont dû passer, peut-être moins. Largement le temps, pour elle, de prendre le large ou d'aller se fourrer Dieu sait où. Tu étais en train de t'imaginer toi-même en train de regarder cette fourmi.

Éric, interloqué, regarda plus attentivement le vieil homme. Comment avait-il deviné ? Les yeux du vieil homme riaient.

– Ne prends pas cet air abasourdi, va. Quand on a passé quarante ans entre quatre murs, on en sait un bout sur l'art de se concentrer, tu comprends. C'est ce qu'il faut à tout prix apprendre à faire – se concentrer. Sinon c'est la folie. J'ai vécu dans une cellule, cinq pieds sur sept, je t'assure que j'ai appris à en faire reculer les murs, autrement ce n'était pas possible... (D'un geste de ses mains tremblantes, il embrassa tout le jardin.) Je me suis perdu souvent, dans l'espace et dans le temps. (Il regardait Éric derrière ses paupières mi-closes.) As-tu une

idée, au moins, de ce que je cherche à te dire ?
– Pas vraiment, non.
– Bon, c'est normal. Et pourtant, si ça se trouve, tu en comprends déjà plus que tu ne crois, maintenant que tu as suivi des yeux cette fourmi. Je vais te dire comment je faisais, si tu veux. Je regardais le mur, de très près, jusqu'à y trouver une petite imperfection, n'importe quoi, une fissure, quelque chose que je pouvais suivre des yeux. Je longeais cette fissure, je la suivais jusqu'à l'endroit où elle rejoignait une autre fissure, ou peut-être l'angle du mur. Et je poursuivais mon chemin le long de ce nouveau tracé jusqu'à ce que je rencontre une autre ligne, n'importe quoi, un carrefour. Et très vite, à ce petit jeu, le mur devenait immense. C'était un peu comme un grand champ, ou comme ce jardin, avec toutes sortes de lignes, de creux et de bosses. Il avait du caractère, tout à coup. C'était comme un visage, avec sa diversité, son mystère. L'avantage pour moi, bien sûr, c'était que le temps passait. A contempler le mur de cette façon, j'arrivais à mettre derrière moi quelques petites heures – toujours ça de moins à tirer, à endurer, tu comprends. Ça me permettait de garder à peu près toute ma tête, vois-tu ? Mais il m'a fallu du temps, beaucoup de temps, pour arriver à ne plus rompre le charme en pensant à ce que j'étais en train de faire. Tiens, trouve-toi donc une autre fourmi.

Éric n'eut guère de peine à se trouver une nouvelle fourmi et il la suivit de bon gré, mais le résultat fut le même. Au bout de quelques instants, il songeait à autre chose, juste le temps, pour la fourmi, de se fondre dans le décor. Il essaya plusieurs fois de suite, mais laissa échapper chaque fois sa fourmi, parce que sa pensée partait vagabonder et que son regard ne voyait plus ce que pourtant fixaient ses yeux. Il réussit malgré tout à en suivre une sur plus d'un mètre à travers la pelouse, pour la perdre brusquement à la lisière d'un massif de fleurs.

– Eh, pas si mal ! commenta M. Beck. Ça faisait dix minutes que tu lui collais aux trousses, à celle-là. Pas mal du tout.

L'après-midi s'avançait. Éric avait perdu le compte des fourmis qu'il avait prises en filature lorsqu'il parvint à en suivre une sur plus d'une douzaine de mètres, de la lisière de la pelouse au pied du chêne, en passant par un massif de capucines.

– Hé ! s'écria-t-il, ravi, en regardant de plus près le trou minuscule, au pied de l'arbre, dans lequel venait de disparaître la fourmi. C'est chez elle qu'elle vient de rentrer, ma parole !

Il examina le chemin qu'ils avaient parcouru tous deux, la fourmi et lui, depuis qu'il l'avait repérée au bord de la pelouse. Une bonne douzaine de mètres – un parcours hors du temps. Ses pensées avaient dérivé, de temps à autre, loin de la fourmi, mais jamais assez longtemps pour lui permettre de s'éclipser. De la pelouse aux capucines et jusqu'à la fourmilière. Il l'avait tout simplement raccompagnée chez elle.

Il se renversa dans l'herbe, s'appuya sur les coudes. La pelouse était tiède du soleil de l'après-midi, et vivante et moelleuse ; elle lui faisait songer à une couette de laine en hiver. Il respirait à pleins poumons l'air saturé du parfum des fleurs.

– Éric ?

Il se tourna vers le vieil homme, qui avait la mine grave.

– Je crois bien que tu es prêt, tu sais.

– A quoi ?

– A commencer à regarder le jardin.

Éric fut déçu.

– Mais je croyais que c'était ce que je faisais depuis longtemps, moi.

– Non, jusqu'ici c'était tout juste quelques petits exercices d'échauffement, c'est tout. Ce mètre à ruban que je t'ai passé, tu sais ? Apporte-le donc, demain. Il nous faudra de la ficelle, aussi, mais je dois avoir ça, ne t'en occupe pas.

– De la ficelle, pour quoi faire ?

– Pour t'aider, au début.

Éric se remit debout. Il n'avait pas besoin de consulter sa montre pour deviner qu'il était tard.

L'ombre du vieil homme et de son fauteuil s'étirait, interminable, à ses pieds. C'était comme une ombre chinoise projetée sur le gazon.

– A demain, conclut le vieil homme, avec un geste d'adieu trembloté.

Éric lui rendit son geste de la main et partit à longues enjambées. Le vieil homme devait être fatigué, après une aussi rude journée. Car la journée avait été rude, et pour tous deux. Il leur avait fallu se concentrer fort. M. Beck s'était concentré pour aider Éric à se concentrer, et ce n'était pas rien, Éric s'en doutait. A la lisière du jardin, avant de se glisser dans la ravine, il se retourna et lança :

– A demain !

Tout en se frayant un chemin dans la ravine embroussaillée, il se faisait la réflexion que tout semblait avoir changé. Le monde lui paraissait soudain plus grand, plus compliqué. Peut-être était-ce pour avoir si longtemps rampé, à quatre pattes, sur les traces d'une fourmi qui avait disparu dans son trou ? Il se disait qu'il n'avait qu'à allonger le bras, là, au creux de la ravine étroite, pour toucher quelque chose de vivant, quelque menue créature qu'il pourrait essayer de suivre aussi, à condition de se concentrer suffisamment.

Au fond, il n'était pas peu fier d'avoir réussi à suivre cette fourmi si longtemps.

Il s'était mis à siffloter.

***

A peine avait-il refermé la porte d'entrée derrière lui qu'il entendit sa mère l'appeler depuis le séjour.

– Qui est-ce ? C'est toi, Éric ? Tu peux passer ici une minute, s'il te plaît ?

Éric trouva sa mère assise sur le canapé, dans une robe de soirée fuchsia. Elle avait un verre devant elle – encore un de ces savants mélanges qu'elle se concoctait pour elle-même, jus de légumes ou jus de fruits. Père, vêtu d'un costume sobre, tenait à la main son habituel verre de scotch coupé d'eau. Bien calé dans un fauteuil, il avait sur les genoux un bloc-notes et sa calculette de poche dont il martelait les touches avec agilité, absorbé par quelque mystérieux calcul – en rapport probablement avec les derniers cours de la Bourse.

– Où étais-tu ? demanda Mère d'une voix sèche, tout en pétrissant son mouchoir comme une boule de pâte à pain.

– Pas loin, dit Éric. Je suis passé voir le sergent, ajouta-t-il, dans l'espoir d'apaiser sa mère qui lui faisait l'effet d'avoir les nerfs à vif.

– Je le sais, que tu es passé le voir, coupa-t-elle d'une voix tendue. Il m'a appelée, justement, cet après-midi. Tu n'as pas ta petite idée sur ce qu'il avait à me dire ?

Père avait levé les yeux du clavier de sa calculette.

Le regard d'Éric errait de l'un à l'autre.

– Je pense que si, murmura-t-il entre ses dents.

– « Fréquentation d'un criminel notoire », voilà ce qu'il m'a dit très exactement. « Votre fils fraye avec un condamné de droit commun. »

Éric ne répondit pas.

– Comprends-tu au moins ce que te dit ta mère ? s'informa Père sans élever la voix.

– Bien sûr, qu'il le comprend, dit Mère. Mais qui est-il au juste, ce M. Beck ?

– Quelqu'un que j'ai rencontré, c'est tout.

– Oh ! Ralph, dit Mère. Parle-lui, toi.

– Apparemment, le sergent te l'a dit, Éric : cet homme sort du pénitencier d'État.

– Et il n'y a pas longtemps qu'il en est sorti ! souligna Mère. (Elle eut un petit rire amer.) Pas étonnant s'il ne tenait pas à se joindre au club du troisième âge.

Éric ne desserrait pas les lèvres.

– Alors ? dis quelque chose, au moins ! Cet homme est un criminel ! s'exaspéra Mère, dont la voix montait haut, en alarme.

– C'est un vieil homme, dit simplement Éric en se laissant tomber dans un fauteuil.

– Peu m'importe ! s'écria Mère, qui torturait toujours son mouchoir. Quand il aurait cent dix

ans, un criminel est un criminel. Et n'oublie pas, toi, jeune homme, que tu es en liberté surveillée.
– Il a quatre-vingt-deux ans, annonça Éric en regardant sa mère dans les yeux.
– Peut-être, mais ça n'a pas grand-chose à voir avec la question. Le sergent ne veut pas te voir frayer avec ce bonhomme, et ton père non plus d'ailleurs. (Elle se tordait le cou pour regarder, par-delà le fauteuil d'Éric, du côté de la porte du séjour.) Roddy, va dans ta chambre, veux-tu ? Tout cela ne te concerne pas.

Éric n'avait pas besoin de se retourner pour imaginer son frère en train de fuir comme une crevette. Roddy avait un flair infaillible pour venir fourrer son nez dans les affaires croustillantes.
– Ce que je serais curieux de savoir, dit Père en mettant de côté sa calculette, c'est la raison de ton intérêt pour ce vieil homme.
– Ben, il sait des tas de choses, avança Éric.
Sa mère pouffa :
– Pour ça, on s'en doute. Comment attaquer des banques. Cambrioler des bijouteries...
– Pourquoi ? C'est ça qu'il a fait ? demanda Éric.
– Ne me dis pas que *toi* tu ne le sais pas.
– Il ne me l'a pas dit.
– On le comprend, ce cher homme.
– Et le sergent, Mère ? Il te l'a dit, à toi ? insista Éric.

– Non, il ne me l'a pas dit. Et j'en conclus que ce doit être plutôt horrible.

Elle poussa un long soupir et trempa les lèvres dans sa mixture, qui avait tourné au pourpre violacé.

– Ce que je n'arrive pas à comprendre, reprit-elle, c'est ce que tu peux lui *trouver,* à ce triste personnage. Il y a quelque chose comme dix mille habitants dans cette commune, et il faut que tu ailles chercher précisément celui d'entre nos concitoyens qui sort du pénitencier ?

C'était une question à laquelle Éric n'avait pas de réponse. Il restait assis là, les mains sur les genoux, à attendre qu'on veuille bien le relâcher.

– J'ai l'impression que tu ne comprends pas très bien, intervint à son tour son père. Ce qui complique tout, tu vois, c'est cette circonstance précise : le fait que tu es en liberté surveillée. C'est ça qui aggrave les choses. Réfléchis un peu. Tu commets un acte de vandalisme – grave – et ensuite tu t'acoquines avec un criminel de droit commun. Que crois-tu que les gens vont en conclure ?

– Les gens sont au courant, tu crois, pour M. Beck ?

– La police est au courant, et dans le cas qui nous occupe c'est largement suffisant. (Père reprenait sa calculette, sans quitter son fils des yeux, l'air pensif.) Nous comptons sur toi, Éric. A toi de voir les choses en face, et de juger sainement de la situation. Elle m'a l'air assez claire, d'ailleurs. Tiens-toi à l'écart de ce M. Beck, et on n'en reparlera plus. Entendu ?

A nouveau il baissait les yeux sur sa calculette.

Éric se leva. Sa mère, soulagée, avait retrouvé le sourire.

– Je suis bien contente que ce soit terminé, dit-elle en enlevant un fil de la dentelle qui garnissait le bas de sa robe.

Depuis qu'elle faisait partie de tant de comités et d'associations diverses, Père et elle dînaient en ville au moins une fois par semaine.

– Oui, je suis contente que tu veuilles bien entendre raison, poursuivait-elle. Parce que, toute cette année... Je ne sais pas... On aurait pu croire que tu n'étais plus toi-même.

– Ne t'en fais pas pour moi, lui dit Éric, faute de mieux. Tout va très bien.

Après quoi Mère, d'une voix détendue, donna ses instructions pour la soirée. Il y avait une daube au four, encore toute chaude. Susan dormait chez une amie, il n'y avait donc pas à se soucier d'elle. Il fallait veiller à ce que Roddy fût au lit à dix heures.

A dix heures et demie ce soir-là, lorsque Roddy fut couché, Éric décida de lire encore un peu, plutôt que de regarder le dernier film de la soirée. Il sortit de son étagère l'un de ses livres de

bibliothèque, *La Vie des insectes,* et s'installa à son bureau.
– C'est qui, ce M. Beck ? demanda soudain Roddy, d'une voix claire.

Éric se retourna vers Roddy, qui s'était rassis dans son lit, les yeux brillants.
– Pas tes oignons, répondit-il.
– C'est pour quoi faire, ces livres ?
– Quels livres ?
– Ceux que t'as rapportés ce soir.
– Pas tes oignons, répéta Éric, le plus sèchement possible.

Les livres, décidément, ne lui valaient que des ennuis, ces derniers temps. De Superkool à Roddy, en passant par le sergent Nolan, chacun semblait y trouver prétexte à de noirs soupçons.
– Ce qu'il y a, grognuchait Roddy, c'est que tu ne me dis jamais rien, voilà la vérité. Le frère de Peter Brooks, lui – celui qui s'appelle Keith et qui est dans la classe au-dessus de toi –, eh bien, il lui lance des balles hautes pour l'aider à s'entraîner, l'après-midi. C'est pour ça que Peter est si fort pour les bloquer.

Éric ouvrit *La Vie des insectes* et plaça un dictionnaire à côté de lui sur le bureau.
– Et le frère de Van aussi.

Roddy fit silence une minute, puis reprit de sa voix haut perchée :
– C'est quoi, là, ce bouquin que tu lis ?

Éric jeta un regard de biais sur son frère. C'était trop bête de ne pas pouvoir se confier à lui ! Un an plus tôt, pourtant, ils formaient encore une bonne paire, Roddy et lui, mais depuis quelque temps c'était comme si Éric avait vieilli de plus en plus vite, alors que Roddy au contraire devenait plus bébé ! Ils avaient si peu en commun, désormais ! Tout ce qui intéressait Roddy, semblait-il, tournait autour du baseball – connaître par cœur les résultats des championnats et bloquer des balles hautes au jardin.

– Oh ! ça va ! grommela Roddy en se tournant vers le mur. T'as même pas besoin de le dire. Je le sais, de toute façon.

– C'est un livre sur les insectes, dit Éric.

– Je le savais. Seulement tu pouvais bien me le dire, quand même.

– Je ne savais pas que tu t'intéressais aux insectes.

– Et toi, alors ? Tu crois qu'on le savait, que tu t'y intéressais ? rétorqua Roddy sans se détourner du mur.

Ce n'était pas la peine de poursuivre. La différence d'âge creusait un fossé entre eux deux. Éric s'attaqua à la première phrase de son livre.

« Les animaux de l'embranchement *Arthropoda* sont plus couramment appelés Arthropodes. Leur nom provient du grec : *arthrom,* articulation, et *pous, podos,* pied, en allusion à leurs pattes articulées. »

Éric eut un soupir. Ce serait dur. Pourtant il avait bien l'intention de potasser assidûment chacune des cinq cents pages de ce premier volume.

2. A l'intérieur des carrés

Le lendemain matin, Éric dut se retenir de se ruer hors de la maison, son mètre à ruban en poche, pour gagner le jardin au plus vite. M. Beck, sans doute, l'y attendait déjà, avec sa mystérieuse bobine de ficelle. Mais il se doutait bien que montrer trop d'empressement à sortir, c'était attirer bien inutilement l'attention sur lui. D'abord et surtout, éviter de faire des vagues. Au petit déjeuner, par bonheur, il ne fut pas question une seule fois de M. Beck. Éric parvint à être tout sourire, et le plus courtois possible envers Susan qui revenait de chez son amie. Il se disait que mieux valait se concilier ses bonnes grâces, puisque aussi bien elle était d'ordinaire son adversaire le plus implacable de toute la maisonnée. Non pas qu'elle en dît tellement long. Mais elle avait de ces regards mi-dédaigneux, mi-amusés qui le mettaient mal à l'aise. Il lui avait vu ce sourire, déjà, avec d'autres garçons de son âge à lui – les vrais beaux sourires, bien sûr, étaient réservés aux garçons plus âgés. Éric en était arrivé à la conclusion qu'elle était de ceux qui n'ont que mépris pour ce qu'ils ont été eux-mêmes, il n'y a pas si longtemps. Ce qui était certain, en tout cas, c'est qu'en présence de son frère elle était toujours à l'affût de ses failles et de ses points faibles, et qu'elle les exploitait à fond. Il l'accueillit ce matin-là de son plus éclatant sourire.

Dans le courant de la conversation, Mère demanda à Éric, négligemment, comme en passant, quels étaient ses projets pour la journée. Faute de savoir jusqu'à quel point la question était innocente, Éric choisit sa réponse avec tact. Il irait à la piscine avec les copains. Il savait sa mère fière de ses talents de nageur. De plus, sans connaître vraiment les copains en question, elle accordait toute sa confiance aux trois que citait Éric ; leurs parents, qu'elle connaissait, étaient tenus pour de très honorables citoyens. Elle ne pouvait pas deviner que le quatrième larron était justement ce garçon avec qui son fils avait « fait des bêtises », celui qui avait écopé comme lui de six mois de mise à l'épreuve – celui précisément qu'il était censé ne plus rencontrer. Elle ne se doutait pas non plus que cette petite équipe formait depuis des mois, avec Éric, un noyau dur et antisocial au sein du collège. Quelques années plus tôt, du temps où elle n'était pas encore accaparée par ses activités dans divers comités, peut-être cet état de fait ne lui eût-il pas échappé ; mais désormais, surmenée, harassée, elle n'avait plus le temps ni la force d'aller au-delà des apparences sur ces questions : des garçons de bonne famille, pour elle, ne pouvaient être que de bons garçons – une excellente compagnie pour son fils. Tromper sa mère n'était d'ailleurs pas ce qui procurait le plus de plaisir à Éric. Être tout différent de ce qu'elle vous croyait être, par contre – voilà qui vous procurait un petit frisson de satisfaction, chaque fois qu'elle exerçait son jugement de travers.

Après le départ de leurs parents et de Roddy, ce matin-là, Éric et Susan se retrouvèrent seuls face à face, par-dessus la table du breakfast.

– Tiens, j'ai entendu parler de ton criminel, laissa tomber Susan avec un sourire.

– Ah ouais ? Par qui ? Par Roddy ?

Elle ne répondit pas. Elle avait le don de l'attirer dans une certaine situation, puis de s'en retirer tranquillement elle-même. Elle se versa une nouvelle tasse de café, y ajouta plus de crème qu'il n'était raisonnable pour une personne au régime. Éric la trouvait un peu trop ronde, et il se demandait comment diable elle faisait pour avoir malgré tout tant de succès auprès des garçons. Il était vrai que, d'un autre côté, Père avait l'air de la trouver jolie. Lorsque Mère critiquait Susan sur son poids et sa gourmandise, Père avait coutume de dire : « Eh ! laisse-la donc tranquille. Elle a de jolies rondeurs, c'est tout. »

Elle contemplait son frère en silence, pensive. Chaque fois qu'il relevait les yeux de sa tartine de confiture, Éric rencontrait ceux de sa sœur, et ce sourire qui ne le rassurait pas le moins du monde. Ce n'était pas le sourire de dédain amusé. C'était un sourire calculé, calculateur. Susan avait quelque chose à lui demander.

Il ne se trompait pas. Elle lui dit soudain, tout à trac :

– Tu pourrais me rendre un service ?

Elle avait prononcé ces mots dans un souffle ; Éric se souvenait de l'avoir vue user de ce procédé de charme avec ses chevaliers servants. Il se fit circonspect :

– Dépend de c' que c'est.

– Si tu vois Danny Richmond, dis-lui bonjour de ma part.

Danny Richmond était l'un des maîtres nageurs-sauveteurs de la piscine municipale – un grand blond, bien découplé, qui poursuivait des études supérieures.

– Entendu, si je le vois, promit Éric, qui n'avait nullement l'intention de voir Danny Richmond à la piscine.

C'était une façon de promettre sans s'engager vraiment, mais sans risquer non plus de se dédire. Il n'irait sans doute pas à la piscine, mais s'il y allait, d'accord, il saluerait Danny Richmond de la part de Susan. Le problème, pour Éric, c'était qu'il croyait à la parole donnée. Un jour, deux ou trois ans plus tôt, sa mère avait plus ou moins contraint son père à promettre qu'il emmènerait Éric à quelque festivité, mais Père n'avait pas tenu parole. Éric avait oublié depuis longtemps où donc Père avait promis de l'emmener, cette fois-là, mais il gardait au cœur, aussi cuisante qu'au premier jour, la déception à l'état brut, doublée d'un sentiment de trahison, qu'il avait éprouvée alors. C'était comme une blessure qui ne s'était jamais refermée. Aussi tiendrait-il sa promesse à Susan – si les circonstances, par extraordinaire, le mettaient en situation de la tenir.

– Promets-le-moi, insista Susan.
– Promis.
– Je te rendrai un service en retour, un jour.
– T'as pas besoin de m'acheter, dit sèchement Éric. J'ai bien dit : si je le vois.

Susan plissa les yeux.

– Dis, tu es forcé de le voir, si tu vas vraiment à la piscine.
– Bon, ça va, je le lui dirai.
– Mais tu y vas, à cette piscine, ou pas ?

– Tu m'as entendu, je l'ai dit tout à l'heure, non ?

Susan partit d'un petit rire en cascade qui n'avait rien de vraiment joyeux ; Éric perçut de la dérision, dans ce rire.

– Qu'est-ce qu'il y a de si drôle ?

– Dis, ce n'est pas que tu t'imagines que je vais croire tout ce que tu racontes à Mère ? C'est à Susan que tu t'adresses en ce moment, petit frère.

Éric demeura impassible, malgré la grimace que lui inspirait intérieurement cette appellation de « petit frère ». Susan le savait bien, d'ailleurs. Il se leva et quitta la table d'un pas délibérément placide, les mains dans les poches. Susan risquait de détecter la moindre précipitation à quitter les lieux.

– 'scuse-moi, entendit-il derrière son dos.

Il se retourna ; elle souriait, de son plus irrésistible sourire.

– Je te demande pardon, insista-t-elle. Mais tu me promets que tu lui diras salut de ma part ? Et rien d'autre, hein ? N'en rajuste pas. Dis-lui seulement : « Ma sœur Susan m'a dit de vous dire salut. » C'est tout. D'accord ?

– D'accord, dit Éric avec un sourire en coin.

Et il ajouta à mi-voix, toujours par-dessus son épaule :

– Si je le vois...

*
**

Une boule de ficelle attendait sur la table, à côté du pichet de limonade.

– Quelle surface fait-il en tout, déjà, ce jardin ? demanda M. Beck, que le soleil faisait cligner des yeux.

Éric ouvrit le carnet de notes qu'il portait toujours sur lui, ces derniers temps. C'était bien ça : deux mille huit cent cinquante-six pieds carrés.

M. Beck lui demanda de calculer combien cela faisait, en gros, de carrés de six pieds de côté.

Éric s'assit en tailleur dans l'herbe et se mit au travail. Hormis parfois une ou deux opérations de simple arithmétique, il était bien rare qu'il eût l'occasion, dans la vie courante, de s'attaquer à un problème mathématique. Il commença par calculer la surface d'un carré de six pieds de côté. A partir de là, il n'aurait plus qu'à diviser la surface totale par le résultat obtenu. Comme il s'y employait il entrevit, du coin de l'œil, la voiture de Mlle Beck qui sortait du garage en marche arrière. Elle l'aperçut et s'immobilisa un instant à son volant. Il lui sembla ressentir physiquement le choc de ce regard qui croisait le sien. Tout juste s'il n'entendait pas comme un crépitement électrique, pareil au crachotement bref d'un court-circuit. C'était un phénomène bien concret que leur antipathie mutuelle. Elle embraya de nouveau, et repartit rageusement vers la rue, en marche arrière. Éric reprit ses calculs. Bientôt il brandit son carnet et proclama le résultat, sûr de lui :

– Soixante-dix-neuf carrés !

M. Beck accepta ce chiffre avec un léger hochement de tête.

– Soixante-dix-neuf, répéta-t-il. Voyons... (Il ferma les yeux, serra les lèvres.) Si tu passes une heure sur chaque carré, et si tu fais, disons, deux ou trois carrés par jour, il y en aura pour un mois, mettons six semaines, pour couvrir l'ensemble du jardin...

Son regard, perdu dans le vague, vint se poser sur le garçon. Ses yeux bleus, brûlant d'une fièvre intense, l'étudiaient attentivement.

– Parce que c'est ce que tu vas faire maintenant, reprit-il. Passer une heure dans chacun de ces carrés.

Éric ne comprenait pas ; les carrés n'avaient d'existence que sur son carnet de notes, pas dans la réalité.

– Vaudrait mieux te faire démarrer sur un carré intéressant, réfléchissait M. Beck. Je m'en voudrais si tu te décourageais dès le début sur un carré difficile – un de ceux du milieu de la pelouse, mettons.

Et, prenant appui des deux mains sur les bras de son fauteuil, le vieil homme, lentement, entreprit de se mettre debout.

Éric fit un pas en avant, mais M. Beck, d'un signe de tête, refusa farouchement son aide.

Pareil à une brindille au vent, il frémissait de tout son corps dans cet effort pour se soulever de son fauteuil. A moitié debout, la silhouette cassée, il eut un geste d'impatience en direction de sa canne qui gisait au sol. Vivement, Éric la ramassa et la lui tendit. Le vieil homme l'empoigna d'un geste décidé, en ficha le bout en terre et prit appui progressivement sur sa tête de noyer poli. La canne oscilla, mais tint bon sous son poids, et avec un petit grognement de détermination le vieil homme lâcha son fauteuil. L'espace de quelques instants, l'ensemble canne et vieillard parut hésiter, incertain, entre l'équilibre et la chute. Le vieil homme se concentrait, le regard braqué sur quelque point dans le lointain.

Que M. Beck fût âgé, très âgé, Éric le savait ; il ne s'était jamais rendu compte qu'il le fût à ce point-là. C'était terrible, et même effrayant, mais plus encore peut-être déroutant, parce que le vieil homme, curieusement, apparaissait à la fois vulnérable et solide. Le simple fait de s'extraire de son fauteuil représentait pour lui un effort incommensurable ; mais s'il y parvenait, justement, c'était bien la preuve que de cette frêle carcasse il tirait des ressources inouïes de résistance et d'énergie.

Éric, sans faire un geste, le regarda s'éloigner

de son fauteuil à pas lents. Chacune de ses lourdes chaussures se traînait vers l'avant tour à tour, et l'autre la rattrapait ensuite, en une lente progression spasmodique.

Au bout d'une douzaine de ces laborieux pas chassés, M. Beck prit appui sur sa canne de ses deux mains usées, face à la maison recouverte de planches. Il paraissait plus grand, debout, qu'il n'en avait l'air assis, mais il était terriblement voûté et plus osseux que jamais, ainsi perché sur ses longues jambes tremblantes. Sa pomme d'Adam faisait saillie sur son cou maigre. Son menton grisonnant pointé en avant, clignant des yeux, il avait l'air de chercher quelque chose dans la lumière du matin. Enfin, d'un doigt flageolant, il désigna l'angle sud-ouest de la maison.

– Ici, dit-il, le souffle court. Aide-moi à revenir, maintenant.

Éric se précipita et lui tendit le bras, mais M. Beck n'en voulut pas. Il préféra s'appuyer lui-même, d'une main, sur l'épaule du garçon, et c'est ainsi, s'aidant de sa canne, qu'il effectua le parcours inverse. Tout en se traînant, il chuchotait d'une voix cassée, hors d'haleine :

– Tu vas tailler quatre petits piquets, pour tenir cette ficelle aux angles. Tu coupes la longueur de ficelle voulue, et tu l'attaches aux piquets. Comme un cordeau, si tu veux. Coupe-la de manière qu'il y ait six pieds de long entre chaque piquet.

Il dut s'arrêter pour reprendre son souffle.

– Ah ! c'est l'enfer, tu sais, de devenir vieux, conclut-il en se laissant tomber enfin dans son fauteuil, avec un profond soupir.

Au bout d'une demi-heure, suivant ses instructions, Éric avait fini de nouer quatre longueurs de ficelle, de six pieds chacune, à quatre petits piquets de peuplier. Il vint planter le tout, en carré, au pied du fauteuil du vieil homme, et vérifia les mesures avec son mètre à ruban.

– Parfait, dit M. Beck en serrant les lèvres. Et maintenant, transporte-moi ça là-bas, où je t'ai montré, à l'angle sud-ouest de la maison, et replantes-y tes piquets.

Éric s'exécuta, puis contempla son œuvre. Un carré impeccable, délimité par quatre ficelles blanches, bien tendues entre leurs piquets.

– Voilà. Et maintenant, entre dedans, lui ordonna M. Beck.

Éric se retourna, perplexe.

– Entrer dedans ?

– C'est ce que j'ai dit, non ? Entre dans ce carré et assieds-toi.

Éric obéit sans mot dire.

Le fauteuil d'osier tournait pratiquement le

dos à l'emplacement du carré, et M. Beck devait se tordre le cou pour voir Éric.

– Reste là-dedans une heure. Ensuite, tu arracheras deux des piquets pour les faire passer du côté opposé, de manière à former un nouveau carré, juste à côté du premier. Tu as compris ?

Éric fit signe que oui.

– Tu t'installeras dans ce nouveau carré et tu y resteras une heure.

M. Beck à présent regardait droit devant lui, et ne pouvait plus voir Éric. Éric eut l'impression que de la part du vieil homme c'était un témoignage de confiance ; cela revenait à dire qu'il était sûr qu'Éric allait suivre ses instructions, sans qu'il fût besoin de le surveiller.

– Un carré après l'autre, poursuivait M. Beck. Jusqu'à ce que tu aies parcouru tout le jardin. Les soixante-dix-neuf carrés.

Éric ne dit rien. Il était assis en tailleur. Sur sa droite poussaient des troènes, et devant lui s'étendait le jardin, tout le jardin, avec l'allée du garage à gauche et l'arrière de la maison dans son dos.

– Préviens-moi quand tu seras prêt à commencer, lui dit M. Beck, invisible derrière son fauteuil. Je pense qu'au moins pour commencer il vaut mieux minuter le temps passé sur chaque carré. Je garderai l'œil sur ma montre, si tu veux.

– Oui, mais...

Éric regardait autour de lui, éperdu. Il avait presque l'impression qu'on venait de lui claquer une porte au nez, qu'on l'enfermait dans un réduit obscur.

– Oui, mais... qu'est-ce que je suis censé faire, moi, là-dedans ?

– A ton avis ?

– Je ne sais pas, moi.

– Tu es là-dedans pour une heure. A ton avis, que vas-tu pouvoir y faire ?

M. Beck avait pris un ton sec et intransigeant.

– Je ne sais pas !

– Je croyais que nous étions bien d'accord, que tu allais regarder ce jardin.

– Euh..., oui, mais...

– Alors vas-y. Regarde-le. Regarde à l'intérieur de ce carré de six pieds ; il est à toi.

– Qu'est-ce qui est à moi ?

– Ce carré de six pieds de côté. Pendant toute l'heure qui vient, c'est là que tu habites. C'est ton monde à toi. C'est ton unique univers, c'est le monde entier pour toi !

Éric jeta un regard sombre aux quatre ficelles autour de lui.

– Ce n'est pas pour t'imposer quoi que ce soit, poursuivait M. Beck, mais à mon avis tu ferais mieux de t'en tenir à l'intérieur de ton carré. Ce serait perdre ton temps que d'essayer de regarder en dehors. Essaie de tirer tout le parti possible du carré dans lequel tu es assis. Essaie aussi de regarder le monde au-dessus, si tu peux.

Les paroles du vieil homme, toujours invisible derrière le dossier de son fauteuil, donnaient à Éric l'impression étrange qu'elles ne provenaient de nulle part, sauf peut-être de l'air aveuglant de lumière, qu'elles n'émanaient pas d'un être humain. Il posa sur la ficelle blanche un regard chargé de soupçons. Que voulait dire le vieil homme, avec son histoire d'unique univers, de monde entier ? Un monde, pour Éric, c'était quelque chose d'immense, et de sphérique de préférence, comme la planète Terre. Mais un carré de six pieds de côté ?

Il cligna des yeux vers le ciel sans nuages.

« Essaie aussi de regarder le monde au-dessus », avait dit M. Beck. Voulait-il désigner par là l'infime portion d'espace correspondant à ce petit carré de sol où il était assis ? Était-ce sur cet échantillon de ciel qu'il lui fallait concentrer toute son attention ?

Éric jeta un coup d'œil sur ses jambes croisées en tailleur, son jean, ses chaussures de tennis, ses mains qui jouaient avec les brins d'herbe, machinalement. N'était-il pas un peu dérangé pour se prêter à ce jeu idiot ?

– Alors, tu es prêt ? tonna soudain M. Beck.

Éric sursauta, comme arraché d'un profond

sommeil. Son cœur se mit tout à coup à battre fort, sa bouche se fit sèche ; c'était comme pour le départ d'une course.

– Prêt ! cria-t-il.

– Vas-y, c'est parti.

Éric réprima un sourire, il rit même pour de bon, tout bas. Y aller ? Aller où ? Qu'est-ce qui était parti ? Il n'y avait pas là l'ombre d'un supporter pour saluer le départ à grands cris. Et il ne courait pas le long d'une piste, pas plus qu'il ne nageait une longueur de bassin. Il était assis là, comme la minute précédente, avant de s'entendre donner le départ à voix haute. Sa première réaction fut d'attendre quelque chose. Il ne savait pas quoi, mais quelque chose allait se passer ; M. Beck, par exemple, allait lui expliquer quelque chose. Mais le silence se prolongeait, et Éric finit par comprendre que le vieil homme, à sa profonde déception, resterait maintenant muet toute l'heure durant.

M. Beck l'avait enfermé à l'intérieur de ce carré.

L'immobilité bientôt commença à lui peser ; il se mit à remuer les pieds, séparément d'abord, puis ensemble, comme en gymnastique au sol, au collège. Puis il se mit debout, un peu surpris de sentir son corps libre. Il parcourut du regard l'enclos minuscule à l'intérieur de la ficelle blanche. Son royaume ? A d'autres ! Il s'affala sans douceur sur le ventre, comme il le faisait, enfant, lorsqu'il voulait bouder. Il posa sa joue sur l'herbe, comme il l'avait fait la veille pour suivre des yeux les fourmis. Il avait un brin d'herbe à moins d'un pouce du nez. Un insecte minuscule, tout à coup, vint se poser sur ce brin d'herbe ; il n'était venu de nulle part, microscopique grain de poussière d'un vert criard. S'il ne l'avait pas vu atterrir, jamais Éric n'aurait soupçonné sa présence. Il fixa des yeux, longuement, cette bosse presque imperceptible sur le brin d'herbe, jusqu'à ce qu'il lui devînt impossible de distinguer s'il s'agissait d'une créature vivante, cramponnée là, ou d'une petite imperfection du végétal. Pourtant, le temps de battre des paupières et le point vert, sans crier gare, avait disparu. L'insecte s'était envolé. En une infime fraction de seconde. Happé par l'air de l'été.

Éric s'assit et cligna des yeux vers l'extérieur de son enclos de ficelle. Moucherons et pucerons dansaient comme de la poussière au-dessus de la pelouse. Quelque chose vint lui bourdonner à grand bruit près de l'oreille gauche, qu'il chassa frénétiquement d'une chiquenaude. Une autre bestiole, dans l'herbe, renvoya le soleil un instant, en un éclair métallique, puis plongea vers le sol et disparut dans l'épaisseur d'une touffe. Toutes sortes de bourdonnements se mariaient, s'entrecroisaient. Partout, des milliers de créatures s'affairaient. Il s'en passait, des choses, dans les profondeurs de ce gazon. Éric se déplaça vers la portion de haie qui délimitait la frontière sud de son enclos. Des branches de troène empiétaient sur son monde. Du bout du nez, il souleva une branchette, pour le simple plaisir du contact de l'écorce, de son grattement léger. Juste au-dessus de lui, durant quelques instants, un bourdon fit du sur place ; ses ailes vrombissaient si vite qu'on aurait dit une sorte de voile – extrêmement mince, mais continu. Il disparut comme il était venu. L'instant d'avant, il était là ; l'instant d'après, il n'y était plus. Où était-il parti ? Éric n'en avait pas la moindre idée.

Il se recroquevilla en boule sous la petite alcôve que formaient les branches basses de la haie de troènes. Il posa son regard, délibérément, sur la petite feuille à l'extrémité du dernier rameau d'une branche, et de là, attentif, il chemina le long de l'écorce, jusqu'à l'endroit où le rameau se raccordait à une branche plus grosse, et poursuivit son chemin jusqu'au tronc courtaud de l'arbuste, puis jusqu'à l'endroit où il s'enfonçait dans le terreau sombre.

Et alors ? Voilà, ça y était. Il l'avait regardé, son carré. Et alors ? Il se redressa, poussa un soupir d'exaspération. Il était déçu. Que s'était-il passé ? Rien. Il s'était efforcé de suivre du regard le tracé d'une branche de la haie jusqu'à sa disparition dans le sol. C'était tout. Rien de plus. C'était plutôt idiot.

Il jeta un coup d'œil désœuvré en direction du fauteuil sur la pelouse. Tout ce qu'on pouvait voir, de l'endroit où il se trouvait, outre le grand dossier d'osier, c'était un bout de jambe de pantalon, informe, une chaussure noire et une main qui pendait. Le vieil homme somnolait-il ? C'était probable. Oui, sans doute M. Beck dormait-il comme un bienheureux tandis qu'Éric était assis là, bêtement, à se tourner les pouces, entre ses quatre bouts de ficelle tenus par des piquets. Il se sentit trahi. M. Beck lui avait laissé entendre qu'il se passerait quelque chose de passionnant s'il s'asseyait là, dans ce carré ; mais rien ne s'était passé du tout. Était-ce une blague, une mauvaise plaisanterie ? Ce bon M. Beck se payait-il sa tête ?

Il s'allongea de tout son long dans son carré et cligna des yeux vers le ciel, au travers des feuilles de troène qui lui faisaient comme un ciel de lit. L'espace, au-dessus de sa tête, était d'un bleu uniforme, plat, sans nuages – et sans intérêt. Il n'y avait vraiment rien à regarder. Allait-il rester là une heure durant ? C'était de la folie furieuse. Complètement débile. C'était comme... comme d'être en prison. Au fait, n'était-ce pas cette idée, par hasard, que M. Beck avait derrière la tête, au fond ? Lui faire tâter de la prison ?

Un léger souffle de vent vint agiter les branches. Sur le fond uniforme du ciel, les rameaux et les feuilles esquissèrent soudain, un instant, des dessins variés, fugitifs. Quelque chose remuait sur une ramille. Une fourmi. Elle trottinait, alerte, le long d'une tige feuillée, elle franchissait résolument le renflement ligneux à la base de chaque feuille. L'idée s'imposa à Éric, tout à coup, comme un choc, que l'univers d'une fourmi était bien étriqué, et que le monde pour elle devait être gigantesque. D'une certaine façon, bien sûr, il l'avait toujours su, mais c'était la première fois qu'il y pensait pour de bon. Là où chaque feuille s'attachait à la tige, cette boursouflure, pour la fourmi, devait avoir quelque chose d'imposant ; or, cette énorme soudure se répétait à des dizaines d'exemplaires, sur cette route interminable qu'avait à parcourir la fourmi pour gagner la vallée lointaine où le tronc du troène plongeait dans la terre ses racines épaisses. De ses antennes infatigables, la fourmi tâtait, tâtait sans relâche. Elle ne devait pas y voir tellement bien, ni surtout tellement loin, et la pauvre avait pourtant tout ce long voyage à faire, encore, avant de retrouver la terre ferme. L'espace d'une seconde ou deux, Éric se mit à sa place ; il se glissa sous le petit crâne noir de la minuscule créature, il regarda le monde immense à travers ses yeux globuleux.

Puis l'instant de magie prit fin. Il se rassit,

regarda autour de lui, sans les voir, le troène et l'herbe, la ficelle et les piquets, la frêle silhouette que masquait presque le dos du grand fauteuil d'osier. Le soleil poursuivait sa course et une ombre naissante entreprenait de grignoter un peu de ses trente-six pieds carrés de territoire. Il la regarda se répandre, sournoise, pareille à une tache d'huile sombre, de sa droite vers sa gauche, s'insinuer sous la dérisoire clôture de ficelle. Cette progression imperceptible, continue, silencieuse avait quelque chose d'apaisant. Le carré maintenant semblait nettement plus spacieux qu'au départ.

Un froissement brusque, dans la feuillée, lui fit relever la tête. Un oiseau brun, minuscule, s'agrippait à une branche de troène. Son œil rond, effronté, se mouvait à toute vitesse dans son orbite ; il avait l'air de regarder partout à la fois. Il assura son équilibre, parut s'incliner une seconde et, d'un mouvement si vif qu'il était vain d'espérer le suivre, il s'envola de nouveau, dans un frénétique froissement d'ailes.

Éric se laissa retomber sur le ventre, mais en gardant la tête assez haute pour avoir une vision rasante de la surface de l'herbe. En moins d'une dizaine de secondes, il avait repéré cinq ou six sauterelles en transit sur ses terres. Depuis combien de temps était-il donc dans ce carré ? Il s'était juré de ne pas regarder sa montre, mais ce fut plus fort que lui. Il souleva son poignet et s'aperçut avec désespoir qu'il s'était à peine écoulé vingt minutes. Il avait cru – et espéré – qu'il en était passé bien davantage. Il n'était plus certain du tout de pouvoir tenir jusqu'au bout. Pas s'il ne trouvait rien à faire, en tout cas ; aussi se creusa-t-il la tête pour s'inventer un jeu qui lui ferait passer le temps.

Et s'il procédait au recensement de son royaume ? Il rampa sur le ventre jusqu'à l'un des coins du carré et entreprit de compter tout ce qu'il y voyait d'animé. Quelques minutes plus tard – il s'interdit de regarder sa montre –, il en était déjà à cinquante bestioles variées. En vérité, il en passait tant dans son champ de vision qu'il était impossible de les dénombrer toutes. Or c'était à peine s'il avait passé en revue un petit tiers de son carré. Il décida d'ajouter un nouvel élément au jeu : il était un avion de reconnaissance, à la recherche des troupes au sol sur un territoire ennemi. Bon, d'accord, c'était un peu bébé – tout à fait le genre de jeu auquel Roddy aurait pu se livrer. Mais le choix n'était pas vaste, sur cet enclos en modèle réduit. Aussi, repartant d'un angle, s'imagina-t-il en train d'examiner à la jumelle, depuis un avion, une jungle dense au-dessous de lui. Il repéra des quantités de troupes et de matériel (essentiellement des insectes de toutes sortes – les coléoptères étant des blindés), disséminés partout dans la brousse. Mais il abandonna le jeu sans s'en rendre compte, parce que sa pensée, oubliant les ennemis, s'était mise à vagabonder au cœur de la réalité même, parmi ces insectes dans l'herbe et leurs mystérieux modes de vie. Il s'était agenouillé et les observait, captivé. Il finit par en avoir mal au dos, à force de rester dans la même position. Il n'avait jamais rien examiné d'aussi près que cette petit portion de terrain à l'intérieur des quatre ficelles.

Des quantités de petites choses qui n'avaient l'air, à première vue, que d'être des parcelles de terre se révélaient être des bestioles ou des larves. Tantôt c'était un œuf de fourmi, un minuscule coléoptère, une sorte de charançon, ou n'importe quoi d'autre, mais quelque chose d'animé, qui avait (ou aurait un jour) trois paires de pattes pour vivre sa vie. Tantôt c'était une araignée, pas plus grosse qu'une tête d'épingle et plus fine qu'un grain de poussière. La surface d'une petite boule noire et ridée – sans doute une baie de troène – semblait elle aussi, chose étrange, animée d'une sorte de mouvement liquide. En y regardant de plus près, Éric comprit de quoi il s'agissait : des dizaines de créatures quasi microscopiques se baladaient sur cette baie, et c'était leurs déplacements qui produisaient ce frémissement. Peu après, comme il donnait une chiquenaude à ce qui lui semblait être un petit monticule de terre de la taille de l'ongle de son pouce, il découvrit qu'il s'agissait en fait des restes d'une grosse mouche morte. Un examen plus approfondi révéla la présence d'une chose microscopique qui avait l'air de s'affairer dans les profondeurs de cette mouche ; c'était beaucoup trop petit pour se laisser identifier, mais c'était manifestement une créature animée.

Il décida de reprendre son jeu de reconnaissance aérienne, bien qu'il eût renoncé depuis longtemps au recensement des troupes adverses. Le menton au ras de l'herbe, il explorait le territoire ennemi depuis son avion de reconnaissance, systématiquement ; il farfouillait du doigt chaque bosse de terre, chaque trou suspect, il retournait le plus petit caillou, inspectait la moindre brindille, à la recherche d'ennemis embusqués. De temps à autre, il s'évadait du jeu, pour y revenir peu après. Sa pensée virevoltait comme une balle de tennis d'un point du court à l'autre. Tout à coup, il releva la tête et, par-delà la ficelle blanche, regarda le vrai jardin.

Le vrai jardin.

Le vrai jardin, parce que tout ce qui s'étendait là, hors des quatre ficelles tendues, paraissait soudain étonnamment réel, par opposition à l'intérieur de ce carré où tout était démesure, jungle sauvage et prolifique, où grouillaient des milliers de vie, inlassablement en mouvement. Il ne savait plus où il en était, avec ces créatures bizarres qui n'étaient pas ce qu'elles avaient l'air d'être, qui surgissaient, disparaissaient, réapparaissaient, troupes ennemies l'espace d'une seconde, moucherons la seconde suivante. Rencontres inopinées et mouvements incongrus semblaient caractériser ce carré. Ces milliers de petites vies qui rampaient sous les herbes n'étaient vraiment décelables qu'à condition d'y mettre du sien ; et encore, même alors, il leur arrivait de disparaître sans prévenir – ou bien, ce qui était pire, l'ennui venait vite, à les regarder, une fois émoussé le plaisir de la découverte...

A deux ou trois reprises, Éric fut pris d'une espèce de panique. Il s'assit bien droit, un peu raide. Une heure ? Tenir une heure là-dedans ? Et il lui resterait ensuite à tenir une heure de plus dans le carré d'à côté, puis dans les soixante-dix-sept carrés restants ? Son regard se posa sur la clôture de ficelle blanche ; et si c'était un mystérieux champ magnétique, mortel au moindre contact ? Glisser un doigt ou un orteil sous l'une de ces ficelles, et c'était la mort immédiate, l'électrocution sans retour. Il soupira. Il n'aurait même pas su dire si c'était d'anxiété ou d'ennui. Il ne se sentait pas tout à fait lui-même. Il était devenu si cruellement conscient de chaque minute, de chaque seconde qui s'étirait sans hâte qu'il se sentait tantôt coupé de tout et comme démantelé, tantôt immense, presque tentaculaire. Était-ce donc ainsi, la prison ? Ce délire décousu dont il était le jouet, M. Beck l'avait-il éprouvé, lui aussi ? Seulement, se disait Éric, il ne pouvait pas s'y dérober, lui, s'il avait connu cette fièvre. Alors qu'Éric n'avait qu'à enjamber la ficelle, et il se retrouverait libre. Il joua un moment avec cette idée – un pas, rien qu'un pas, par-dessus la ficelle, et il serait de nouveau de plain-pied avec le monde. Il n'aurait plus qu'à sortir du jardin d'un pas tranquille. Un souvenir d'enfance lui revenait tout à coup, un souvenir ancien. Il regardait, fasciné, le cercle de flammes bleu et jaune qui dansait autour d'un brûleur du réchaud. Il était assez grand déjà pour savoir pertinemment qu'une flamme brûle si on y met la main et pourtant, un bref instant, il avait failli essayer, pour voir. Il avait senti sa main en trembler d'appréhension. Mais l'instant d'après il s'était retrouvé les deux mains dans les poches.

Il se leva pourtant et alla se planter en lisière du carré. Il baissa les yeux sur cette ficelle tendue, dérisoire. Un seul pas, et il serait libre. Mais libre de quoi ? Et puis, ça ne pouvait pas faire de mal, de rester à l'intérieur de ce carré ; il n'y avait aucune raison de redouter le temps qui passe, aucune raison non plus de craindre

M. Beck et sa méthode pour apprendre à regarder les choses. Ce ne serait pas la liberté qu'il trouverait, s'il franchissait cette ligne blanche, ce serait la flamme bleue – la morsure de l'échec.

Il tourna le dos à la ficelle tendue et s'affala dans l'herbe. Elle était tiède de soleil et lui chatouillait la nuque. C'était comme un océan d'herbe. Elle s'étendait bien au-delà de la petite portion qu'en écrasait son corps, elle ondulait à perte de vue, à l'infini, comme ces immenses vagues déferlantes venues de l'Atlantique qu'Éric avait vues, deux ans auparavant, aux vacances, venir s'affaler, langoureuses, sur une plage de Floride.

Un impérieux éclat de voix le rappela à la réalité – cette voix étonnamment sonore pour un vieillard aussi amoindri.

– C'est terminé !

Éric sauta sur ses pieds, enjamba d'un bond la ficelle et se rua vers le fauteuil d'osier. Il ne pouvait réprimer un radieux sourire de triomphe.

M. Beck le toisa, l'air songeur.

– Alors ? demanda-t-il.

– J'y suis arrivé. J'ai tenu.

– Bien sûr, que tu as tenu. Tu es resté toute l'heure. Mais raconte plutôt comment ça s'est passé.

Éric lui rapporta comment il avait tenté de

faire le compte des insectes de son carré, et comment leur trop grand nombre l'avait contraint à renoncer. Il cita un détail qu'il avait relevé et retenu par cœur, dans l'un de ses ouvrages sur les insectes : une certaine variété de mouche, si toute sa descendance parvenait jusqu'à l'âge adulte pendant toute une année, aurait recouvert au bout de cette même année la terre entière de sa progéniture – sur une épaisseur de quarante-sept pieds si l'on estimait que chaque individu occupait à peu près le huitième d'un pouce carré. M. Beck sourit à cette information, d'un sourire qui disait, Éric le voyait bien, qu'il devinait aussi l'effort que représentait le fait d'apprendre par cœur ce détail.

– A propos, t'es-tu ennuyé ? demanda soudain M. Beck.

– Un peu, quand même, avoua Éric.

– Difficile de rester si longtemps dans un si petit espace sans s'ennuyer au moins un peu. Tu n'as pas eu un peu peur, aussi ?

Éric acquiesça en silence.

Le vieil homme hocha la tête, apparemment satisfait.

– Va nous chercher des glaçons au frigo. La citronnade est tiède.

Comme il revenait de la maison avec le bac à glaçons, Éric surprit M. Beck en train de glisser entre ses lèvres pâles un ou deux comprimés colorés.

Le regard bleu croisa le sien.
– Ah ! la la ! Éric, tu verras, quand tu auras mon âge : on devient grand consommateur de pilules, qu'on le veuille ou non. Celles-ci ont le défaut de me rendre tout somnolent, alors écoute-moi : si je pique un petit roupillon pendant que tu es dans un de tes carrés, fais le minutage toi-même.

Éric se retint de demander pour quoi faire étaient ces pilules – c'était le genre de question qui risquait de froisser M. Beck. Il y avait des limites à ne franchir en aucun cas – le vieil homme avait ses secrets. Pourtant Éric était troublé ; il lui avait semblé percevoir, sur les traits fripés du vieil homme, comme une grimace fugitive. Une grimace de douleur, peut-être ? Oui, c'était sans doute de la douleur. Et ces petites dragées bariolées devaient être censées l'atténuer.

C'était terrible de vieillir, songeait à présent Éric tout en servant la limonade. Il espérait de tout son cœur ne jamais devenir aussi vieux que l'était M. Beck. L'âge de son père, tout bien pesé, était à peu près l'âge maximal auquel il espérait arriver. Père était encore capable de faire une partie de tennis le week-end, mais pour combien de temps, désormais ? Après quoi, de plus en plus, il ressemblerait à Grand-Père, et ensuite à M. Beck. Non, Éric espérait bien ne pas vivre aussi longtemps, pas assez longtemps en tout cas pour devoir prendre des pilules et connaître la douleur.

⁂

Dans les jours qui suivirent, Éric déménagea son carré du nord vers le sud, de l'ouest vers l'est. Il prenait place, consciencieusement, entre les quatre ficelles blanches, et il eut bientôt couvert près du tiers de tout le jardin. Le soir, après le dîner, il montait dans sa chambre et se plongeait dans les manuels rapportés de la bibliothèque. Il y apprenait à distinguer un mille-pattes d'un symphyle, une cétoine d'un hanneton, et il y relevait des notions qui lui paraissaient pittoresques, comme le fait que, chez les termites, la reine peut pondre soixante œufs par seconde. Au cours de la pause, entre deux séances d'une heure à l'intérieur d'un carré, il trimbalait ses livres à travers le jardin et, grâce à leurs illustrations, il s'efforçait d'identifier toutes ces créatures variées qu'il avait l'occasion de rencontrer – de la rainette au puceron vert, du troglodyte au loriot. Il observait les lombrics qui se tortillaient dans le terreau, et ces diables d'étourneaux dont les ablutions effrénées laissaient le bain d'oiseaux à sec. Il apprit à prendre le monde comme il venait, à déjouer l'ennui et à désamorcer la panique. Par exemple, s'il repérait la procession à double sens d'une armée de fourmis rouges qui allaient et venaient, affairées, à partir d'une fissure dans une planche de la façade, il y avait de grandes chances pour qu'il se contente de les suivre des yeux un moment, par pur plaisir, sans chercher à démontrer quoi que ce soit, sans même se demander vraiment où donc elles allaient de la sorte, sur leurs petites pattes résolues. Il les regardait, c'était tout ; il laissait les fourmis et son regard faire le travail eux-mêmes.

Pourtant, au bout d'un certain temps, un soupçon de déception vint se glisser dans l'expérience. Il lui semblait parfois que son intérêt pour toute l'affaire était factice.

En fait, ce qu'il aimait par-dessus tout, c'était discuter avec M. Beck ; plus il connaissait le vieil homme, plus il aimait sa compagnie. Il brûlait de lui poser des tas de questions personnelles, en dépit de son respect pour sa vie privée. De temps à autre, au moment des pauses, il parvenait à surmonter sa timidité et à extorquer au vieil homme des bribes de ses souvenirs. Il se vautrait dans l'herbe auprès des grands souliers noirs d'où surgissaient deux jambes maigres, à la peau tachetée au-dessus des chaussettes et mouchetée çà et là de poils blancs. Et là, levant les yeux vers le vieux visage grisonnant, il écoutait la voix puissante lui parler de ces endroits lointains,

Bangkok, Kamakura, Singapour, qu'avait visités M. Beck du temps où il était marin – avant même la naissance du propre père d'Éric. De loin en loin, aussi, en passant, le vieil homme révélait un détail sur la vie en prison ; confidence fugitive, mais terrible. Il regardait alors droit devant lui, dans le vague, comme s'il revoyait tout : la fenêtre à barreaux de la cellule, la paillasse et l'évier, les toilettes à la turque, l'ampoule qui pendait nue au plafond...

Un jour, il parla de ses peintures.

On l'avait autorisé, dans ses dernières années de prison, à conserver dans sa cellule un bloc de papier et un crayon, et plus tard des tubes de peinture et des petites toiles.

– Au début, c'était un passe-temps, expliqua-t-il. Et puis, je me suis retrouvé mordu pour de bon. J'y travaillais tout le temps. J'en ai quelques-unes à la maison, de ces toiles, conclut-il avec une pointe de fierté. Je te les montrerai peut-être, un de ces jours.

Éric aurait bien aimé pouvoir y jeter un coup d'œil sur-le-champ, mais il n'avait rien demandé. Ils avaient entre eux deux, au fond, un rapport des plus étranges. Ils n'étaient pas vraiment cérémonieux ni même gênés l'un envers l'autre, mais ils évitaient peu ou prou tout ce qui n'avait pas de rapport avec le jardin. Pas une seule fois, par exemple, M. Beck n'avait posé à Éric de question sur sa famille. La vie, pour chacun d'eux, semblait n'avoir de réalité qu'à partir de l'instant où Éric, remontant de la ravine, se hissait dans le jardin.

– Je t'avouerai même, poursuivait M. Beck, que j'ai eu la visite de marchands d'art, dans ma cellule, qui venaient là rien que pour voir mes tableaux. (Il eut un petit rire.) Il y en a même un, en fait, je ne serais pas étonné qu'il vienne ici un de ces quatre, pour y regarder de plus près.

Éric fixait les touffettes de cheveux blancs, de part et d'autre du crâne chauve, doré par le soleil. Que se passait-il dans cette tête ? Et ces yeux d'un bleu farouche, qu'avaient-ils vu ? Souvent il était tenté d'interroger le vieil homme sur ses compagnons de détention. A quoi ressemblaient les plus dangereux, les meurtriers ? Et les geôliers, qui étaient-ils ? Avait-il assisté à des rixes, en prison ? A des tentatives d'évasion ? Lui-même avait-il tenté le coup ? Tenté sa chance, et puis échoué ?

Il avait fait du vieil homme un personnage romantique, une sorte d'aventurier solitaire, un hors-la-loi de charme, ou l'un de ces escrocs pittoresques, irrésistiblement sympathiques, en tout cas un esprit fort, qui se riait du commun. Ce portrait imaginaire le captivait tant, désormais, que les heures passées dans les carrés avaient pour lui cent fois moins d'attrait que la pause entre deux séances, avec le verre de citronnade et l'espoir que le vieil homme révélerait encore une bribe de son passé.

⁂

Une quinzaine de jours environ après le début de l'exploration des carrés, Éric s'éveilla un matin sur un rêve qui le laissa longtemps sous son emprise. Il s'y était vu devenir fou furieux dans la petite boutique du *Chasseur Solitaire* et détruire sauvagement tout ce qui lui tombait sous la main, sous le regard impuissant de Mlle Beck. Il fracassait au sol les vases de porcelaine, renversait les guéridons, les sellettes, tirait sur les dessus de table, piétinait les bibelots, faisait voltiger les cendriers à travers la vitrine. On l'entraînait de force dans un fourgon de police, mais lui souriait de toutes ses dents aux photographes qui le mitraillaient de leur objectif...

Il roula de côté sur son lit et cligna des yeux dans la lumière du jour. Il souleva la tête pour tendre l'oreille et guetter les bruits de la maison. Rien. Le silence complet. La pendulette sur son bureau indiquait dix heures cinq. Il y avait belle lurette que tout le restant de la maisonnée était parti vaquer à ses affaires. Éric avait veillé tard, la veille au soir ; il avait lu jusqu'à minuit l'un de ses livres sur les insectes. Il s'était même endormi dessus, aux alentours de la page quatre cent cinquante. Le livre était d'ailleurs toujours là, à côté de lui, sur le lit. Éric fut pris de l'impulsion subite, irraisonnée, de l'envoyer valser à l'autre bout de la pièce. Il ne voulait plus avoir affaire avec rien, mais là rien de rien, qui pût lui rappeler le jardin. Les insectes, il n'avait rien contre, mais pas ceux qui rampaient dans ces saletés de carrés. Il les vomissait, ces carrés. Il envisagea un instant d'annoncer à M. Beck sa décision de ne plus jamais s'asseoir dans aucun de ces maudits carrés. Il voyait déjà la scène. Il dirait : « Écoutez, monsieur Beck. Je vous aime bien, et j'aime bien venir ici vous écouter parler. J'aime bien quand vous parlez de la mer et de vos voyages et de la prison. C'est ça qui m'intéresse, et non pas ce jardin. Alors, laissons tomber cette stupide invention de s'asseoir, pendant une heure, dans un carré d'herbe. » Et M. Beck hocherait gravement la tête. « Comme tu voudras, Éric, ça m'est égal. »

L'ennui, c'était qu'en réalité M. Beck n'aurait sans doute pas cette réaction-là. Il ferait plutôt la sourde oreille et demanderait : « C'est bien au carré trente-trois que tu t'attaques aujourd'hui, n'est-ce pas ? »

Sur un dernier soupir, Éric s'extirpa de son lit, s'habilla et descendit. Il mit son pain à griller et son café à chauffer, et il alluma le petit poste de télé. Il y avait des jours et des jours qu'il n'avait pas regardé de feuilleton, mais les choses n'avaient guère changé sur ce front-là. Toujours les mêmes crises, les mêmes cas de conscience : celui-ci avait les nerfs qui lâchaient, celui-là un moral d'acier ; celui-ci était amoureux, cet autre ne l'était plus ; l'un courait à un rendez-vous, l'autre partait pour l'hôpital. Éric fut pris d'une série de bâillements ; il se sentait lessivé, sans ressort – peut-être parce que Père lui avait ordonné de tondre la pelouse, aujourd'hui. Malgré la venue, deux fois par semaine, d'un jardinier appointé pour prendre soin des fleurs de Mère, la tonte du gazon, sur l'insistance de Père, était réservée à Éric. « C'est bien le moins qu'il puisse faire », soulignait souvent son père, et sa mère était d'accord. Hormis cette exigence, d'ailleurs, Père laissait entièrement à Mère le soin de gouverner la vie d'Éric.

Lessivé, sans ressort. Il se dirigea malgré tout vers la cabane à outils, derrière le garage. Le petit réduit était envahi d'une profusion de machines et d'outils achetés par Père, l'année précédente, lors d'une flambée d'enthousiasme pour le travail du bois. Cette lubie n'avait duré qu'une semaine, comme toutes les lubies de ce style. Père avait eu vite fait de s'apercevoir, comme toujours, qu'il n'avait tout simplement ni le temps ni le courage, en rentrant de son travail, de faire autre chose que de s'attabler devant le repas du soir, puis de s'effondrer devant la télé, somnolant déjà à moitié. Aussi les beaux outils dormaient-ils sur leur râtelier, flambant neufs, tandis que l'établi attendait toujours sa première éraflure. Éric passa les doigts sur la surface de bois lisse. Au lieu de s'abrutir à regarder un jardin, ce serait une idée, de se mettre au travail du bois. Il pourrait confectionner, par exemple, une batte de base-ball pour Roddy, une coiffeuse pour Susan... Mouais. Pas grand risque.

Il sortit la tondeuse de l'appentis et la poussa jusqu'à la pelouse. De l'autre côté de la clôture symbolique, la voisine se prélassait sur une chaise longue, sous un parasol rayé. Vêtue d'une robe de coton, elle avait surélevé ses pieds sur un pouf ; ses ongles de pied rutilaient. Les taches de son qui mouchetaient ses bras nus étaient visibles depuis l'endroit où se tenait Éric. Sur la table, à côté du transat, était posé un grand verre embué.

Le soleil du matin n'avait pas franchi la cime des arbres, à l'est, que Mme Wilson, sans nul doute, était déjà à moitié pompette.

– Ric ! appela-t-elle en agitant le bras gaiement. Viens donc boire un petit coup !

C'était sa formule favorite. Elle ne plaisantait pas, d'ailleurs. Éric savait que, s'il acceptait son offre, elle lui donnerait tout le whisky qu'il voudrait, autant de fois qu'il en demanderait.

Elle avait à peu près l'âge de Mère, pas d'enfants, un mari qui gagnait gros mais qu'on ne voyait pas souvent. Éric avait pitié de cette pauvre Mme Wilson, avec ses ongles de pied rouges et ses taches de rousseur un peu partout, et qui n'avait rien d'autre à faire, toute la journée, que de se prélasser sous un parasol en sirotant du whisky. Il traversa la pelouse dans sa direction.

– Bonjour madame, dit-il, un peu gêné de n'avoir vraiment rien d'autre à ajouter.

Il s'était approché sans vraiment réfléchir, simplement parce qu'elle avait l'air si seule et misérable, au fond, avec ses pieds en l'air, ses orteils colorés, sans rien avoir à faire ni nulle part où aller.

– Alors ? On vient boire un petit coup ?

Éric répondit d'un sourire.

– Viens donc, c'est pas des blagues, insista-t-elle très sérieusement. (Elle articulait mal ; sa bouche était bardée de rouge à lèvres appliqué à la diable.) La bouteille est à côté de l'évier. Va donc t'en servir un verre, allez.

– Non, merci.

Elle haussa les épaules et l'examina d'un œil attentif.

– Alors comme ça, tu viens d'écoper de six mois de mise à l'épreuve.

Éric acquiesça en silence.

– Qu'est-ce que tu avais donc fait de si terrible ? s'enquit-elle en souriant.

Éric exposa son cas.

– Et pourquoi diable as-tu donc fait ça, Ric ?

Chaque fois qu'on lui avait posé cette question, jusqu'alors, Éric avait donné sa réponse automatique : « Je ne sais pas. » Et c'était un fait qu'il ne savait pas, pas vraiment. Mais Mme Wilson avait une façon si naturelle de l'interroger que pour une fois, sans savoir pourquoi, il se sentait assez détendu pour chercher à fournir une réponse moins évasive.

Il s'entendit répondre, en guise d'explication :

– J'entre en septième * à la rentrée.

La tête inclinée de côté, elle attendait la suite.

– On y pensait tout le temps, avec mon copain...

– Vous pensiez à quoi ? Que ça ne rimait à rien, d'aller en classe comme ça ? Hein ? C'est bien ça ?

– Moui, à peu près, je crois, dit Éric, soulagé de voir que Mme Wilson comprenait. On se disait qu'après ça il y aurait la huitième, la neuvième, ça n'en finissait pas, et pour quoi faire ? C'était idiot, tout ça.

– Alors vous avez décidé d'aller là-bas et d'y mettre le bazar... (Elle eut un petit rire étouffé, porta son verre à ses lèvres.) Ma foi, c'est une

* Entrée dans la « Junior High School » (niveau de nôtre classe de 4e).

bonne chose, si tu m'en crois. Vaut beaucoup mieux casser quelques carreaux, dans la vie, que de faire le dos rond et tout subir sans rien dire... Sinon, tu vois, on finit avec des trucs comme ça (elle agitait son verre de whisky, dans sa main). Ouais, voilà comme on finit, quand on encaisse tout sans réagir.

Éric prit congé d'un geste et regagna son jardin. Comme il tournait la tête, il vit Mme Wilson caler son verre, d'une main, sur son imposant estomac. Ses orteils carmin étincelaient dans le soleil du matin.

Il se mit à tondre la pelouse. Comme il poussait la tondeuse dans cette herbe qui sentait bon, ses pensées le ramenaient, têtues, au jardin de M. Beck. Pourquoi s'obstinait-il à le voir beaucoup plus grand que celui-ci, alors qu'en fait, objectivement, le jardin paternel mesurait bien le double ? Peut-être au fond l'aimait-il bel et bien, ce jardin de M. Beck ? Peut-être, mais rien n'était moins sûr. Ce qui était certain, en tout cas, c'était qu'il ne voulait plus s'asseoir dans ces maudits carrés. A aucun prix. Il n'était plus question de laisser croire à M. Beck qu'il y prenait un plaisir fou. Si jamais il devait, un jour, reprendre cette expérience, ce serait de son plein gré, pour le plaisir, quand le cœur lui en dirait. D'ailleurs, aujourd'hui même, au lieu de se rendre au jardin, il irait à la piscine, où le reste de la bande passait le plus clair de son temps, par ces chaudes journées de juillet. Il rentra la tondeuse, jeta au passage un coup d'œil sur le jardin d'à côté. Mme Wilson somnolait sous son parasol, son verre vide à côté d'elle sur la table. Il sortit son vélo, enchanté de sa décision de laisser tomber pour une fois le jardin de M. Beck. Il avait bien droit à une journée de repos ; il se sentait comme un homme d'affaires qui sèche sa partie de tennis.

Il pédala de bon cœur vers le grand parc municipal. Il longeait déjà la partie du parc sur laquelle s'étendait le terrain de base-ball où Roddy, à l'instant même, devait être en train de bloquer des balles hautes. A l'autre bout, dans une enceinte grillagée, la piscine à ciel ouvert s'offrait au soleil de l'été.

Quelques minutes plus tard, il s'avançait en maillot de bain sur l'aire cimentée, chaude aux pieds, qui bordait la piscine. Il se sentait un peu gêné en présence de tant de monde ; il lui semblait sentir les regards se poser sur lui. Des adolescents d'à peu près son âge, fort occupés à s'ébattre dans l'eau verte ou à se dorer au soleil, formaient le plus gros des troupes. C'était l'une des plus grandes piscines de tout l'État, et trois maîtres nageurs, en permanence, en assuraient la sécurité.

Éric mit sa main en visière pour passer en

revue les silhouettes assises sur des chaises. Il devait y avoir, quelque part par là, le maître nageur qu'il cherchait – Danny Richmond, le dernier soupirant de Susan.

Il était là, assis sur sa chaise haute de surveillant de baignade, offrant à la vue des foules sa musculature bronzée. Éric le parcourut du regard de la tête aux pieds et se croisa les bras sur la poitrine. Décidément, les chevaliers servants de sa sœur étaient toujours aussi détestables ; à croire qu'elle ne les choisissait que sur leur apparence extérieure. Éric darda sur le jeune Tarzan un regard lourd de jalousie et se cala les mains sous les aisselles, dans l'espoir de masquer un peu son torse grêle. Non, il ne le trouvait pas sympathique, ce Danny Richmond. D'un autre côté, il avait fait une promesse, il allait devoir la tenir. Certes, cette promesse datait quelque peu – d'au moins une quinzaine de jours. Et maintenant que Susan et Danny, de toute façon, se voyaient presque tous les jours, il ne rimait plus à grand-chose de rappeler sa sœur au bon souvenir du maître nageur. Mais une promesse est une promesse, aussi Éric, héroïquement, s'avança-t-il vers le jeune homme, les mains toujours calées sous ses aisselles.

– Hey ! lança-t-il, en clignant des yeux dans la lumière trop forte, à l'adresse de cette montagne de muscles perchée sur son observatoire, toute luisante d'huile solaire. Hey, Susan m'a chargé de vous transmettre son bonjour !

Danny Richmond baissa les yeux sur lui.

– Comment ?

Éric réitéra son message, puis se rendit compte que Danny Richmond ne savait pas qui il était.

– Je suis Éric Fisher, le frère de Susan. Elle m'a dit de vous dire salut.

La mâchoire robuste de Danny Richmond s'éclaira d'un sourire enthousiaste.

– Ouais, vu. Éric. Bon sang ! Enchanté. Et merci. Tu la remercieras de ma part, hein, tu y penseras ?

Merci ? Remercier Susan d'avoir chargé son frère de lui dire salut en passant ? Cet excès d'effusions de la part du maître nageur acheva de convaincre Éric que ce type-là, décidément, n'avait pas grand-chose d'autre que du muscle. Fallait-il être débile, tout de même, pour se confondre en remerciements et prendre cet air ému et radieux pour un malheureux « salut » !

Éric se détourna, dédaigneux, et se fit un point d'honneur de prendre au maximum ses distances avec cet Adonis qui trônait sur son siège de surveillant de baignade. Il gagna l'autre bout de la piscine, s'allongea au soleil – et devint aussitôt la cible des regards vifs et goguenards de plusieurs filles de sa classe. Comme il y avait bien quinze jours qu'il n'avait pas pris de bain de soleil, le peu de bronzage acquis au début des vacances avait déjà pâli, à l'exception de son visage et de ses avant-bras, que les séances au jardin de M. Beck avaient fait virer au pain d'épices. Un bref coup d'œil sur ses jambes lui confirma ce qu'il craignait : elles étaient beaucoup plus claires que ses mains, et ses bras, au beau milieu, arboraient une ligne de démarcation nette. Il était bicolore, un peu comme un zèbre ou quelque autre animal saugrenu. A l'idée que ces filles devaient se moquer de lui sous cape, il fut un instant sur le point de se lever et de repartir. Mais de l'autre côté du bassin, derrière les gerbes d'éclaboussures, il aperçut une tête connue. C'était Silky, un camarade de classe ; perché au bout de l'un des tremplins, il en éprouvait, à petits sauts prudents, la qualité de rebond. Éric vit le jeune Noir se concentrer soudain, prendre un bref élan et se jeter à l'eau hardiment, en un maladroit saut de l'ange.

Éric piqua une tête dans l'eau et partit en crawl en direction des plongeoirs. Il nageait fièrement, conscient de l'impeccable coordination de ses mouvements. La natation était l'un des rares domaines, en sport, où il ne se sentît ni ridicule ni incompétent. Il atteignit la zone des plongeoirs à temps pour voir Silky réussir un plat magistral, du haut du tremplin le plus élevé. Le claquement sonore qu'avait produit son entrée dans l'eau avait détourné tous les regards en direction des plongeoirs. Mais la tête sombre de Silky réapparut bientôt. Il reprit son souffle un grand coup et s'éclaira d'un large sourire. Puis il se dirigea sans hâte, à la brasse, vers le bord de la piscine.

Éric, qui venait de sortir de l'eau, lui tendit une main secourable.

– Alors, tu l'as vu, mon dernier plongeon ? demanda Silky en riant, tout en se hissant hors de l'eau. Pas mal, hein ?

– Bah ! tu finiras par y arriver, dit Éric.

Il était toujours frappé par l'agilité du jeune Noir, qui maintenant, d'un pas de félin, se dirigeait vers la clôture et s'asseyait par terre en souplesse. Silky était un sportif plus qu'honorable et un vrai crack en chimie. Il avait aussi été une déception pour la plupart des élèves de sa classe lorsque, six mois plus tôt, il était arrivé de Chicago. Il n'y avait guère de Noirs dans la petite ville, et la plupart des élèves s'étaient figurés que celui-ci, qui venait de la grande cité, serait du genre gros dur, un vrai gosse des bas-fonds qui leur confierait des tas de choses sur les bandes de voyous de Chicago. Mais Silky, s'il venait bel et bien du cœur de la grande ville, n'avait pas touché mot des bandits de Chicago. C'était d'ailleurs pourquoi Superkool, Horse et les autres lui vouaient le plus profond mépris. Ils s'étaient attendus à le voir spontanément rejoindre leur bande, mais Silky s'était rallié, au contraire, à l'équipe de coureurs de fond, au club de mathématiques et à un groupe de discussion.

Ils s'étaient assis tous deux le dos contre le grillage et observaient d'un œil critique le style des autres plongeurs. Silky était un observateur méthodique, il repérait tout de suite si un plongeur prenait son appel en fond de tremplin ou tout en bout, s'il amorçait trop tôt ou trop tard. Éric se disait que Silky n'en aurait pas pour longtemps à devenir lui-même un excellent plongeur.

– Au fait, qu'est-ce que tu fais, toi, cet été ? demanda soudain Silky.

– Moi ? Pas grand-chose.

– Moi je joue au tennis, des masses, alors je suis obligé de bosser, des masses aussi, pour me payer mes entrées.

– Finalement, tu te plais, ici ?

– Pas mal, dit Silky. Je m'y suis bien habitué, en tout cas. Et toi ? Comment ça se passe, au juste ?

Éric comprit qu'il faisait allusion à son régime de liberté surveillée.

– Bof ! C'est complètement idiot. Faut que je me pointe au poste tous les quinze jours, et que je leur raconte que je suis un bon garçon.

Silky éclata de rire.

– Tu n'en as pas pour toute ta vie, va ! (Il se

redressa et se raidit.) Tiens, va falloir que je m'en aille, ajouta-t-il en se relevant.

Il regardait du côté de l'entrée du vestiaire hommes, sur l'autre bord du bassin. Il y avait là Horse, grand et taillé en force, et Zap, plus petit d'une tête et plus léger d'une huitaine de kilos au moins, une vraie demi-portion, à côté.

Ils reconnurent Éric et lui firent de grands signes, puis ils plongèrent dans sa direction. Silky s'éloignait déjà.

– Où tu vas ? lui demanda Éric.

Silky marqua une brève halte, les poings sur les hanches, le temps de grimacer, en une mimique expressive :

– Où je vais ? Ailleurs. Moins je les vois, mieux je me porte. Je ne comprends vraiment pas pourquoi tu tiens tant à te pendre à leurs basques, mon vieux, mais je peux te dire une chose : si j'étais toi, je prendrais mes distances.

– Bof ! Ils ne sont pas si méchants que ça.

– Non, pas si méchants que ça, répliqua Silky en s'éloignant.

Et il ajouta par-dessus son épaule :

– Pas méchants. Idiots, c'est tout.

Non, ils n'étaient pas idiots non plus, se disait Éric. Simplement, ils n'étaient pas aussi sérieux que Silky, ça non, mais peut-être étaient-ils moins hypocrites, aussi, eux qui refusaient de jouer le jeu, au collège ? Il les regarda traverser la piscine – Horse à grands moulinets de ses bras interminables et Zap dans une version du crawl qui lui faisait hocher la tête de droite et de gauche d'une manière cocasse.

Ils se hissaient maintenant hors du bassin, et Éric se raidit d'instinct. Il attendait l'algarade, les coups peut-être ; Horse ne lui ferait pas de cadeau.

Et l'orage vint bel et bien. D'abord sous la forme d'un choc cuisant dans le gras du bras, sitôt que Horse fut à ses côtés. Il lui cornait aux oreilles :

– Où t'étais passé, toi, hein ? Tu réponds, ou sinon...

Il accompagnait sa menace d'une grimace grotesque.

– Moi je sais ! triomphait Zap, un sourire jusqu'aux oreilles et l'œil droit tourné vers l'extérieur de la scène. Moi je sais : il a pas arrêté de lire des bouquins sur les petits oiseaux et les fleurs, et les arbres et les abeilles. Un vrai rat de bibliothèque !

Solo s'était douté qu'il y aurait droit tôt ou tard, à cette scène. Dès l'instant où Superkool l'avait surpris avec ces livres, il avait su qu'un jour il aurait à le payer. Mais c'était presque normal, au fond ; c'était ainsi que la bande réagissait à tout ce qui était nouveau.

Horse lui planta un doigt, sans ménagement, entre les côtes.

– On peut savoir ce qui t'arrive, à toi, en ce moment ? Ça tourne pas rond, dans ta petite tête ? T'as l'intention de rejoindre ceux qui passent leurs journées à observer les p'tits zosiaux ?

Zap pouffa de rire.

– Alors, quoi, tu réponds ? Tu vas t'aménager un jardin sous les bras ?

A chaque question, sans douceur, Horse plantait le doigt dans les côtes de Solo, qui se retrouva bientôt acculé au grillage.

– Dites donc, vous, là ! tonna soudain une voix puissante, aussitôt ponctuée d'un vigoureux coup de sifflet.

C'était Danny Richmond, depuis son siège de surveillant de baignade, sur l'autre bord de la piscine. Il tenait d'une main son sifflet, de l'autre son porte-voix.

– Oui, vous ! Arrêtez ce cirque, et tout de suite !

Horse s'écarta à regret et, le front lourd de rancœur, s'essuya la bouche de son poing serré.

Solo se laissa aller contre le grillage ; il remerciait Susan, mentalement, d'avoir pour ami un maître nageur. Ce sacré Horse, tout de même, il y allait un peu fort, quelquefois ! Ce n'était même pas qu'il voulait vraiment faire mal. Il ne se contrôlait pas, c'était tout. Et il était si fort qu'il vous faisait un mal de chien sans même s'en rendre compte pour de bon. Zap, par contre,

c'était une autre affaire. Solo l'avait entraperçu du coin de l'œil, quand Horse lui mitraillait les côtes. Il avait vu luire des éclairs de joie dans le regard de Zap, chaque fois qu'il avait jappé de douleur. De toute la bande, sans hésitation, c'était Zap que Solo appréciait le moins. Il craignait Superkool, et Horse à un degré moindre, mais ce qu'il éprouvait pour Zap n'était pas loin de ressembler à de la haine, tout bien pesé.
– Eh ! regardez donc qui voilà ! s'écriait justement Zap.

Une silhouette d'adolescent bien découplé s'encadrait dans l'entrée des douches, un garçon aux longs cheveux blonds – Superkool. Il se mit à courir sur le ciment – en dépit de l'interdiction affichée un peu partout – et piqua une tête dans l'eau miroitante.
– Allons lui faire le coup du comité d'accueil, marmotta Zap.

Le trio plongea avec ensemble et convergea en direction de Superkool ; la rencontre eut lieu au milieu du bassin.
– B'alors ? Qu'est-ce que tu fabriquais ? mugit Horse en éclaboussant l'arrivant.

Le trio l'encerclait, se refermait sur lui.
– Dites, les gars ! tenta de plaider Superkool, les cheveux plaqués sur la tête, ce qui lui donnait un air doux, presque efféminé. Allez, quoi ! Fichez-moi la paix !

Mais le trio, en ricanant, lui fondit dessus

comme un seul homme. Superkool disparut sous le choc. Il réapparut bientôt, crachant et toussotant, et tenta d'échapper à ses tortionnaires. Mais Horse lui mit le grappin dessus et l'envoya de nouveau sous l'eau. Il le laissa ressortir une fraction de seconde, le temps de reprendre un peu d'air, et le coula une fois de plus.

Le trio ne cessa de lui faire avaler tasse sur tasse que de peur de s'attirer un nouveau coup de sifflet.

Solo était content de lui. Il avait poussé de bon cœur, des deux mains, sur les larges épaules de Superkool, et regardé avec volupté la tête blonde disparaître sous un tourbillon d'eau verte.

– Bande de salauds, grommelait Superkool, comme ils nageaient tous quatre en direction du petit bain.

– Mon vieux, c'est bien fait, dit complaisamment Horse; ça t'apprendra à te pointer en retard.

Solo regardait autour de lui; quelqu'un les avait-il vus, au moins, en train de faire boire la tasse à Superkool? Un groupe de plus petits les suivait du regard en ouvrant de grands yeux. L'un d'eux était presque de la même taille que Solo, mais Solo se sentait fort, en compagnie d'un grand balèze comme Horse, surtout après l'avoir aidé à faire boire la tasse à un type aussi baraqué que Superkool.

– Mais mais mais ? Qu'est-ce que je vois ? minauda tout à coup Superkool, de l'eau jusqu'à la ceinture.

A quelques mètres de là, une fille de treize ou quatorze ans battait l'eau gauchement, en s'essayant au crawl.

– Ça ? railla Zap. C'est un chien qui essaie d'apprendre à nager.

Solo la reconnut. C'était Sandra Gibson, une fille de sa classe. Plutôt ronde, elle portait des nattes et jouait de la trompette dans l'orchestre du collège. Elle avait plusieurs fois prêté à Solo ses notes de cours d'anglais.

Superkool instantanément fit mine de se changer en monstre du genre gorille. Les bras écartés, les doigts en griffes crochues, il poussa un cri guttural et s'élança en avant. Le voyant fondre dans sa direction, l'adolescente moulina des jambes pour reprendre pied au plus vite, et elle se redressa, tournée vers l'assaillant, les bras serrés sur sa poitrine en manière de bouclier. Superkool, du plat de la main, commença par l'asperger avec une précision mauvaise, encore et encore et toujours, sans lui laisser le temps de souffler. Alors, décroisant les bras, elle tenta de courir dans l'eau en direction du bord. Mais elle n'eut pas le temps de l'atteindre. Horse, qui l'avait contournée, venait de l'empoigner par la nuque et l'enfonçait sous l'eau d'une main lourde. Durant deux ou trois secondes, seules les deux longues nattes surnagèrent en partie, mollement. A peine la tête ronde émergeait-elle, suffoquée, que Zap, prenant le relais, la renvoyait sous l'eau, avec une insistance calculée. Cette fois, c'est en sanglotant que l'adolescente réapparut en surface, les mains crispées sur son visage comme s'il s'agissait d'un masque qu'elle voulait arracher. Alors Superkool à son tour lui appliqua sur la nuque la paume de sa grande main et l'enfonça fermement sous l'eau, où il l'y maintint plusieurs secondes avant de lâcher prise et de la laisser remonter comme un bouchon de liège.

C'était au tour de Solo

Il jeta un regard en biais sur Horse, dont les lèvres s'entrouvraient déjà, de délectation anticipée. Zap ricanait en sautant sur place. Solo s'élança vers la fille, tenta de lui attraper le bras, mais sa main glissa sur la peau mouillée. Alors il chercha prise du côté de ses mains, toujours crispées sur son visage, et il fut saisi par la sensation de froid que rencontrèrent ses doigts au contact des doigts de sa victime. Cette fois pourtant, il réussit à trouver une prise, et il poussa. Le peu de résistance qu'elle lui opposa l'effraya presque. Elle était tout à coup devenue molle, passive et comme retirée au loin, comme si, pour la première fois de sa vie, elle avait conscience qu'il est des choses contre lesquelles on ne peut rien, qu'il faut admettre et endurer, recroquevillé au plus profond de soi-même. Il l'enfonça le plus loin qu'il put. Elle se laissa faire, docile, sans même tenter de résister. Il relâcha sa pression et elle refit surface, hoquetante. Les mains toujours plaquées sur le visage, muette, elle ne réagissait plus ; elle était devenue chiffe molle, malléable à merci.

Solo fut effaré de la voir ainsi résignée à subir leurs violences. C'était plus odieux, pour lui, que si elle leur avait rendu des coups. La honte et la rage se bousculaient en lui, devant cette passivité désarmante. Il n'était plus question de lui faire boire la tasse ; aussi, imitant les autres, recula-t-il d'un pas ou deux pour asperger de giclées rythmiques les pauvres bras ronds, le maillot de bain noir, le bonnet planté de travers et à moitié arraché.

– Holà ! dites, vous !

Un coup de sifflet véhément, puis un deuxième.

– Dites donc ! C'est pas bientôt fini ?

Les quatre garçons firent volte-face vers le surveillant de baignade le plus proche – un solide gaillard qui faisait de grands gestes à leur intention, tout en s'époumonant dans son sifflet. Des autres postes de surveillance, ses deux collègues lui faisaient écho. Les garçons avaient intérêt à laisser leur victime en paix, et vite, ou ils allaient se faire évacuer.

Ils se dispersèrent en ricanant ; Sandra, figée sur place, se frottait les yeux lentement, avec précaution, comme pour les débarrasser d'escarbilles.

Ils se retrouvèrent hors de l'eau, dans l'un des angles de la clôture grillagée. Ils se bourrèrent mutuellement de bons coups de poing fraternels. Solo eut même l'audace de cogner une fois sur Horse. Pas fort, mais c'était bon. Il se faisait l'impression d'être un vrai dur de dur, cruel et mûr, et définitivement aguerri. Là-bas, adossée contre le trop-plein, Sandra les surveillait d'un œil aigu, de l'autre côté du bassin. Trois de ses amies avaient refermé sur elle un petit cercle protecteur et décochaient à ses tortionnaires des regards noirs d'indignation.

– Bien fait pour elle, marmonna Horse en contemplant les os saillants de ses gros poings, l'air impressionné, comme s'ils n'étaient pas les siens, comme s'il les découvrait pour la première fois.

– Regardez-moi ces chiens méchants, ricana Zap en désignant du menton les filles à la mine furibonde.

– Au fait, finalement, ça y est, tu en as, ou pas ? demanda Horse à Superkool, en s'adossant nonchalamment au grillage à côté de lui.

– Eh non ! Il n'en avait pas.

– De quoi ? intervint Solo.

Il se sentait autorisé à poser toutes les questions qu'il voulait, désormais ; ne leur avait-il pas prêté main-forte pour faire boire la tasse à cette fille ? Ce geste faisait de lui l'un des leurs, malgré ses lectures discutables.
– Oh ! un mec qui m'avait dit qu'il nous filerait de l'herbe, expliqua Superkool. Seulement, manque de pot, il a pas pu. Maaaaaiiiiis, ajouta-t-il, théâtral, en claquant dans ses doigts, on a tout de même un petit quelque chose. Venez, les gars.

Moitié courant, moitié patinant, les quatre garçons s'élancèrent sur le ciment chaud et lisse. Seul le regard désapprobateur de Danny Richmond leur fit un bref instant ralentir l'allure, puis ce fut le sprint final en direction du vestiaire hommes. D'une démarche raide de robots, ils pénétrèrent dans le hall d'entrée. Superkool demanda au préposé s'il pouvait récupérer ses vêtements un instant.
– Faut que j'y prenne quelque chose, expliqua-t-il sur le ton de l'excuse au tout jeune homme, plutôt perplexe, qui s'occupait du vestiaire.
– Comment ça ? Prendre quoi ?
Il regardait tour à tour chacun des membres du quatuor, et la petite mare qui se formait à ses pieds.
– De l'argent. J'ai des dettes. Un pari que je viens de perdre bêtement.
– S'il vous plaît, roucoula Zap.

– S'il vous plaît, reprirent en chœur Solo et Horse.

L'autre les dévisagea un moment, puis saisit le jeton numéroté que lui tendait Superkool. Il y jeta un coup d'œil et se dirigea vers le rayonnage où s'alignaient les paniers métalliques dans lesquels chaque nageur rangeait ses effets. Il sortit le panier correspondant au numéro du jeton et le balança sur le comptoir sous le nez de Superkool, avec un petit grognement d'exaspération.

Superkool s'empara du panier et fit le geste de s'éloigner.

– Eh là ! non ! Reste ici ! Tu prends ton argent *ici,* et moi je remets ça en place !

Superkool s'arrêta, coupé dans son élan. Il rougit légèrement.

– De quoi ?

– J'ai dit : tu prends ça ici, et je remets tes affaires en place.

– D'accord, seulement je l'emporte dans le vestiaire, que je puisse au moins le poser pour regarder. Je ne sais plus où je l'ai mis, moi, ce fric !

Le préposé au vestiaire ouvrait la bouche pour protester, mais c'est alors que trois petits se présentèrent avec leurs paniers de vêtements, si bien qu'il se détourna du quatuor pour s'occuper des arrivants.

Superkool profita de la diversion pour se ruer

dans l'un des vestiaires, ses acolytes sur les talons. Il flanqua son panier sur un banc de ciment et commença par exécuter une petite danse de triomphe. Tout en fredonnant une rengaine disco et en frétillant du postérieur de manière obscène, il farfouilla sous ses vêtements et en extirpa un petit sac de voyage, frappé du sigle d'une compagnie aérienne. Il ouvrit le sac d'un geste théâtral, ménagea un suspense et se tourna vers ses comparses avec un sourire aux canines aiguës et un feulement de fauve.

– Oh ! ça va ! s'impatienta Horse. Arrête de faire le clown !

Alors, lentement, comme un magicien sort un lapin de son chapeau, Superkool tira de son sac une bouteille de whisky.

– Fichtre ! il t'a fait casquer combien, le mec qui t'a passé ça ? s'informa Zap, qui gardait les pieds sur terre.

– Onze dollars. Faudra me rembourser, les mecs.

– Onze ? Tu t'es fait avoir, mon vieux. Moi j'en connais un qui m'a dit qu'il pouvait m'en filer une bouteille pour neuf, pas un rond de plus.

– Ouvre donc ça ! ordonna Horse en allongeant le bras pour s'emparer de la bouteille.

Superkool et lui, un instant, se disputèrent le trésor, chacun se cramponnant au goulot, mais pour finir ce fut la grande patte de Horse qui l'emporta. Il recula d'un pas avec le précieux butin. Il dévissa le bouchon, jeta un bref coup d'œil du côté de la porte et, savourant son triomphe, il souleva la bouteille. Sa pomme d'Adam descendit et remonta deux ou trois fois. Il abaissa la bouteille, à moitié étranglé.

Les trois autres s'esclaffèrent ; Superkool tendit le bras pour reprendre la bouteille.

– 'tends ! protesta Horse d'une voix étouffée. J'ai pas fini.

Il porta de nouveau la bouteille à ses lèvres, déglutit une fois, deux fois, trois fois et, pour finir, dans un accès de toux explosif, aspergea de whisky toute une portion du banc. Il en avait les larmes aux yeux.

– Merde, qu'est-ce que c'est bon ! commenta-t-il dans un souffle en tendant la bouteille à Zap.

L'autre, sans hésiter, leva haut le coude et but à longs traits – pour crachouiller lamentablement à son tour.

La bouteille passa aux mains de Superkool. Il fit mine d'examiner en connaisseur le liquide ambré, singea les mimiques de l'amateur éclairé et effectua de nouveau une petite danse.

– Et vous n'oubliez pas, hein : vous me devez des sous !

– Bois donc, grommela Horse.

Superkool but.

Ils plaquèrent enfin la bouteille contre le buste de Solo. Il l'empoigna par le goulot et jeta un regard aux deux petits mômes de huit ou neuf ans qui contemplaient la scène depuis un angle du vestiaire. Ils étaient déjà en maillot, mais ils ne quittaient pas la pièce, fascinés qu'ils étaient par ce spectacle exaltant. Sous leur regard muet, comme pétrifié de respect, Solo se sentait des années de plus. Il éleva la bouteille à ses lèvres et avala une bonne gorgée. Le liquide lui brûla le gosier et il manqua de s'étouffer ; il dut se pencher en avant pour recracher la troisième gorgée – sur les pieds de ses comparses.

– Fais gaffe, quoi, nom de d'là ! aboya Superkool.

Horse lui arracha la bouteille des mains. Et le précieux flacon repartit pour un second tour, avec moins de crachouillements cette fois. Ils en étaient au troisième tour, selon un rituel déjà établi, solennel et inexorable, lorsque survinrent trois jeunes gens, nettement plus âgés qu'eux.

Les trois arrivants eurent un sourire condescendant.

– Pauvres petits cons, remarqua l'un d'eux, sur le ton de l'indifférence, tout en commençant à se rhabiller.

Horse s'assit sur le banc. Il tenait la bouteille par le goulot, comme on le ferait d'une volaille plumée.

– Est-ce que vous ressentez quelque chose ? s'enquit Zap, tout excité. Moi je ne ressens rien de spécial.

– Moi, si, affirma Superkool.

Et il exécuta une fois de plus une sorte de petite danse du ventre ; son déhanchement déchaîna leurs rires.

Solo s'assit à côté de Horse. S'il ressentait quelque chose ? Diable oui ! Au début, ça brûlait le gosier, mais maintenant c'était plutôt dans l'estomac qu'il se passait des choses. C'était comme des élancements sourds, une espèce d'étranglement, un peu comme si le whisky s'était condensé en une petite boule dure et cuisante. Allait-il être malade ? Il espérait, sans trop y croire, qu'il tiendrait bon, qu'il passerait le cap. Surtout, surtout, ne pas être malade sous les yeux de la bande. Il vérifia, d'un regard de biais, si les petits les observaient toujours, mais par bonheur ils avaient disparu. Son regard rencontra celui de l'un des jeunes gens.

– Toi, t'as pas l'air dans ton assiette, dit le grand garçon.

Solo esquissa un haussement d'épaules.

L'autre darda sur lui un index de prédicateur :

– Vous allez vous faire pincer !

– Et alors ? laissa tomber Solo.

Son audace le surprit lui-même, et lui valut l'approbation du reste de la bande.

– Ouais, hoqueta Zap. On s'en fout.

Le grand ricana à mi-voix et se pencha pour nouer ses lacets.

Solo se tourna vers Zap, pris d'une impulsion subite.

– Passe-moi ça, dit-il, et il lui arracha la bouteille.

Il y but une longue gorgée, et sa vue se troubla. Il eut un sursaut en avant, en proie à un accès de nausée.

– Voilà ce que j'appelle une bonne pente de gosier, moi ! braillait Zap. Même mon vieux ne ferait pas mieux.

Solo déglutit sa gorgée, avala sa salive. Stoïque et désespéré, il se débattait à présent contre une horrible envie de vomir. Comme il la regrettait, cette toute dernière lampée ! Sa bouche moussait de salive, ses yeux étaient brouillés de larmes – et pourtant il était fier. Il avait fait ses preuves devant les copains. Devant le monde entier ! Oui, il était un hors-la-loi, un maudit, comme M. Beck ! Il serait toujours en bisbille avec l'ordre établi. Non, il ne serait pas agent de change comme son père, ni homme de loi comme les pères de Horse et de Superkool, il ne serait rien de respectable. Il voulait se dresser contre le monde entier. Il voulait voir Bangkok, Kamakura, Singapour. Et il se moquait bien du reste.

– Alors ? tonna soudain une voix sur sa gauche. Qu'est-ce qui se passe, ici, au juste ?

Dans la porte ouverte s'encadraient deux silhouettes : le préposé au vestiaire et Danny Richmond.

Le maître nageur s'avança et, toisant de haut le quatuor, arracha des mains de Zap la bouteille déjà presque vide. Des lunettes noires masquaient son regard ; un sifflet chromé, accroché à son cou, battait sur sa poitrine musclée. Il tenait à la main son porte-voix de tyran. Il examina la bouteille un instant, fronça le nez de mépris et la jeta dans une boîte à ordures.

– Bon. Vous, les drôles, je vous donne cinq minutes pour évacuer les lieux, compris ? siffla-t-il entre les dents, si bas que c'est à peine si Solo l'entendit. Cinq minutes. Et que je ne vous revoie plus, compris ?

Les lunettes sombres lui donnaient l'air sinistre d'un policier de la route. Déjà il leur tournait le dos, mais il se ravisa. Il se retourna, se pencha de nouveau vers les fauteurs de troubles et pointa son porte-voix en direction de chacun d'eux tour à tour – en s'attardant tout particulièrement sur Solo.

– Et puis je vous préviens : si jamais vous revenez à cette piscine avec de la marchandise de ce genre, c'est en panier à salade que vous ressortez d'ici, je vous le garantis ! Et maintenant, ouste ! rhabillez-vous et allez vous faire voir ailleurs !

Durant deux ou trois secondes encore, il regarda fixement Solo, puis il sortit à grandes enjambées, le préposé au vestiaire sur les talons.

La bande commença par essayer de ricaner,

mais se rhabilla prestement. Solo se doutait bien que c'était grâce à Susan qu'ils s'en tiraient à si bon compte. Si Richmond n'avait pas eu ce petit béguin pour elle, le gérant de la piscine aurait déjà été sur place, en attendant l'arrivée des flics qui les auraient traînés au poste. Solo alors aurait eu l'honneur et le plaisir de retrouver le sergent Nolan... Oh ! et puis après tout, qu'est-ce que ça pouvait faire ? Qu'ils le flanquent donc au pénitencier, il s'en moquait ! Dans un certain sens, même, il n'était pas sûr que l'idée ne lui souriait pas, en secret.

⁂

Éric pédalait le long de la rue, le guidon incertain mais le pied ferme. Aussitôt sorti de la piscine, le petit groupe s'était dispersé, sur la promesse solennelle de se retrouver chez Larry le lendemain.

Des vagues de nausée le prenaient encore par moments, mais le plus gros, apparemment, était passé. Maintenant, il allait au jardin, voir M. Beck. Et pourquoi pas ? Bon sang, ce qu'ils s'étaient bien amusés ! Il riait malgré lui, se sentait merveilleusement mûr et heureux, dans la grisaille de cette rue. Grisaille ? D'un coup d'œil vers le ciel, il nota qu'un banc de nuages venait de masquer le soleil. Ils montaient d'un bloc sur la ville, comme un matelas grumeleux.

Il avait dans la bouche un curieux goût amer ; il dormait à moitié, aussi ; et il sentait toujours cette fameuse boule dans son estomac ; pourtant il continua de pédaler, jusqu'à ce qu'apparût la rue de M. Beck. C'est alors qu'il se souvint qu'il n'avait jamais gagné le jardin autrement que par la ravine, mais tout n'était-il pas différent, aujourd'hui ? Il pouffa de rire – c'était plus fort que lui – en découvrant les maisonnettes, plutôt des baraques à ses yeux, qui défilaient de part et d'autre de la rue. Il passa une première fois devant la maison Beck sans même la reconnaître. C'est en reprenant le trajet à l'envers qu'il repéra l'allée et le garage, contre une petite maison recouverte de planches grises. Elle avait l'air si modeste et si peu reluisante qu'il se demanda comment un homme de la classe de M. Beck, un grand aventurier, un coureur des mers, un bandit de grands chemins, pouvait supporter de vivre là.

C'est seulement lorsqu'il eut mis pied à terre, pour rouler son vélo à la main dans l'allée, qu'Éric se rendit compte à quel point il chancelait sur ses jambes. A chaque pas, le sol se dérobait sous lui, versait d'un bord, de l'autre. Un effet de l'alcool, sans doute. Cette idée le fit rire une fois de plus. Comme il passait l'angle de la maison, il vit le dossier du fauteuil d'osier et l'arrière du crâne du vieil homme, boucané par le soleil. Le jardin, sous ce ciel couvert, s'était paré d'un vert profond, inhabituel. Il avait quelque chose de secret, d'intime, d'attirant. Il arrivait au niveau du fauteuil lorsque la tête chauve se retourna en sursaut.

Le vieil homme examina son visiteur un instant, puis son visage s'éclaira :

– Tiens ? Je ne pensais pas que tu viendrais.

– Je suis allé à la piscine, dit Éric en se laissant tomber dans l'herbe, aux pieds du vieil homme.

Il s'entendit rire tout haut.

– Qu'y a-t-il donc de si drôle ? s'enquit M. Beck.

Éric dut attendre, pour répondre, la fin d'un accès de fou rire.

– On a fait du grabuge, là-bas, finit-il par articuler.

Il se roula sur le ventre, se cala le menton dans les mains. Il s'était remis à rire. Cette expression « faire du grabuge », il la tenait de son grand-père et il la trouvait plutôt drôle. C'était bien la première fois qu'il l'utilisait lui-même. Mais M. Beck, certainement, devait la connaître aussi.

– Hmm. Qu'est-ce qui s'est passé, à cette piscine ? s'enquit sèchement le vieil homme.

– Ben, avec des types que je connais... on a fait un peu la foire... Pas grand-chose... (Il s'entendait lui-même, comme s'il s'agissait d'un autre, ricaner entre les mots.) Trois fois rien...

Le vieil homme, intrigué, s'était penché vers lui.

– Éric ?

Éric ferma les yeux. C'était peut-être la seule façon d'enrayer ce satané fou rire ? Tout lui semblait si drôle ! Mais une curieuse lumière, qui rampait sous ses paupières, ramena soudain la nausée. Il rouvrit les yeux et battit des cils.

– Éric ?

S'il levait les yeux vers le vieil homme, il le savait, il allait exploser de rire. Il se concentra sur ses jambes.

– Éric, tu as bu ?

– Ouais, reconnut-il avec un grand sourire, en se redressant à demi. Mes copains, là, ceux avec qui j'étais, ils avaient acheté une bouteille de gnôle à un mec du collège. Ils l'avaient apportée à la piscine, alors on a bu dans les vestiaires... (Il dédia au vieil homme un sourire complice.) Seulement, y a un des surveillants de baignade qui nous a vidés.

– Je vois, dit tranquillement M. Beck. Et tu es venu ici tout droit. C'est ça ?

– Ouais.

– Pourquoi ?

Éric haussa les épaules ; il ne comprenait pas la question.

– Pourquoi es-tu venu ici ? répéta le vieil homme, sans élever la voix.

Éric sentit un nouvel accès de fou rire lui échapper, comme une convulsion.

– Je t'ai posé une question, Éric. Pourquoi es-tu venu ici, ivre, dans mon jardin ?

Éric cette fois perçut sous les mots la colère contenue. Il cligna des yeux, à la recherche d'une réponse.

– Je me suis dit comme ça, je vais m...

– Non, coupa M. Beck. Tu ne t'es rien dit du tout. Ou alors, tu t'es trompé, mon garçon.

Il se pencha en avant pour ajouter, d'une voix qui vibrait de colère :

– Comment oses-tu venir ici, dans l'état où tu es ?

Éric à grand-peine se remit sur ses pieds.

– Ouste ! va-t'en d'ici ! sifflait à présent le vieil homme. Disparais ! Je ne veux plus te voir ! (Sa voix s'élevait en spirale vers le ciel, chargée de rage.) Va-t'en ! Va-t'en d'ici ! Allez, va-t'en ! Va-t'en !

Sans réfléchir, comme un automate, Éric partit en titubant vers la ravine. Il s'y coula sans précaution, roula le long du talus, fouetté par les rameaux et les ronces. Un tronc d'arbre, sans ménagement, mit fin à sa chute folle. Il y resta un moment, à demi enroulé contre le tronc, meurtri de partout. Le regard hébété, la tête vide, il fixait sans la voir, au travers des broussailles, la cime du vieux chêne qui marquait la frontière de l'univers de M. Beck.

Je ne reverrai plus jamais ce jardin, songea-t-il tout à coup.

Au prix d'un effort sans nom, il parvint à

ramener son corps, ce corps qui ne répondait plus, à un semblant de position assise. Il s'adossa contre l'écorce rude. Plus jamais. Il ne le reverrait plus jamais. Il sentait un sanglot remonter dans sa gorge comme une bête vivante. Plus jamais. Le jardin. Plus jamais.

Il se remit sur ses pieds, chancela un moment, puis reprit sa descente vers le fond de la ravine. A deux reprises, il s'écroula dans la broussaille, avant d'atteindre enfin le bas. Tout au fond de la ravine coulait un filet d'eau. Des frênes, des chênes et des érables poussaient là en rangs serrés, et lorsque Éric, n'en pouvant plus, s'étendit de tout son long dans les feuilles sèches, il constata que c'était à peine s'il entrevoyait le ciel. Le filet d'eau, à ses oreilles, répétait inlassablement son chant liquide et monotone. Tout le bosquet vibrait d'un bruissement continu d'insectes. Un oiseau, quelque part sur sa gauche, gazouillait une mélodie, toujours la même. Tout semblait se mouvoir sans trêve autour de lui, et l'envie lui vint de fermer les yeux.

Lorsqu'il les rouvrit, la pluie tombait douce à travers le feuillage, elle venait battre à sa joue. Il amena son poignet à hauteur de ses yeux. Il était grand temps de rentrer. Bien plus, même : l'heure de dîner. Non point qu'il eût envie de manger. Mais tout de même, il était tard. Il avait dû dormir. Combien de temps ? Une heure au moins.

Il se roula sur le côté, contempla ce filet d'eau sombre qui se glissait entre deux rives à peine écartées d'une longueur de main. La pluie pianotait sur sa surface couleur d'ardoise. Quelques moucherons tournoyaient sans bruit au-dessus de l'eau. Les gouttes de pluie tombaient dans ce ruisseau comme de la grenaille de plomb ; elles s'abattaient, lourdes et pleines, pareilles à des fruits mûrs, avec une sorte de mélodie qui leur était propre. Une forte odeur végétale emplissait toute la ravine ; elle s'accrochait à cette brume qui vous envahissait les poumons. Au-dessus d'Éric, les branches se balançaient en cadence, sur un rythme de berceuse qui faillit bien le rendormir. Il n'avait pas envie de bouger. Cette senteur verte et ce chant de pluie lui suffisaient amplement. Il avait perdu la notion du temps. Il se sentait au cœur de quelque chose de chaud, d'accueillant ; quelque chose de mystérieux qui l'enserrait, le berçait. Jamais de sa vie, il le savait, il n'oublierait cet instant de grâce où un monde humide et vert l'avait recueilli et bercé en secret, dans le chuchotis de la pluie. Jamais il n'oublierait cette senteur puissante, qu'il lui semblait reconnaître et comme venue d'une autre vie.

Mais jamais non plus il ne devait oublier l'instant terrible qui suivit, violemment, sans prévenir. Il ressentit d'abord en lui une sorte de remous atroce, doublé d'une détresse profonde.

Puis la nausée revint, brutale, qui donnait de grands coups de bélier vers le haut, dans son œsophage, comme la lave brûlante d'un volcan.

Il vomit en jet, brièvement, dans la broussaille. Il lui sembla que ses entrailles lui remontaient tout entières à la gorge. Jamais encore il n'avait vomi de cette manière explosive.

Après quoi, épuisé, il pleura de tout son être. Il avait perdu le jardin, il avait perdu M. Beck. Il s'était perdu lui-même.

3. Rencontre avec l'orage

Les trois jours qui suivirent, Éric les passa au lit ; il avait pris un mauvais coup de froid. Malgré la fièvre qui le dévorait, le premier jour, sa mère ne put se retenir de lui faire la leçon sur les risques auxquels on s'expose quand on se balade sous la pluie. Lui se disait surtout qu'il avait eu une veine de pendu : ses parents, qui dînaient en ville, n'avaient pas été là, la veille au soir, pour le voir rentrer tout titubant, encore à moitié ivre. Il était monté tout droit se coucher, non sans éconduire la curiosité de Roddy par cette affirmation péremptoire : il était malade comme un chien. Et ce n'était pas seulement un prétexte ; il se sentait en triste état.

Le surlendemain, alors qu'il était encore alité, Susan vint le voir dans sa chambre. Elle s'assit sur le lit et posa sur son frère un regard méditatif d'infirmière – ou peut-être de juge.

– Danny m'a dit, commença-t-elle, que tu lui avais transmis le bonjour de ma part. Merci.

Elle marqua un silence, puis reprit d'une voix égale :
– Il m'a dit aussi ce que vous aviez fait, tes copains et toi.

Éric regarda bien en face cette sœur aînée au front sévère. D'aucuns la trouvaient jolie, mais lui ne voyait en elle qu'un regard de pierre, des lèvres serrées, un menton à la ligne dure. Il savait depuis des années que Susan et lui ne seraient jamais amis, aussi longtemps qu'ils vivraient. Quelque chose avait dû se produire, alors qu'ils étaient enfants, quelque chose dont il n'avait aucun souvenir, dont elle-même sans doute ne se souvenait pas non plus, mais quelque chose d'irrémédiable et qu'aucun d'eux, au fond de son inconscient, ne pardonnerait jamais. Ils resteraient ennemis jurés, et ne sauraient jamais pourquoi. Mais d'une chose au moins Éric était sûr : lorsqu'il avait affaire à sa sœur, il avait tout intérêt à ne jamais se laisser attendrir, à ne jamais faire de concessions ni à laisser paraître la moindre faiblesse ; sans quoi, elle l'écraserait.

Leurs regards se croisèrent.
– Tu l'as dit à Mère ? demanda-t-il.
– Non. A vrai dire, non. Je ne le lui ai pas dit. Je voulais simplement te transmettre ce que Danny m'a dit : il estime que tu ferais bien de te tenir à l'écart de ces garçons, maintenant. Tu sais, ceux avec qui tu étais.

– Et tu as l'intention de le lui dire, à Mère ?

Elle esquissa un vague sourire ; elle se levait déjà.

– Dis, tu le lui diras ?

– Peut-être. (Elle posa les mains sur ses hanches.) Et peut-être pas.

– Si tu ne lui dis pas, je ne l'oublierai jamais.

– Ce qui veut dire quoi, au juste ?

– Et je trouverai le moyen de te le rendre, aussi.

Elle prit un air pincé.

– Je ne le dirai pas, SI tu arrêtes de traînasser partout avec ces voyous. Je ne voudrais pas te voir aller te fourrer une fois de plus dans Dieu sait quel pétrin. Pas envie que tu finisses en maison de correction ou je ne sais quoi, moi, tu comprends, et que les gens me montrent du doigt simplement parce que je suis ta sœur. Vu ?

– Promets-moi que tu ne le lui diras pas.

Elle s'avança jusqu'à la porte, se retourna à demi.

– Je ne pense pas le lui dire ; on verra.

– Promets-le-moi.

– Bon, ça va, c'est promis, marmonna-t-elle avec un petit haussement d'épaules qui signifiait clairement : « Mais c'est bien pour avoir la paix. »

Et elle sortit sans un mot de plus.

Éric contemplait la pluie qui tombait sans faiblir, derrière la baie vitrée de la chambre. Même si M. Beck et lui n'avaient pas brutalement rompu, il n'aurait pas pu se rendre au jardin, avec cette pluie continuelle. Un espoir lui vint, puis mourut. Non, plus jamais le vieil homme ne lui laisserait remettre un pied dans le jardin. Un autre garçon viendrait sans doute, qui prendrait sa place, là-bas. Cette perspective le mit au bord des larmes. Il se mordit la lèvre inférieure et formula une prière (une prière adressée au vide, sa famille n'étant pas croyante) pour que la pluie ne prît pas fin tant qu'il devrait garder la chambre.

La prière fut exaucée. Le retour du beau temps coïncida précisément avec le jour où Éric, requinqué, n'était plus censé devoir garder la chambre. Il brûlait de s'élancer par les ravines, de gravir ce talus qui menait au jardin. Ce n'était pas qu'il comptait tellement sur l'absolution du vieil homme ; mais il était prêt, malgré tout, à implorer une dernière chance. Il se sentait capable de se mettre à genoux, si cela pouvait servir sa cause. Il était prêt à tenter l'impossible, à se battre s'il le fallait, pour obtenir une chance de retrouver ce jardin. Il avait eu tout le temps d'y songer, dans son lit ; tout le temps de se souvenir des carrés qu'il avait déjà explorés, et de songer à ceux qui restaient – tout un grand pan de pelouse. Il s'était revu, aussi, au bord du filet d'eau, au creux de la ravine, il se souvenait de l'impression qu'il avait eue, de ce monde végétal et secret qui l'avait enveloppé de sa lumière verte et du murmure de sa mélodie.

Le jardin. Il fallait y retourner. Il le fallait.

Il se hissa en haut du talus, effectua un rétablissement. Là, dans le jardin baigné de soleil, M. Beck était assis au creux de son fauteuil d'osier.

– Tu avais laissé ton vélo dans le garage, dit aussitôt le vieil homme.

Éric s'avança vers le regard bleu, implacable.

– Monsieur Beck..., dit-il, et il s'immobilisa.

Il s'éclaircit la gorge, dans l'espoir de retrouver une voix moins étranglée.

– Monsieur Beck, je suis désolé, pour l'autre jour. Je vous demande pardon. Je voudrais continuer à regarder le jardin.

Le vieil homme ne répondit pas tout de suite. Il était tassé dans son fauteuil, son écharpe enroulée autour de son cou maigre. Éric allait perdre espoir lorsque le vieil homme dit soudain :

– Bon, d'accord, Éric. J'accepte tes excuses. Tu me les présentes comme un homme. Mais je dois te dire quelque chose. Je n'ai pas cessé de me demander, depuis l'autre jour : mais pourquoi donc Éric a-t-il fait ça, pourquoi ? Pourquoi se saouler, au risque de se faire arrêter ? Pourquoi chercher les ennuis, alors qu'il en a déjà bien assez comme ça ? Pourquoi courir le risque de faire prolonger sa mise à l'épreuve ou, bien pire encore, de se retrouver en maison de redressement ? Pourquoi cet acharnement à mal faire, ce désir d'autodestruction ? Je me suis creusé la tête, je t'assure. Et puis, je crois que j'ai trouvé... Éric, dis-moi – je me pose la question moi-même : ce n'est tout de même pas que tu as envie de me ressembler ? De devenir un paria, un banni ? Dis-moi ? Est-ce cela qui t'est passé par la tête ?

Éric réfléchit. Avait-il pour de bon souhaité ressembler à un vieil homme ? Non. Sûrement pas à un vieil homme, pas à n'importe lequel, en tout cas. Mais à celui-ci ? Peut-être bien que oui. Oui, tout bien réfléchi, ce n'était pas impossible. C'était même vrai, d'une certaine façon. C'était vrai.

– Un peu, reconnut-il simplement.

– Hmm. Dans un sens, bien sûr, c'est flatteur. Mais nom d'un chien, dis-moi, tu n'as tout de même pas envie de passer ta vie en prison ? Hein ? Dis-moi. (M. Beck souriait.) Dans une cellule minuscule ?

Éric lui rendit son sourire. Non, quand on y pensait, c'était absurde, comme souhait.

– Ma foi, je suis content que tu sois de retour, reprit le vieil homme. Pour tout te dire, tu me manquais. (Du plat de la main, il frappa le bras de son fauteuil.) Et maintenant, ce n'est pas tout ça. Au travail !

Il regardait dans la direction des quatre ficelles tendues entre leurs piquets, à cheval sur un massif de fleurs.

Éric marcha vers le carré et déclara :

– Je suis prêt.

Puis il enjamba la ficelle et entra dans le carré.

*
**

Éric reprit donc son étude attentive de chacun des carrés. Il se déplaçait lentement, selon une progression méthodique, à travers la pelouse, les massifs de fleurs, du grand chêne au bain d'oiseaux. M. Beck et lui discutaient plutôt moins qu'ils ne l'avaient fait jusqu'alors. Durant la pause limonade rituelle, Éric s'affairait souvent à rechercher dans l'un de ses livres l'identité exacte de quelque bestiole inconnue, rencontrée dans le carré précédent. Et bien sûr, comme auparavant, il n'était pas question de dialoguer durant l'heure d'observation d'un carré. Bien souvent le vieil homme piquait un petit somme, mais Éric, la plupart du temps, n'était pas si pressé de changer de carré, lors même que l'heure réglementaire était écoulée. Il prolongeait volontiers son heure lorsque le carré qu'il examinait contenait un arbre. Il y avait tant et tant à voir, dans ce cas ! Il étudiait la structure de l'écorce, les voies de circulation qu'empruntaient les fourmis, pour monter comme pour descendre ; et de plus, du haut des branches, où il se permettait de grimper pour mieux observer son carré, il avait une vue plongeante sur le jardin dans son ensemble. Le jour où il escalada le noyer blanc, Roger l'écureuil lui fit savoir à grands bonds indignés, en secouant toute la feuillée, qu'il n'avait rien à faire là, dans son domaine attitré.

Les massifs de fleurs, eux aussi, étaient autant de mondes à part, et Éric était tout content chaque fois que son découpage du jardin en mettait un au programme. Il aimait se glisser sous le couvert d'une plante, la joue contre le sol odorant. Il fixait des yeux le point où la tige pénétrait le terreau, il y suivait en pensée le labyrinthe des racines, pareilles à un système nerveux s'enfonçant très loin sous terre. Il imaginait les myriades de larves, de vers, de créatures minuscules qui se tortillaient et rampaient entre ces tentacules végétaux, comme le font les petits poissons parmi les rameaux de corail, au cœur de l'océan.

Il s'aperçut un après-midi que les odeurs même du jardin avaient leur mot à dire. Assis en tailleur dans son carré, il concentra son attention sur les senteurs que lui apportait l'air de l'été. Ce n'était pas chose facile, parce que sa pensée lui jouait des tours et qu'elle avait tôt fait de s'évader des odeurs pour suivre n'importe quelle autre piste. Pourtant, avec un peu d'entraînement, en fermant les yeux et en ouvrant bien les narines, il finit par savoir capter toute une variété d'odeurs, d'abord indistinctement mêlées, puis qu'il apprit à distinguer les unes des autres. Elles devinrent bientôt pour lui aussi typées, aussi distinctes et variées que l'étaient désormais les insectes ou les plantes. Il voulut tenter l'expérience avec les sons, mais il dut y renoncer, déçu : la plupart des bruits qu'il captait n'appartenaient même pas au jardin – des coups de klaxon au bruit déchirant des avions à réaction qui passaient à basse altitude, sans oublier les éclats de voix en provenance des jardins voisins.

De carré en carré, à mesure qu'il progressait, Éric percevait de manière plus aiguë, avec un émerveillement grandissant, cette intense pulsation de vie qui battait à tout instant, partout et n'importe où au jardin. La pelouse, les massifs de fleurs, l'air lui-même lui semblaient s'emplir, se gonfler, jusqu'à en exploser presque, de milliers de petites vies affairées, de créatures de toutes les formes et de toutes les tailles, qui bourdonnaient, stridulaient, rampaient... Et lorsque d'aventure elles se tenaient immobiles, c'était le plus souvent qu'elles chassaient à l'affût. Il avait lu dans l'un de ses livres qu'en règle générale, si petit que soit un animal, il se trouve un autre animal, plus petit encore, dont il fait ses repas. Et c'était vrai. Le jardin entier, à chaque seconde, était le théâtre de dizaines de meurtres, chacun de ses occupants employant le plus clair de son temps à assurer sa pitance.

Pourtant, dans chaque carré, c'était un nouveau monde, avec sa population propre. Par exemple, contre le garage, sous les ipomées, il avait trouvé des pucerons, des cochenilles et des larves de hanneton. Dans le carré du milieu de la pelouse, par contre, il avait surtout vu des cicadelles, des cantharides et des coccinelles. Chaque jour, grâce à ses livres, et plus encore à l'observation sur le terrain, il en apprenait un peu plus long sur les insectes ; et ces notions s'ajoutaient l'une à l'autre, se rejoignaient, finissaient par former un tissu de connaissances, aux mailles lâches encore, mais de plus en plus solide. Il apprit les détails qui séparent, sur le plan de l'anatomie, un papillon de jour d'un papillon de nuit, une sauterelle d'un criquet. Il sut que la plupart des insectes sont capables de déplacer plus de vingt fois leur poids, en moyenne, alors qu'un homme – de même qu'un cheval – ne déplace en général que l'équivalent de son poids, tout au plus. Et c'était une raison de plus pour suivre des yeux ce scarabée en train de pousser devant lui une boule de terre qui devait valoir pour lui, toutes proportions gardées, l'équivalent d'un quinze tonnes.

Il avait fait la connaissance, aussi, de certains

habitués du jardin qui ne venaient là qu'en passant, par exemple certain matou qui se faufilait sous la haie pour y traquer les oisillons. Il aperçut aussi, plusieurs fois, une mince couleuvre bleue, longue de près de trois pieds, qui sinuait dans l'herbe, à vive allure, pareille à un S indéfiniment redessiné, en direction de la ravine où elle devait chasser le rongeur. La vision de ce reptile bleuté, éblouissante machine à tuer – à tuer les rongeurs, du moins –, suffit à l'inciter à retourner dare-dare à la bibliothèque, afin de s'y procurer un ouvrage sur les serpents.

Il en profita, pendant qu'il y était, pour prendre également un manuel de météorologie. Tant qu'il ne comprendrait rien au temps, il venait de le découvrir, il ne pourrait pas non plus connaître vraiment le jardin. Au-dessus de chacun des carrés, l'air jouait un rôle vital, même s'il demeurait invisible. Il apprit à repérer les changements de pression atmosphérique en observant les hirondelles : si elles volaient en rase-mottes, c'était signe que le baromètre descendait. La qualité des sons, aussi, pouvait fournir des indications : ils devenaient étrangement clairs à l'approche d'un orage. De même la façon dont se dégageaient les odeurs : plus le jardin sentait fort, plus basse était la pression de l'air. Éric se disait que les plantes devaient respirer plus facilement quand l'air relâchait un peu la pression qu'il exerçait sur elles.

Il en vint à regretter de n'observer le jardin qu'au grand jour. Une fois, il y retourna au soir tombant et s'assit en silence dans l'herbe, sans se soucier du sécateur de Mlle Beck qui décapitait les fleurs fanées. Il regarda le soleil, changé en braise, plonger à l'ouest, et les lucioles, peu après, venir prendre le relais au-dessus de la pelouse assombrie, que leur vol hésitant rayait de lumière froide. Pour expliquer son retour tardif à la maison, il raconta qu'il était allé voir un long film au cinéma, à la dernière séance de l'après-midi.

Et puis ce fut plus fort que lui, il s'y rendit aussi en pleine nuit. Il attendit minuit passé, pour être sûr que tout le monde dormait. Il descendit l'escalier, en choisissant avec soin les endroits où il posait les pieds, puis il s'élança dans les rues endormies et gagna le jardin Beck par l'allée du garage. Il n'eut pas trop de mal à repérer les quatre ficelles claires délimitant le carré en cours, et il s'installa dans son royaume sombre. Il y resta longtemps, sans jamais regarder sa montre. La progression des étoiles suffisait, ou plutôt, dans le ciel de nuit, le lent mouvement tournant de leurs constellations, pareilles aux rayons d'une roue géante. Lorsqu'il vit que le Cygne avait rejoint le faîte du toit (il venait d'emprunter un ouvrage d'astronomie), il décida qu'il était temps de rentrer.

Une autre fois, il se leva très tôt, avant le jour

– il avait réglé sur quatre heures la sonnerie de sa belle montre-alarme — et se faufila une fois de plus hors de la maison endormie. Il atteignit le jardin juste avant l'aube. Il s'assit dans la rosée et contempla cette lueur bleutée qui envahissait doucement le ciel à l'est, derrière les toits des maisons, de l'autre côté de la ravine. Puis une chaude teinte orangée vint se répandre au-dessus du chêne et du noyer blanc, comme versée lentement d'un flacon par une main invisible. Et tout le ciel parut frémir, comme une créature qui s'éveille. Éric était encore là, assis dans l'herbe humide, le dos rond, lorsqu'une porte grinça derrière lui. Mlle Beck sortait au jardin, pour deux ou trois tâches matinales. Il ne se retourna pas pour lui dire bonjour, pas plus qu'elle ne lui adressa la parole. Mais il l'imaginait, il la voyait très bien – grande, osseuse, ses cheveux poivre et sel tirés en arrière en chignon. Il entendit ses pas aller et venir du côté du garage. Puis il perçut le grattement d'un outil, dans le grand massif de fleurs, sur sa gauche. Il l'imaginait penchée sur ses plantes, consciencieuse, avec cette application excessive des êtres qui ne rient jamais. Mais il était temps de repartir. Il se leva et, sans se retourner, sans dire bonjour ni au revoir, il regagna la ravine au trot. Sur le chemin du retour, il courut tant qu'il pouvait, dans ces ravines où le soleil oblique coulait par endroits sa lumière toute neuve. Mais il faillit bien arriver trop tard : comme il gravissait l'escalier, le réveil maternel sonna, péremptoire.

*
**

L'observation méthodique des carrés avançait. Éric trouvait normal, à présent, de découvrir dans chaque carré un monde différent, une expérience nouvelle. Certains lui plaisaient beaucoup, d'autres moins. Mais une chose était certaine : il s'y passait toujours quelque chose. Toujours. Il lui arrivait de songer à ce jardin non pas comme à un petit lopin de terre sur le grand continent Amérique, mais plutôt comme à un secteur d'un océan déchaîné, mobile, incommensurable, sans forme bien définie. Rien n'était ferme ni statique, quand on y regardait de près. Pour commencer, tout respirait. Le bois même respirait, vivait. S'il collait son oreille au tronc du peuplier, il y captait toujours toutes sortes de bruits vivants : des craquements, des grincements, des soupirs, selon les sautes d'humeur du vent ou les changements de degré d'humidité.

Le fait de mieux connaître le jardin ne facilitait d'ailleurs qu'assez peu son observation attentive. Chaque fois qu'il pénétrait dans un nouveau carré, il était comme un explorateur dans une contrée vierge. A la fin de la journée, il sortait de là épuisé, comme s'il avait suivi Silky dans quelque entraînement d'athlétisme.

Et puis, le jardin avait ses petits drames. Par un bel après-midi, la pelouse fut traversée d'un trait par un lapin que poursuivait un chien du quartier, et l'image de cette bête traquée, folle de terreur, Éric savait qu'il la garderait, comme imprimée en lui, tout le restant de ses jours. Une autre fois, ce fut un rouge-gorge qu'il trouva mort au pied du chêne, un oisillon tout humide et que déjà des vers dévoraient sur place. Il avait dû tomber d'un nid, quelque part dans l'arbre. Pourtant ni Éric ni M. Beck n'avaient jamais soupçonné la présence d'un nid dans ce chêne. C'était là un secret auquel ils n'avaient pas eu droit, et cette idée dégrisa quelque peu Éric : il aurait beau faire, ouvrir grands ses yeux, y passer des heures, il ne saurait jamais tout de ce jardin.

Il y eut aussi la taupe. Sa présence au jardin fut un événement capital et, s'il avait existé un journal relatant tout ce qui se passait dans ce périmètre, la taupe eût certainement eu droit aux gros titres en manchette.

M. Beck, depuis son fauteuil, pointa un doigt mal assuré en direction d'une série de boursouflures qui zigzaguaient en pointillé vers le milieu de la pelouse, comme le sillon figé d'un dauphin en pleine mer.

– Une taupe, dit-il avec une grimace. Ça, c'est la galerie d'une taupe.

Éric se pencha, examina cette suite de monticules qui louvoyait à travers la pelouse.

– Ce qu'elle cherche, c'est des vers, expliqua le vieil homme.

Ce jour-là, Éric choisit de s'asseoir dans un carré jouxtant la galerie de la taupe. Il fit une entorse à la règle qui voulait que seul le carré en observation reçût son attention entière. Pour une fois, c'est au-delà de la ficelle blanche qu'était son centre d'intérêt. Il ne pouvait détourner ses pensées de cette taupe. Il l'imaginait dans sa galerie, il voyait sa fourrure lisse s'insinuer dans la terre humide, ses grosses pattes en forme de pelle creuser inlassablement et son museau bardé de boue s'agiter en tous sens, à la recherche de larves enfouies.

La taupe était un envahisseur insatiable, une véritable pelleteuse de la mort, qui portait l'épouvante dans le petit monde du sous-sol. Il ne la voyait que trop bien démolir d'un coup de patte le logis souterrain de quelque bestiole minuscule et engloutir dans sa grande gueule rouge le corps mou de l'occupant des lieux.

– J'ai entendu dire, un jour, se souvint M. Beck peu après, devant sa citronnade, qu'une taupe privée de nourriture peut mourir de faim en moins d'une demi-journée.

– Bien fait, grommela Éric, plutôt pour lui-même.

Mais c'était beaucoup moins par haine de la taupe que pour prendre la défense des créatures du sol.

*
**

On était jeudi, l'un de ces jeudis où revenait la corvée de se rendre au poste de police. La perspective ne le mettait pas d'humeur joyeuse, d'autant que le jardin l'attendait. Il allait faire chaud et humide, le temps idéal qui faisait sortir les insectes de leurs tanières secrètes, tout étincelants, frémissants, affairés.

Pendant qu'Éric s'habillait, hésitant (il ne savait pas s'il devait traîner, pour retarder la corvée du poste de police, ou se hâter, pour regagner le jardin plus vite ensuite), Roddy, à quatre pattes, jouait avec un camion d'éboueur et des fantassins en plastique. Il avait mal à la gorge et n'était pas censé sortir.

Roddy leva le nez sur son frère qui nouait ses lacets.

– Dis, si tu venais me lancer des balles hautes, dans la cour ?

Éric serra fort sur son nœud et répondit, d'une voix neutre :

– Vaut mieux que tu restes à l'intérieur, si tu es malade.

– Mais je te l'ai dit : je ne suis pas malade.

Éric bâilla et se frotta les yeux. Il avait lu tard, une fois de plus. Ce livre sur les serpents était décidément captivant.

– J' suis pas malade, j'ai mal à la gorge.

Éric prit le livre sur son lit et le coinça entre

son jean et son estomac. Il continuerait de le lire entre deux carrés, au jardin. Il s'était endormi au beau milieu du crotale à dos de diamant de l'Ouest.

– Hé ! dis, tu vas où ? s'enquit Roddy, un soldat au poing.

– Il faut que je m'en aille, dit Éric. Tu as déjà déjeuné, ou pas ? Je peux te faire une ou deux tartines de pain grillé, si tu veux.

– Bien sûr que j'ai déjeuné, y a longtemps – où tu vas, dis, là, maintenant ? Tu pourrais au moins me lancer deux ou trois balles hautes !

Éric ouvrait déjà la porte ; il se retourna vers son frère qui faisait grise mine.

– Une autre fois, d'accord ?

– Tu dis toujours ça, mais elle ne vient jamais, ton autre fois. Tu es toujours... en train d'aller quelque part. Tu es toujours tout drôle, tout bizarre, pas du tout comme avant. Par exemple, je ne sais pas, moi, tu... (Il réfléchit une seconde ; il cherchait comment décrire l'étrange comportement de son frère.) Par exemple, tu ne regardes plus jamais la télé.

– Écoute, commence par te débarrasser bien vite de ce mal de gorge, d'accord ?

Éric avait déjà traversé le palier.

– Oooh ! s'il te plaît, implorait derrière lui la petite voix haut perchée. S'il te plaît ! Rien que deux balles hautes, c'est tout ! Y en a pour deux minutes !

– Impossible ! lança Éric en dévalant l'escalier.

Il avait un peu honte de refuser à son frère cette infime parcelle de son temps, mais le jardin attendait, et avant le jardin il lui fallait se débarrasser du pénible entretien avec le sergent Nolan. Il songea une seconde au petit univers de son père – un emploi du temps si chargé, si impérieux qu'il était exclu pour lui d'y tenir compte des désirs de ceux dont les responsabilités ne faisaient pas le poids.

Il beurrait son pain grillé quand retentit le téléphone. Il décrocha le combiné de la cuisine et reconnut aussitôt une voix familière : basse, à l'élocution claire, c'était la voix d'une personne mesurée, méticuleuse jusqu'à en être tatillonne.

Mlle Beck.

Elle lui demandait poliment de passer la voir « une minute » au *Chasseur Solitaire,* à l'heure qui lui conviendrait. Mais elle ne précisa pas pourquoi.

Tout en pédalant sans enthousiasme en direction du poste de police, Éric ruminait cette requête. Il redoutait moins, à tout prendre, un face-à-face avec le sergent Nolan qu'avec cette Mlle Beck, encore qu'il eût été en peine d'expliquer pourquoi... Quoique, tout bien pesé, il eût sa petite idée sur la question. Sans doute était-ce parce que Mlle Beck, d'une certaine façon, avait le pouvoir de s'interposer entre le vieil homme et lui, tout comme entre eux deux et le jardin. Elle était comme un adulte qui intervient dans un jeu réservé aux enfants. Elle était une intruse et elle risquait d'influencer M. Beck – juste au moment où tout allait si bien entre Éric, le vieil homme et le jardin. Éric était convaincu qu'elle lui vouait une haine mortelle, et c'est d'avance plein de rancœur à son égard, avant même leur rencontre au *Chasseur Solitaire,* qu'il pénétra dans le hall du commissariat.

*
**

Sans hésiter, la tête haute, Éric nia formellement avoir revu M. Beck. Le sergent Nolan le regarda attentivement.

– Bien content de te l'entendre dire, déclara-t-il enfin. S'il y a une chose dont nous n'avons pas besoin, c'est bien que des gamins de ton âge aillent se frotter à un type comme Beck. (Il fit pivoter sa chaise pour prendre à témoin un collègue.) Pas vrai, Bert ?

– Tu l'as dit, approuva l'autre.

Ni l'un ni l'autre, pour une fois, n'arboraient leur air goguenard. Éric comprit qu'ils ne plaisantaient pas.

– Ne vous en faites pas, dit-il, évasif. Pas de problème pour moi.

Comme il sortait du poste, il se retrouva nez à nez avec Bones qui s'y rendait de son côté. Éric s'arrêta, mais Bones le croisa sans ralentir le pas, plus dégingandé que jamais, en se contentant de lui lancer par-dessus l'épaule :

– Eh ! tu sais bien qu'on n'est pas censés se parler !

Sur quoi il ajouta, en agitant gaiement le bras :

– Dis donc, on ne te voit plus guère : tout le monde se demande ce que tu fabriques, depuis quelque temps !

« Tout le monde », c'était la bande, bien sûr. Éric se souvint tout à coup qu'il n'avait pas rejoint la bande depuis plusieurs jours – trois au moins, peut-être même quatre. Il avait plusieurs fois songé à aller faire un saut chez Larry, puis il avait trouvé mieux à faire. Aller voir le jardin, chercher un détail dans un livre... Tout se passait comme s'il était accaparé par un emploi à plein temps, sans plus une minute pour la bande. Il enfourcha son vélo avec un léger frisson ; il se voyait déjà, en pensée, acculé contre quelque mur par ce grand gaillard de Horse, qui lui enfonçait son doigt dans les côtes à grands coups répétés, tout en scandant, féroce : « Où c' que t'étais passé, hein ? Tu nous as joliment laissés tomber ! »

Il appuya son vélo près de l'entrée de la petite boutique. Il regarda un instant l'enseigne, prit une large aspiration et ouvrit la porte du *Chas-*

seur Solitaire. Le carillon tinta au-dessus de lui et la tête poivre et sel, penchée sur des chiffres derrière le comptoir, releva les yeux.

La première vision qu'il eut d'elle fut un soulagement. Tout, dans ce visage, respirait le calme, il n'avait rien à craindre d'une confrontation. Non point que Mlle Beck lui sourît, non. Mais elle n'était pas crispée non plus, et pas davantage agressive – rien à voir avec cette demoiselle, professeur de mathématiques, à qui elle ressemblait vaguement et qu'Éric avait tant redoutée, deux ans plus tôt.

Pourtant, lorsqu'il s'approcha, elle posa les deux mains sur le comptoir en un geste inconscient de défense, de protection, qui fit entrevoir à Éric combien ils se ressemblaient sur un point : chacun avait peur de l'autre. Il ne s'approcha pas davantage. Il s'immobilisa au milieu de la boutique, la hanche contre un présentoir.

Aucun d'eux n'avait encore prononcé un mot, pourtant il semblait à Éric qu'ils se faisaient face depuis de longues minutes déjà. Quelque part derrière lui, sur un meuble vitré garni d'objets de porcelaine, une horloge grignotait le temps d'un cliquetis de métronome. Hormis son tic-tac résolu, le silence était presque aussi palpable, aussi présent que chacun des objets rangés sur les étagères. Bibelots et statuettes s'y transformaient en une foule muette, une assistance attentive pour le dialogue qui allait suivre, entre Éric et cette dame si calme.

Enfin elle prit la parole, d'une voix lente et retenue. A l'évidence elle était convaincue qu'Éric n'ignorait rien de la peine de prison de son père. Tout était supposé connu, dans ses explications elliptiques : comment il était allé en prison alors qu'elle n'avait que onze ans ; comment, les premières années, elle l'avait détesté pour ce qu'il avait fait et avait résolu de ne jamais, jamais aller lui rendre visite ; comment enfin, vers ses vingt ans, elle était tout de même allée le voir en prison...

– Je ne peux pas t'expliquer mes sentiments pour lui, Éric. Ce n'était pas que je lui pardonnais, non. Je ne lui ai jamais pardonné et je ne lui pardonnerai jamais. Mais j'avais appris à vivre avec ce fait – son crime, et sa terrible vie depuis lors. Si je suis revenue vers lui, c'est parce qu'il souffrait, j'imagine, autant qu'un être humain peut souffrir pour avoir commis une faute si atroce, si définitive, que jamais rien ne lui permettra de réparer.

Elle se tut. Éric comprit pourquoi. Elle attendait une question, *la* question. Il la posa d'une voix étranglée qu'il ne reconnut pas pour sienne.

– Qu'est-ce qu'il avait fait, s'il vous plaît ?

– Il avait commis un meurtre, Éric, répondit-elle sans hésiter, d'une voix égale. Je n'ai plus voulu le voir pendant des années, à cause de ce qu'il avait fait. (Elle parlait lentement, comme absente, comme si elle retrouvait ces années d'adolescence, entre onze et vingt ans, où elle n'avait plus eu de père.) Et puis un jour sa sœur, ma tante – elle est morte à présent –, m'a dit combien il souffrait de ce qu'il avait fait. Et c'est comme ça que j'ai recommencé à le voir. Pas parce que je lui pardonnais, non, parce qu'il me faisait de la peine. Je savais que jamais je n'arriverais à lui pardonner, jamais (sa voix, subitement, avait pris de la force), mais je commençais à comprendre qu'il souffrait. A partir de ce moment-là, je suis allée le voir en prison tous les jours, pratiquement, pendant près de trente ans. Et puis, il y a quelques mois, il a été libéré sur parole... Éric, écoute-moi. Sais-tu pourquoi j'ai tenu à te dire ça ?

– Parce que... Parce que je suis l'ami de M. Beck.

– Pour cette raison, oui, mais surtout parce que, vois-tu, nous habitons une petite ville, et qu'avant longtemps tout le monde le saura, que mon père sort de prison, qu'il a été condamné pour meurtre – à une peine de prison à vie. Je ne voulais pas que tu sois pris au dépourvu.

– Il me l'aurait dit, assura Éric.

– Peut-être. Oui, peut-être qu'il te l'aurait dit. Mais ce n'est pas une chose si facile à dire, tu sais. Même à un ami.

– Il me l'aurait dit.

Elle eut un profond soupir et, pour la première

fois, elle détacha ses mains du comptoir. Elle les pressa l'une contre l'autre, les phalanges emboîtées.

– Il y a autre chose, encore, reprit-elle. S'ils l'ont libéré, c'est parce que, depuis toujours, il a été un détenu modèle. Mais c'est aussi parce qu'il va mourir.

Éric se mit à trembler. Il avait froid, tout à coup. Il refusait d'y croire. Pas M. Beck. Ses membres tremblaient malgré lui.

– Il faut que je te dise, Éric, poursuivait Mlle Beck, de cette voix imperturbable dont il devinait à présent tout ce qu'elle lui coûtait. Quand je l'ai ramené chez moi, je me disais que c'était bien la moindre des choses, puisque je suis sa fille. Mais je me doutais de ce qui nous attendait, aussi. Quelqu'un se souviendrait, c'était inévitable. Peut-être une photo dans la presse, une fuite en provenance du pénitencier, quelque chose. C'était sûr d'arriver. Et puis... (elle posait sur Éric un regard presque tendre, mais en même temps infiniment triste), et puis tu es venu. Je ne voulais pas en entendre parler, de cette amitié entre lui et toi – même s'il y prenait plaisir, c'était visible –, parce que je ne savais pas du tout quel genre de garçon tu étais, tu comprends. Ni comment tu réagirais quand tu saurais...

Éric s'efforçait de poser son regard sur n'importe quoi, devant lui, et de ravaler ses larmes. Mais sa pensée le ramenait au vieil homme, au vieil homme sorti de prison pour mourir. C'était injuste. Trop injuste. Il sentait se raidir ses poings à ses côtés. Il sentait sa colère monter. Mais elle n'avait personne contre qui se tourner, cette colère – pas plus Mlle Beck que les gens de la prison ni qui que ce fût d'autre. Il était en colère contre cette injustice : après tout un pan de sa vie en prison, la moitié, le vieil homme n'en sortait que pour mourir.

– Je ne veux pas qu'il meure, laissa-t-il échapper gravement, et il ajouta, avec un accent de rage : C'est trop moche.

Ses yeux maintenant débordaient de larmes, et ça aussi c'était moche.

– Est-ce qu'il est au courant ? demanda-t-il soudain, horrifié par cette idée.

– Il le sait.

Le silence s'était refermé. La petite horloge tictaquait comme une forcenée – comme un cœur qui bat, sur un rythme d'hypnose. Le regard d'Éric errait à travers la boutique, en évitant soigneusement de rencontrer celui de Mlle Beck. Enfin il retrouva la force de la regarder en face sans éclater en sanglots.

– Et... est-ce qu'il sait que vous deviez me dire tout ça aujourd'hui ?

– Non. J'ai pensé que si quelqu'un doit lui dire

que tu es au courant de tout, c'est encore toi le mieux placé pour le faire.
– Mais pourquoi moi ? s'effara Éric. Je ne veux pas parler de... de tout ça. Pourquoi le lui dire ?
– Parce que tu es son ami, d'après toi. Si tu n'es pas capable d'aborder ce genre de sujet avec lui, alors dis-toi bien qu'elle ne va pas très loin, ton amitié.

Mais une autre question s'imposait à Éric, une interrogation passée au second plan lorsque Mlle Beck avait dit que le vieil homme allait mourir. Il la posa, hésitant, comme on réclame une dernière chance, et bien qu'il connût la réponse.
– Mais est-ce qu'il a vraiment... vraiment tué quelqu'un ? Exprès ? Quelqu'un qui en est mort ?

Mlle Beck acquiesça du menton et se détourna vivement. Elle se pencha sur une pile d'assiettes posée à côté du comptoir et entreprit de les essuyer avec un chiffon. Éric se rendit compte qu'elle était elle-même au bord des larmes, qu'elle faisait partie de ceux qui tenaient pardessus tout à ne jamais perdre contenance ; aussi, plutôt que de l'embarrasser en assistant à son chagrin, il tourna les talons sans un mot et quitta le petit magasin.

Et maintenant, où aller ? se demanda-t-il soudain en posant le pied sur sa pédale.

Où ?

Au jardin, revoir M. Beck ? C'était une rencontre qu'il appréhendait trop. Mieux valait la remettre à plus tard, quand il se serait fait à ces deux terribles idées : M. Beck était un meurtrier ; M. Beck allait mourir.

Rejoindre la bande chez Larry ? Il ne se sentait pas non plus d'attaque pour écouter leurs plaisanteries ni pour partager leur chahut quand il n'avait en tête que M. Beck.

Rentrer à la maison et lire ? Aucun livre au monde ne capterait son attention, il le savait. Alors, aller à la piscine, peut-être ? Ou au cinéma, pourquoi pas ?

Mais son vélo, déjà, roulait dans la direction de la maison Beck. Mlle Beck avait raison, après tout. Il était des choses qu'entre amis on ne pouvait pas laisser dans l'ombre.

⁂

Quand il entra dans le jardin, il était presque midi. De chaque arbre et de chaque buisson jaillissaient des chants d'oiseaux, et de petits nuages blancs, légers, naviguaient à vive allure sur un fond de gros nuages plus lents, plus sombres, aussi massifs qu'une chaîne de montagnes. Il se sentait le cœur moins lourd, malgré son appréhension de l'affrontement qui allait suivre. Le jardin à lui seul le rassérénait déjà un peu. Rien de ce qui s'y passait, au fond, entre M. Beck et lui, ne pouvait altérer ce que le jardin avait de riche et de bon : toute cette verdure, ces insectes et ces oiseaux, ce foisonnement de vie, et même ces nuages là-haut.

– Je commençais à me dire que tu ne trouverais pas le moyen de venir aujourd'hui, lui dit M. Beck en guise de salut, depuis son fauteuil auprès du bain d'oiseaux.

Éric s'approcha, hésitant. Que faire au juste, à présent ? Lâcher le morceau, tout de suite ? Le regard bleu se posait sur lui, interrogateur.

– J'avais un peu peur de venir, avoua-t-il.

– Ha ha ! Quelque chose qui cloche ?

Il y eut un silence, puis le vieil homme ajouta doucement :

– Du nouveau sur moi ? Tu en sais plus long, c'est ça ?

Éric acquiesça sans mot dire.

– Et comment l'as-tu appris ?

– C'est Mlle Beck qui me l'a dit, à son magasin.

– Et... elle t'a tout dit ? (Le vieil homme plissait les yeux, méditatif.) Elle t'a dit ce que j'avais fait, pour aller en prison ?

– Oui, monsieur, dit Éric.

C'était la première fois qu'il usait avec M. Beck de ce terme de politesse. Mais l'occasion s'y prêtait ; un rien de cérémonie pouvait rendre plus facile un dialogue aussi intime.

– Je me demande si elle t'a bien raconté toute l'histoire, dit M. Beck sur un ton enjoué. (Mais les traits tirés de son visage trahissaient un rude débat intérieur.) Je me demande, reprit-il doucement, comme si lui-même avait peine à croire à ses propres mots, si elle t'a dit que c'est sa mère que j'ai tuée.

Éric s'assit aux pieds du vieil homme. Il évitait de le regarder. Tout le temps que parla M. Beck, il regarda le jardin – l'herbe, les arbres, les fleurs. Seul le jardin pouvait l'ancrer au monde réel, cependant que cette vieille voix, sous la lumière crue de midi, lui parlait d'amour de violence et de haine, dans un monde qui n'était plus, un monde depuis longtemps révolu, déjà bien avant sa naissance.

M. Beck commença, simplement, par évoquer de nouveau sa vie de marin. Il avait aimé cette vie, idéale pour un tout jeune homme sans ambition particulière, puis le temps était venu où il avait recherché quelque chose de plus stable. Il avait donc quitté la mer et, avec l'aide d'un homme d'affaires qu'il avait convaincu de l'épauler sur le plan financier, il avait créé sa propre affaire, une entreprise de construction navale spécialisée dans les bateaux de plaisance – ici, dans cet État même. Le public venait de découvrir tout le plaisir qu'on peut trouver à naviguer sur les eaux intérieures, et bientôt les bateaux de plaisance construits par les chantiers Beck sillonnèrent les lacs et les fleuves du Middle West. L'argent rentrait bien. Au bout de quelques années, il était devenu un jeune homme fortuné.

– C'est à peu près vers cette époque que j'ai rencontré une jeune fille dont je suis tombé amoureux, poursuivit M. Beck, de la même voix tranquille. Que sais-tu de l'amour, Éric ?

– J'en sais bien assez long, je crois.

Éric pensait à sa sœur et à ses soupirants variés. Si c'était ça, l'amour, il comptait bien y échapper.

– Assez long ? (M. Beck laissa échapper un petit rire.) On n'en sait jamais assez long sur l'amour, tu sais. Enfin, quoi qu'il en soit, cette jeune fille et moi nous nous sommes mariés, et nous avons été heureux. Et nous avons eu Sophia. Sophia, c'est ma fille.

Sophia. C'était la première fois qu'Éric entendait le prénom de Mlle Beck. C'était un prénom doux et tendre qui lui convenait assez mal.

M. Beck alors parla de sa vie d'homme marié. Sa voix avait pris un timbre lointain, comme s'il parlait dans un rêve, comme s'il n'était plus certain que le bonheur qu'il décrivait eût un jour été le sien. Son affaire avait prospéré. Sa femme avait été une mère aimante pour Sophia, petite fille adorable et espiègle, dont les farces et les éclats de rire emplissaient leur vie.

– Peut-être au fond avais-je reçu plus de bonheur qu'un homme n'est en droit d'en recevoir de la vie, dit M. Beck d'une voix triste. Parce qu'un jour, vois-tu, Éric, ma femme a rencontré un autre homme, et qu'elle l'a aimé plus que moi...

Un tremblement s'était glissé dans la vieille voix, comme une fêlure ; Éric se félicitait de regarder le jardin.

– Et ça, tu vois, bien sûr, je n'ai pas pu l'admettre. Le comprends-tu ?

– Est-ce que... Elle vous l'avait dit, pour cet homme ?

– Non. Je l'ai découvert moi-même.

– Mais si vous ne vous entendiez plus, demanda Éric à mi-voix, vous ne pouviez pas demander le divorce ?

– Le divorce, ce n'était pas si courant, à l'époque. Mais j'aurais pu, bien sûr, si je l'avais voulu. Seulement, je n'y tenais pas. Nous ne nous entendions pas si mal, à notre façon. Et je voulais ma femme, tu comprends. Je voulais la garder, essayer de tenir jusqu'à ce qu'elle me revienne, d'elle-même, de son plein gré.

– Vous le lui aviez dit ?

– Ah ! c'est bien là qu'est le problème. Tu comprends beaucoup de choses, je vois, Éric. Non, je ne lui en avais pas parlé. Elle ne le savait même pas, que j'étais au courant, pour cet homme. Peut-être, si je le lui avais dit, si nous en avions discuté calmement, une bonne fois, cartes sur table, peut-être les choses se seraient-elles terminées autrement. Oh ! Dieu, si seulement j'avais su...

La vieille voix s'était cassée.

Éric fixait une touffe de phlox. Une nuée d'abeilles louvoyaient entre les fleurs, comme un voile agité par le vent. Il se détendit un peu lorsque la voix reprit la parole, derrière lui, avec sa force habituelle.

– Éric, la jalousie, je ne peux pas t'expliquer ce que c'est, il faut la vivre – sauf à te dire que c'est comme un feu, comme un incendie que rien ne maîtrise plus. Il dévore tout sur son passage. Tout. Je lui ai tout laissé dévorer, tout ce que nous avions en commun, tout ce que nous partagions de bon, ma femme et moi. Et puis, quand plus rien n'est resté, même pas un seul de nos bons souvenirs, j'ai commencé à la détester. A toute heure du jour, je l'imaginais avec l'autre. Je les haïssais tous les deux. C'était devenu ma seule raison de vivre : ma jalousie. Elle avait tout brûlé en moi, toute raison, tout amour, toute intelligence. J'en avais oublié Sophia. J'en avais oublié ce que ma femme avait été. Alors, un après-midi, j'ai quitté mon entreprise au beau milieu d'une réunion de vendeurs, je suis rentré à la maison à tombeau ouvert, redoutant de tout mon être ce que j'allais y trouver, et en même temps certain que j'allais l'y trouver. Et mes pires craintes se sont réalisées. Ils étaient dans la chambre. Je les ai entendus... (Sa voix était montée, terrifiante.) Il y avait une collection de revolvers dans un meuble du salon. J'y suis allé, j'en ai pris un, je l'ai chargé, j'ai ouvert la porte d'un coup de pied et j'ai tiré. J'ai vidé les deux barillets.

Éric avait arraché une touffe d'herbe et en écrasait les brins entre ses doigts tremblants.

Les chants d'oiseaux, dans le jardin, s'étaient soudain faits plus rauques, les vols d'insectes plus lourds, comme si chaque créature vivante, dans chacun des soixante-dix-neuf carrés, avait écouté le récit et ne pouvait plus se taire.

Éric déchiquetait chaque brin scrupuleusement. L'herbe écrasée devenait sombre et verte.

– Éric ?

Éric continua de mettre en bouillie ses brins d'herbe.

– Ça te fait mal, n'est-ce pas, de penser que j'ai pu faire ça ? demanda le vieil homme d'une voix douce. Je ne sais pas si ça peut t'aider, mais sache que tous les jours de ma vie, de ces quarante dernières années, j'ai regretté ce que j'ai fait, j'ai souhaité, oh ! si tu savais avec quel désespoir ! j'ai souhaité pouvoir revenir sur cette minute. Combien de fois, en souvenir, j'ai pressé sur la détente, combien de fois j'ai voulu, oh ! de toutes mes forces ! me retrouver près de ce meuble, remettre cette arme dans son tiroir et repartir sans avoir rien fait. Éric, tu sais, je peux te le dire : j'en souffrirai jusqu'à mon dernier souffle.

Éric continuait de massacrer les brins d'herbe.

– Y avait-il autre chose, encore ? demanda M. Beck.

Pour la première fois depuis de longues minutes, Éric releva les yeux vers la silhouette à contre-jour, sur le fond aveuglant du ciel.

– Mlle Beck a dit qu'on vous avait laissé sortir de prison pour mourir.

Le vieil homme hocha la tête, sans aucune hésitation.

– C'est vrai.

Éric fixait en clignant des yeux ce visage qu'il ne voyait pas.

– Et tu voudrais savoir combien de temps il me reste, c'est ça ? demanda doucement le vieil homme.

– Oui, monsieur.

– Ma foi, tu sais, bien malin qui pourrait le dire, fit observer M. Beck, sur le ton du bon sens. Disons que c'est sans doute notre seul été ensemble.

Éric arracha d'un coup sec une nouvelle poignée d'herbe.

– C'est dégueulasse, marmonna-t-il.

– Ça ne sert à rien, de se révolter, dit le vieil homme. Ce qui compte, c'est de mener à bien ce que nous avons entrepris dans ce jardin.

Il désignait du geste les quatre piquets de peuplier, entre lesquels était tendue la ficelle blanche.

– Je ne suis pas sûr de pouvoir faire ça maintenant, dit Éric.

– Je comprends ça, dit M. Beck d'une voix presque affectueuse. Seulement, ce que tu as appris aujourd'hui, tu le sauras encore demain. Alors que le carré est là, qui attend. Allez, il est l'heure de rejoindre ce carré.

Éric se leva lentement et enjamba la ficelle. Au début, il fut incapable de songer à autre chose qu'à M. Beck. Mais il fit honnêtement son possible pour consacrer toute son attention à ce carré, comme le lui demandait le vieil homme, et il finit par y parvenir. Ce n'est qu'à la fin de l'heure que lui revint à l'esprit, brutalement, tout ce qu'il avait appris l'heure d'avant. Pourtant, après un verre de limonade et une brève pause, durant laquelle M. Beck et lui ne parlèrent que du temps qu'il faisait (ils reconnaissaient par là, tacitement, que la conversation sérieuse était finie pour la journée), Éric arracha les piquets et les planta sur un nouveau site, auquel il s'attaqua aussitôt. Quand il en eut terminé, il constata que le vieil homme dormait. D'ordinaire, en pareil cas, il le laissait dormir, mais aujourd'hui il lui semblait qu'il ne pouvait pas s'en aller sans un mot. Il secoua doucement la vieille épaule osseuse.

M. Beck s'éveilla avec un sursaut. Son regard bleu flotta un instant dans le vague avant de se fixer sur Éric. Un peu de salive luisait sur ses lèvres.

– Je voulais seulement vous dire que je m'en vais, maintenant, dit Éric en gardant la main sur l'épaule du vieil homme. Je reviendrai demain.

– Parfait, murmura M. Beck avec un sourire heureux.

Et il se rendormit presque aussitôt.

***

Chacun des membres de la famille s'attaquait au ragoût vespéral selon sa méthode personnelle : Éric et Roddy, chacun à sa façon, étaient partisans de la manière directe, et leur assiette se vidait à vue d'œil ; Susan y mettait une prudence vétilleuse ; Père, de la méthode et de la précision ; Mère, de l'énergie, mais distribuée de façon sporadique – entre deux salves, apparemment, elle ruminait quelque chose. C'était un dîner silencieux, cependant, dans une atmosphère étrangement tendue qui inquiétait Éric. Mère était muette, en particulier, elle qui d'ordinaire à table dirigeait la conversation, soit en discourant sur ce qu'elle avait fait dans la journée, soit en interrogeant les membres de la tablée sur leurs propres activités. Seul le tintement des fourchettes et des couteaux contre les assiettes, ce soir, résonnait dans la salle à manger. Éric remarqua aussi que ses parents ne cessaient pas de jeter sur lui des coups d'œil furtifs, que Susan entrouvrait volontiers ses lèvres fardées de rouge, comme quelqu'un qui s'attend à ce qu'il se passe quelque chose, et que Roddy enfin évitait soigneusement de rencontrer son regard.

Bon, c'était clair, il se préparait quelque chose. Il attendit, mais rien ne vint. Le repas terminé, il alla faire un tour dans le séjour, où son père avait déjà allumé la télévision. Roddy ne vint pas les y rejoindre, ce qui était un indice en soi : il ne manquait jamais une occasion de se planter devant la télé. Enfin Mère entra et s'assit ; cela aussi sortait de l'ordinaire, puisque en règle générale elle consacrait l'après-dîner à des rapports et autres papiers dans le bureau du rez-de-chaussée.

Tout était en place pour la grande scène. Il était coincé entre père et mère sur ce canapé, face à l'une de ces situations de comédie où tout repose sur le rire en boîte et le manque de communication.

Et la grande scène vint.

– Tu l'as revu, dit tout à coup Mère, sans prévenir.

Il se tourna pour lui faire face ; sur son front dansaient les reflets, fantomatiques, de la lumière de la télévision.

– Qui ça ?

– Éric, ne prends pas les gens pour des imbéciles, dit-elle en s'emballant déjà.

– Le vieil homme, expliqua son père, de l'autre bout du canapé. C'est du vieil homme que ta mère veut parler.

– Le meurtrier, compléta Mère.

– Ne l'appelle pas comme ça, dit Éric.

– Oh ! j'utiliserai le mot qui convient pour désigner ce qu'il est, répliqua Mère en quittant le canapé.

Elle se planta debout devant lui. Elle masquait le télévision et se découpait en ombre chinoise, nimbée du halo de couleurs dansantes qui rayonnaient du petit écran.

– Sais-tu qui tu fréquentes, Éric ? lui jeta-t-elle. Un homme condamné à vie pour meurtre.

Père alors sauta sur ses pieds et d'un geste décidé alluma le plafonnier. La pièce s'inonda de lumière.

Éric se sentit piégé. Pourquoi n'avoir pas parlé de tout cela à table ? Il était pris dans un guet-apens.

– Je l'ai appris aujourd'hui même, poursuivait Mère qui s'était mise à arpenter la pièce, les mains serrées l'une contre l'autre. Non seulement il a fait de la prison, mais il a fait de la prison *pour meurtre*. (Elle marqua une pause, se pencha vers Éric.) Le savais-tu ?

Éric serra les dents.

– Eh bien, de mieux en mieux ! Pas besoin d'être grand clerc pour deviner que tu le savais. Alors ?

Comme Éric ne répondait pas, elle en appela à son mari :

– Ralph, je t'en supplie, parle-lui, toi.

– Éric, dit Père.

Éric, de mauvaise grâce, se tourna vers son père, qui venait de reprendre place à côté de lui sur le canapé.

– L'important n'est pas ce que tu sais ou ce que tu ne sais pas au sujet de M. Beck. L'important est que tu cesses de le voir.

– Ce n'est qu'un vieil homme, avança Éric.

– Ce n'est pas ce cette façon que la société voit les choses. Le meurtre est par excellence *la* faute qu'on traîne toute sa vie, une fois qu'on l'a commise. Jamais on ne peut effacer un meurtre. Jamais. C'est un fait, Éric, il faut l'accepter tel qu'il est. Et tu n'y changeras rien de rien.

– Je n'ai pas l'intention de changer quoi que ce soit.

– L'important, répéta Père, c'est que tu cesses de le voir.

– Non, dit Éric.

Il vit ses parents échanger des regards choqués, consternés. Ils n'avaient pas eu l'air aussi accablés le jour où il avait commis son acte de vandalisme.

Mère s'assit et, prise d'une impulsion, lui serra les mains dans les siennes.
– Éric, enfin ! Ne vois-tu pas combien tu as tort ? lui dit-elle sur un ton implorant. Passer ton temps auprès d'un homme dont bientôt toute la ville saura qu'il s'agit d'un meurtrier ?
– Il l'a été, rectifia Éric. Il ne l'est plus.
– Oh ! Éric, je t'en prie ! Ne joue pas sur les mots avec moi.
– Il a payé, pour ce qu'il a fait. On l'a remis en liberté.
– Oui, on l'a remis en liberté, dit Mère d'une voix égale. Parce qu'il va mourir.

Le cœur d'Éric fit un bond. Ils en savaient donc aussi long ! Mais alors, peut-être savaient-ils tout, absolument tout ? Savaient-ils que c'était sa femme que le vieil homme avait tuée ?
– Ce qu'est devenu M. Beck, reprit Père qui avait l'air ébranlé, n'a malheureusement pas grand-chose à voir avec la situation qui nous préoccupe, *ta* situation à toi, mon garçon. Ce qui nous inquiète, c'est que, pour autant que je sache, tu es en liberté surveillée. Il m'étonnerait que le sergent Nolan soit porté à l'indulgence s'il découvre que, malgré son interdiction formelle, tu continues à frayer avec un citoyen de ce genre.

Encadré de ses deux parents, et face à ce petit

écran où l'on s'agitait de bon cœur avec force éclats de rire, Éric n'arrivait pas à réfléchir. Il se contenta de dire :

– Je l'aime bien, M. Beck. C'est un ami.

– Ce qui veut dire ? demanda Mère, anxieuse.

– Que je ne peux pas le laisser tomber.

Père se leva brusquement pour éteindre la télévision. Le silence balaya la pièce comme un coup de vent léger.

Durant un long moment, père, mère et fils ne dirent plus un mot.

– Si tu t'entêtes, reprit enfin lentement Père, nous serons obligés d'agir. En supprimant quelques-uns de tes privilèges, par exemple.

Éric inspectait ses mains. L'eau et le savon ne suffisaient pas à faire disparaître des crevasses la terre et la verdure incrustées. Il était fier de ses mains ; elles le rattachaient au jardin.

– Dis, tu écoutes, au moins ? s'exaspéra Mère.

Éric releva les yeux. Sur le visage de sa mère il vit tant de rage et d'angoisse qu'il en fut bouleversé.

– Je vous demande pardon, murmura-t-il.

– Faut-il entendre par là que tu promets de ne plus le revoir ? demanda-t-elle, pleine d'espoir.

– Non.

Elle reprit sa déambulation à travers la pièce.

– C'est un cauchemar, Ralph, je ne peux pas y croire, disait-elle.

– Tu prends d'énormes risques, Éric, déclara

gravement son père. Nous pouvons très bien décider de t'enfermer. Ici même.

– Je trouverai le moyen de m'échapper, marmotta Éric sans regarder ni l'un ni l'autre.

– Je ne peux pas y croire, répétait Mère en arpentant la pièce.

Éric en avait de la peine pour elle. Mère d'ordinaire si dynamique, si optimiste. Quand Éric avait été placé en liberté surveillée, elle avait pris la chose avec beaucoup de cran. Elle avait même déclaré, un soir, à table, que peut-être d'un mal sortirait un bien, qu'ils avaient tous quelque chose de positif à retirer de cette mise à l'épreuve. C'était un crève-cœur, pour lui, que de la voir ainsi abattue, vulnérable. Mais il ne céderait pas.

– Je ne cherche pas les ennuis, ni à embêter qui que ce soit, tenta-t-il d'expliquer, mais M. Beck est un ami. Je ne peux pas le laisser tomber.

Sa mère s'immobilisa.

– Peux-tu me donner une bonne raison, une seule, de continuer à le voir ?

Éric la regarda droit dans les yeux :

– Oui : il va mourir. En plus, c'est mon seul ami. Comment voudriez-vous, maintenant, que je le laisse tomber comme ça ?

Il vit ses parents échanger un regard. Leur expression avait changé ; elle s'était faite plus douce, pensive, perplexe.

Il y eut de nouveau un long silence.

– Bon. Si c'est comme ça que tu vois les choses, finit par reprendre son père, peut-être pouvons-nous (il consultait sa femme du regard), pour le moment, laisser les choses en l'état.
– Pour le moment, souligna Mère. Mais sois prudent, je t'en supplie, Éric.
– Prudent, en quel sens ?
– En évitant de parler de lui à tes camarades, par exemple.
– Ce que veut dire ta mère, crut devoir expliquer Père, c'est qu'une amitié comme celle-ci pourrait te nuire terriblement, si les gens découvrent le passé de cet homme.
– Or, tôt ou tard, prédit Mère en chevrotant presque, quelqu'un finira par découvrir le pot aux roses, c'est sûr.
– Bon, enfin, pour le moment, conclut Père avec un soupir, tu peux continuer à le voir.
– Oh ! merci, murmura Éric d'une voix étranglée. Merci tous les deux. Et il quitta la pièce.

***

Lorsqu'il entra dans la chambre, son frère jeta sur lui un regard en coin, chargé d'appréhension.

Éric se déshabilla et se glissa au lit, muni de son livre sur les serpents. Roddy avait éteint sa lampe de chevet et s'était tourné vers le mur, le drap tiré jusqu'au menton.

– Pourquoi as-tu fait ça ? demanda Éric sans ambages.

Il n'obtint pas de réponse.

– Je le sais bien, va, que c'est toi qui le leur as dit. Mais pourquoi ?

– Maman avait promis qu'elle ne dirait pas que c'était moi, maugréa Roddy sous son drap.

– Maman n'a rien dit du tout, non plus ! Seulement tu penses bien que j'ai deviné. Pas besoin d'être Jérémie pour savoir que c'était toi le mouchard, va ! Au fait, tu m'as suivi, si je comprends bien. Mais quand, au juste ?

Roddy ne répondit pas. Éric lut une phrase sur les serpents sans la comprendre, puis il revint à l'assaut.

– Alors ? Quand ça ? Allez, vas-y, dis-le-moi. Je ne te cognerai pas dessus, va !

Roddy marmotta quelque chose d'inaudible.

– Quand ça ? dit Éric.

– Y a deux jours.

– Et qu'est-ce que tu as vu ?

– Oh ! rien ; toi et le vieux monsieur..., commença Roddy.

Il se tut, inquiet de voir comment allait réagir son frère. Puis il poursuivit son rapport : il avait vu Éric assis dans l'herbe, entre des ficelles, puis il les avait vus tous les deux boire de la citronnade. Le vieux monsieur n'avait pas quitté son fauteuil.

– Et tu as raconté tout ça à Mère ?

– Non, je lui ai juste dit que je vous avais vus tous les deux.

Ouf ! se dit Éric. Il était soulagé à l'idée que Roddy n'avait pas fait mention des carrés. Ce détail aurait bien pu avoir sur ses parents un effet funeste. Ils auraient pu croire à de la folie pure et lui interdire, à la réflexion, de revoir M. Beck.

– Et qu'est-ce que j'y faisais, à ton avis, là-bas ? interrogea-t-il par précaution.

– Comment veux-tu que je le sache ? soupira Roddy, toujours tourné vers son mur. Tu jouais à un jeu, j'imagine. (Il se retourna d'un saut de carpe et darda sur Éric des yeux brillants.) Ce qu'il y a, tu comprends, c'est qu'en principe tu n'as pas le droit d'aller le voir, ce vieux bonhomme.

– Oui, bon, mais pourquoi m'avoir vendu, hein ? C'est ça que j'aimerais bien que tu me dises.

Roddy se souleva sur un coude.

– Ben, tu ne me dis plus jamais rien.

– Hmm. Et que voudrais-tu que je te dise ?

– Je ne sais pas, moi, mais tu...

Roddy cherchait ses mots. Il lui était difficile d'exprimer en quoi son frère le décevait, le trahissait même.

– Je quoi ?

– Tu fais comme si je n'existais pas, voilà.

– Désolé. Ce n'est vraiment pas exprès.

Ce début de contrition enhardit Roddy, qui poursuivit :
– Tu comprends, avant, tu jouais avec moi. Maintenant, plus jamais. Tu ne me parles même pas. Tu t'habilles et tu t'en vas et voilà. Ou alors, quand tu es là, tu as le nez dans tes livres.
– D'accord, vu. A partir de maintenant, j'essaie de réparer ça. Roddy ?
– Ouais ?
Roddy s'était retourné vers le mur.
– Écoute, je sais que tu es là, que tu existes. Seulement, il faut que tu comprennes, j'ai des tas de choses en tête, aussi.
Roddy se tourna à demi, esquissa un sourire.
– Okay, dit-il.
Un peu plus tard, ce même soir, lorsque la pièce fut plongée dans l'ombre et que le souffle de son frère se fit lent et régulier, Éric se reprit à songer à M. Beck. Il avait passé quarante ans de sa vie sous les verrous, quarante ans, pour avoir tué sa femme. C'était le genre de choses qu'on voyait au cinéma ou à la télévision, mais pas dans la vraie vie. Dans la vraie vie, c'était autre chose. Dans la vraie vie, tuer, c'était prendre une vraie vie. M. Beck avait pour de bon tué une femme. Cela faisait de lui, sous un certain angle, un étranger, et pour toujours, parce qu'il avait vécu là quelque chose qu'Éric ne pouvait pas partager. Pas vraiment. Il y aurait toujours entre eux ce fossé béant – cette notion qui hantait

M. Beck, le fait d'avoir tué, d'avoir enlevé une vie.

Et pourtant Éric se sentait plus proche du vieil homme que de quiconque. Non, il ne pouvait pas l'abandonner, en aucun cas. Il arriverait ce qu'il arriverait, mais personne ne l'empêcherait d'aller retrouver son vieil ami. Personne. Ni la police, ni ses parents, ni la bande.

Personne.

***

Il ne restait plus qu'un tiers du jardin à explorer. Carré par carré, à la manière d'un escargot, Éric en avait parcouru les deux premiers tiers, en une inexorable progression, de pan de pelouse en massif de fleurs.

Chaque matin, il quittait la maison comme on part pour le travail, et sa famille le regardait partir sans commentaire.

Un matin, comme il longeait la ravine, Éric se retrouva soudain entouré d'une véritable flopée d'oiseaux. Ils avaient convergé là d'un seul coup, comme attirés par quelque aimant magique. Ils sautillaient sur les buissons, sur le sol, sur les branches, lançaient des trilles et des pépiements aigus, dans un crescendo surexcité, comme s'il leur fallait se défaire d'un brusque trop-plein d'énergie. Éric eut l'impression très nette que, s'il avait mieux connu les oiseaux, et leurs mœurs en particulier, il aurait peut-être compris de quoi il retournait. Car ces oiseaux, à n'en pas douter, avaient quelque chose à lui dire. Il se promit d'en parler à M. Beck, mais il oublia sur-le-champ lorsque, se hissant dans le jardin, il vit qu'il y avait du nouveau : là-bas, contre la maison, étaient appuyées une douzaine de toiles ; M. Beck, assis à côté, l'attendait en souriant.

– Viens voir ! l'appela gaiement le vieil homme. J'ai demandé à Sophia de me les sortir avant de partir. Ce sont quelques-unes des toiles que j'ai peintes en prison...

Éric, sur ses gardes, les regardait de loin.

– Allons, viens les voir de plus près, tout de même !

Éric sourit poliment, s'approcha de la première peinture, s'agenouilla pour mieux l'examiner. Il y avait là, apparemment, deux prisonniers en costume rayé, vaguement appuyés à un mur. Encore ne put-il les distinguer qu'au prix d'un certain effort, parce qu'ils avaient l'air, à première vue, de faire eux-mêmes partie du mur. Leurs visages et leurs vêtements étaient formés des mêmes tortillons de peinture que ce mur qui leur servait de fond – mêmes coups de pinceau, même texture. Et leur carnation, à peu de chose près, était de la même teinte, entre pourpre et brique, que cette muraille à laquelle ils s'adossaient. Rien ne se passait, dans ce tableau,

d'ailleurs : deux prisonniers contre un mur aveugle, et qui se fondaient avec lui, c'était tout.
– La cour d'exercice, expliqua M. Beck, avec une pointe de fierté. A côté du bloc D.

Éric hocha le menton, gêné. Il s'agenouilla devant la deuxième peinture. Il n'y vit au début que des lignes confuses – toujours cette étrange teinte, mi-brique, mi-violacée –, mais pour finir il distingua des mains, deux mains cramponnées à des barreaux de prison. Il n'y avait vraiment que les deux mains, et là encore c'était tout. Il parcourut ainsi l'alignement de toiles, toutes dans ces mêmes teintes où dominaient le gris, le violacé, le brun, et toutes contenaient des personnages, ou des parties de personnages, qu'Éric ne percevait qu'au prix d'un réel effort. Et même lorsqu'il parvenait à distinguer ces êtres humains de leur décor de murs ou de couloirs, ils ne lui faisaient pas songer à des personnes réellement vivantes. Ils avaient l'air sortis d'un cauchemar. A la vérité, ces peintures le mettaient mal à l'aise.

A genoux devant la dernière, il fit semblant de l'examiner longuement. Il cherchait à retarder le moment où il lui faudrait émettre un commentaire. Mais que dire de ces peintures ?
– Alors ? demanda M. Beck sitôt qu'il se redressa.
– Je ne m'y connais pas beaucoup en peinture,

plaida Éric, évasif, espérant que cela suffirait.

Mais M. Beck insistait.

– Qu'en penses-tu ?

– Elles me font... (il se débattait pour rester honnête), elles me font tout drôle.

– Comment ça, drôle ?

– Bizarre. Un peu mal à l'aise.

– Parfait, dit M. Beck en se renversant dans son fauteuil. C'est l'effet qu'elles me font, à moi aussi.

Soulagé de voir comment réagissait le vieil homme, Éric glissa ses mains dans ses poches et jeta un coup d'œil au jardin.

– Prêt à t'y mettre ? demanda le vieil homme.

Éric fit non de la tête.

– Je n'arriverais pas à me concentrer.

– Et pourquoi donc ?

Éric leva vers le ciel un regard de vieux loup de mer. Des cirrus tout blancs, pareils à de légers coups de pinceau, y étalaient sur le bleu profond leurs panaches en queue de chat.

– Changement de pression atmosphérique, diagnostiqua-t-il, sentencieux.

– Ah ouais ? dit M. Beck en se grattant la nuque. Et quel rapport avec tes facultés de concentration, on peut savoir ?

– Quand la pression tombe, on a beaucoup plus de mal à se concentrer, c'est bien connu, dit Éric.

Et il exposa tout ce qu'il savait là-dessus : plus basse est la pression, moins il pénètre d'oxygène dans les poumons ; d'où une insuffisance d'oxygène et, pour la plupart des individus, une certaine nervosité, parfois de l'agressivité, et des difficultés à se concentrer.

M. Beck eut un petit rire.

– On jurerait un professeur... J'espère que tu ne vas pas te vexer ? ajouta-t-il avec un large sourire.

Mais Éric l'écoutait à peine. Un quadrille d'hirondelles évoluait en piqué au-dessus de la haie, dans le jardin voisin.

– Vous avez vu comme elles volent bas ? dit-il. C'est plus confortable, pour elles, de voler là où l'air est plus lourd. En plus, c'est là que se trouvent les insectes, aussi, par ce temps-là.

Une fois de plus, il étudiait le ciel. Des nuages fins comme un voile, pareils à des toiles d'araignée empoussiérées, venaient d'apparaître au nord-ouest.

– Il va pleuvoir, annonça-t-il.

Le vieil homme suivit son regard.

– Pleuvoir ? Tu es sûr ? Il n'y a pas tant de nuages que ça.

– Il va pleuvoir, insista Éric.

M. Beck regarda le ciel, tout bleu encore à l'exception de ce rideau mince, à l'extrême horizon, et de ces deux ou trois traînées au ras du toit. Il se tourna vers le garçon.

– Bon, je veux bien te croire, finit-il par dire

après réflexion. Nous ferions mieux de rentrer les toiles, en tout cas.

Éric effectua la manœuvre avec un soin infini, même s'il n'aimait guère ces peintures. Le temps de les empiler précieusement contre le mur de la cuisine, et un gros bloc nuageux, sans crier gare, profilait sa masse au-dessus du toit.

– Cré nom d'un chien, tu avais peut-être raison ! reconnut M. Beck qui regardait monter la menace depuis son fauteuil de jardin.

– Il devrait même pleuvoir bientôt, déclara Éric.

– En ce cas, tu ferais peut-être bien de me rentrer aussi, conclut le vieil homme.

Éric ne s'était pas attendu à cette requête. M. Beck, jusqu'à présent, n'avait jamais demandé que sa canne, lorsqu'il voulait rentrer à la maison. C'était un combat, pour lui, que ces quelques pas, même avec sa canne, mais il l'avait jusqu'à présent toujours mené seul, au moins sur la plus grande partie du trajet. Et lorsque Éric devait l'aider, il ne l'acceptait pas de gaieté de cœur ; il grommelait, jurait entre ses dents. C'était bien la première fois qu'il admettait avoir besoin d'aide. Aussi est-ce avec appréhension et un pincement au cœur qu'Éric l'aida à se redresser et à trouver son équilibre. Ce ne fut pas si facile. M. Beck, sans broncher, le laissa passer un bras autour de sa taille frêle et assurer le plus gros du travail. Éric songea tout à coup que, jusqu'à leur franche conversation, la veille, sur l'état de santé de M. Beck, le vieil homme avait fait l'effort de paraître plus solide qu'il ne l'était en réalité. Alors qu'à présent il n'avait plus à faire semblant ; il pouvait accepter son aide. En ce sens, se disait Éric, c'était probablement une bonne chose que cette cruelle question eût été portée au grand jour. Oui, c'était une bonne chose – d'autant qu'Éric, au fond de lui-même, ne croyait pas vraiment que cet été fût leur dernier été ensemble.

Le temps de franchir, à pas comptés, la distance qui séparait le fauteuil d'osier du seuil de la porte, et un gros nuage sombre, en forme d'enclume, entreprenait d'envahir le ciel. M. Beck y jeta un regard avant de passer la porte, et il esquissa un sourire entendu.

Dans la salle de séjour, le vieil homme se libéra du bras d'Éric et se laissa tomber pesamment au coin du canapé. Éric s'assit en face de lui dans la pièce sombre, trop lourdement meublée à son goût. Autant le magasin de Mlle Beck respirait la fantaisie, la légèreté, l'élégance même, autant cette pièce-ci manquait d'air, donnait une impression d'entassement. Il faisait étouffant et sombre, dans ce séjour trop meublé. On se serait cru transporté au siècle précédent. Éric décida que, si Mlle Beck était ici chez elle, son père n'y était guère à sa place. Tout ridé qu'il fût, et disparaissant presque dans ce canapé rebondi, M. Beck était fait pour les grands espaces. Éric l'aurait bien vu dans une pièce aux larges baies vitrées, où la lumière serait entrée à flots, où les rideaux auraient battu comme la voile au vent sur cet océan qu'il avait sillonné, jeune homme.

La pièce se fit soudain plus sombre encore. Derrière la vitre, Éric aperçut des branches d'arbres que le vent faisait ployer presque à l'horizontale.

– Ça ne devrait pas tarder à tomber, dit-il, tout fier d'avoir prédit l'arrivée de ce grain.

– Je te crois, oui, reconnut M. Beck avec conviction.

– S'il vous plaît... j'aimerais sortir dehors pour voir ça.

– Comment ?

– S'il vous plaît, quand ça va tomber, j'aimerais bien être au jardin.

M. Beck se mit à rire.

– Ma foi, vas-y, ne t'en prive pas.

***

Éric sortit en hâte. Dans le grand noyer blanc des oiseaux pépiaient, fébriles, à la recherche d'un abri pour l'orage qui montait.

A les voir s'affairer ainsi, Éric comprenait enfin pourquoi, tout à l'heure, tant d'oiseaux se pressaient, surexcités, dans la ravine. Ils avaient senti venir l'orage avant même l'apparition des premiers nuages. Il fit quelques pas dans le jardin et s'arrêta. Dans le peuplier et l'érable, les pépiements avaient tout l'air d'être des querelles. Ces cris d'oiseaux étaient extraordinairement clairs, détachés, comme s'ils parvenaient à Éric au travers d'un long couloir vide. Les nuages, là-haut, s'étaient refermés comme un couvercle, et tenaient lieu de caisse de résonance.

Puis, en l'espace de quelques secondes, les oiseaux se turent tout à fait. Il n'y eut plus d'autre bruit que le souffle du vent. Blotti, tapi, dans le plus grand silence, tout ce qui vivait n'était plus qu'attente.

Le grand chêne lui offrait sa ramure robuste ; Éric, qui était déjà monté là, se dit que c'était le meilleur endroit pour rencontrer l'orage. Il n'eut pas de peine à gagner la première branche, déjà assez haute au-dessus du sol, puis il se hissa jusqu'à mi-hauteur et s'installa à califourchon sur une grosse branche, agrippé d'un bras à une branche voisine, l'autre bras enserrant le tronc. Il se sentait en sécurité, et aussi fait pour ce perchoir que l'étaient les oiseaux eux-mêmes. Quelque chose lui disait que cet orage allait être violent. Bref, mais violent. Il l'avait pressenti depuis l'apparition des toutes premières traînées de cirrus, haut perchées dans le ciel bleu. Les premières gouttes se mirent à tomber. C'était bon de se dire qu'il n'ignorait plus grand-chose de ce jardin à ses pieds, et qu'il savait assez bien lire le ciel au-dessus de sa tête, aussi. Il n'ignorait pas qu'il était insensé de s'installer dans un arbre par temps d'orage, mais il était incapable de renoncer au régal que serait le spectacle promis, depuis ce poste d'observation idéal. Sur une branche, non loin de lui, trois moineaux de l'année se tenaient immobiles, le plumage en boule. Chaque fois qu'ils recevaient une goutte, ils poussaient un piaillement étouffé. Éric se sentait des leurs. D'ailleurs, s'il respirait à fond, ses côtes se soulevaient comme s'il gonflait ses plumes ; il se plaqua les coudes au corps. La pluie qui transperçait la feuillée lui coulait sur les joues, dans le cou.

Un éclair, un grondement sonore.

L'averse qui forçait malmenait les feuilles du chêne, qui laissaient voir par intervalles leur face interne, lisse et claire, comme du papier d'argent qu'on agite.

Encore un éclair. Suivi d'un roulement de tonnerre plus pressant que le précédent.

La pluie, en oblique, fouettait le feuillage. Éric la recevait sur ses joues où elle venait battre comme une gifle, froide, dégoulinante. Il attendait l'éclair suivant.

Lorsque l'éclair vint, il regarda sa montre et compta. Un. Deux. Trois. Le tonnerre se mit à rouler. Trois secondes. Voyons. Sachant que le son se déplace à la vitesse d'un cinquième de mile par seconde, calculait-il, il faut multiplier un cinquième par trois. Résultat : six dixièmes. Six dixièmes de mile, l'orage était à cette distance-là. Restait à répéter l'opération avec le prochain coup de tonnerre, pour vérifier si l'orage approchait ou non. L'éclair, lui, était un phénomène identifiable, il ressemblait à cette couleuvre bleue qui traversait le jardin, en hâte, vers la ravine, pour son festin de mulots ; il ressemblait à une araignée lorsqu'elle fond sur sa proie, fulgurante ; il ressemblait à une mante religieuse, au rouge-gorge qui se rue sur un ver... L'orage approchait sans doute, car une irrésistible force torturait la haie de troènes, couchait l'herbe de la pelouse, renversait jusqu'au sol les tiges souples des fleurs du massif. Éric sentait l'arbre, contre lui, frémir d'un mouvement animal. Il lui semblait que cet arbre avait un pouls, un cœur qui battait sous l'aubier. La fourche où il était blotti le tenait comme un poing fermé, l'arbre entier le berçait dans sa danse, comme un cheval qui galope emporte son cavalier. Éric ouvrit la bouche et tenta de crier dans cette muraille d'air qui se déversait sur lui. C'est à peine s'il s'entendit, et pourtant il avait hurlé à s'en écorcher le gosier.

Un éclair. Un coup de tonnerre, sec, en cascade, interminable.

Une seconde, une seule seconde. L'orage s'approchait, il n'était plus qu'à un quart de mile du jardin.

Autour d'Éric, à présent, tout semblait en mouvement, tout se laissait emporter dans une danse diabolique. Feuilles et branches n'étaient plus qu'un tourbillon indistinct. Il se cramponnait à l'arbre et de temps à autre lançait un cri rauque, emporté lui aussi par la frénésie générale.

Puis il y eut un autre éclair, violacé, aveuglant, de pair avec une explosion terrifiante, à vous déchirer les tympans, si bien qu'Éric, l'espace d'une seconde, crut qu'il avait été frappé par la foudre. Il était raide, la tête lui sonnait, ses membres tremblaient contre l'écorce. Le déluge s'abattait sur lui avec force, comme des dizaines de lances d'incendie déchaînées.

Un autre éclair survint juste après, suivi de près par le fracas du tonnerre. Mais ce n'était plus dans le jardin, plutôt du côté de la ravine, ou même sur le versant d'en face. Éric écarquillait les yeux pour essayer de voir l'invisible : la formidable musculature de ce vent fou qui se ramifiait, se coulait partout, tordait les buissons et les branches. Le plus gros de la tourmente était passé, maintenant, mais l'averse s'abattait encore, en rideau serré, sur les fleurs et sur la pelouse. Éric frotta d'une main ses cils et ses sourcils dégoulinants de pluie, et contempla le jardin dans la grisaille. L'arbre, contre lui, frémissait encore par à-coups sous la bourrasque, d'une sorte de houle vivante, des racines à la pointe des feuilles.

Une idée lui vint à l'esprit. Si l'arbre survivait, il survivrait aussi ; si l'arbre s'écroulait, il l'accompagnerait. Ils survivraient ou mourraient ensemble. Une fois de plus, il lança un cri dans l'air déchaîné, un cri de défi, en suivant des yeux les feuilles arrachées et les rameaux cassés qui tournoyaient longuement dans le vent et la pluie. La beauté féroce de la tourmente l'impressionnait tant que lorsqu'elle faiblit, après quelques minutes, il en vint à souhaiter qu'elle pût durer plus longtemps, durer toujours.

Après quoi, hors d'haleine, il regarda passer, lourds et poussifs, les derniers cumulus, avec leur traîne de coton blanc, effilée, délicate. L'éclairage se modifia radicalement, toutes les teintes de gris défilèrent, qui évoluaient très vite, imperceptiblement, vers d'autres gris encore. Ces changements de lumière si rapides donnaient l'impression que, par un effet de l'orage, l'écoulement du temps s'était accéléré, comme si la terre elle-même tournait plus vite.

Bientôt un arc-en-ciel scintilla au-dessus de la pelouse et resta là, frémissant, durant peut-être une minute entière. Éric se souvint d'avoir lu, un jour, qu'un arc-en-ciel est le fantôme d'un papillon. C'était vrai, sans doute. Oh ! que c'était vrai !

Puis le soleil, en oblique, vint glisser un rayon sur l'herbe qui déjà relevait la tête. Le jardin revenait à lui. Les feuilles s'égouttaient à grand bruit, les branches à l'écorce brillante reprenaient leur position habituelle. Éric se laissa glisser le long du tronc détrempé, et ses chaussures grincèrent. Il s'avança sur la pelouse. Déjà des filets de vapeur d'eau montaient de la terre un peu partout, tout prêts à se liguer là-haut pour y former d'autres nuages. Tout étincelait. Il se jeta dans l'herbe, aussi trempée que lui, pour en humer l'odeur de terre mouillée. Une goutte d'eau, au bout d'un brin d'herbe, roulait doucement comme une perle, se suspendait dans le vide... Il se concentra sur elle et elle devint très grosse, énorme, pareille à une planète au bord de l'univers, tentée par la liberté du vide. Gouttelette et brin d'herbe étaient devenus, sans le savoir, deux éléments primitifs, au fond de l'espace infini.

Mais la goutte tomba, et sa rondeur disparut sur l'arête d'un gravillon. Éric se renversa sur le dos et contempla le ciel. Jamais encore il n'avait pris tant de plaisir dans ce jardin. Jamais il ne s'en était senti si proche.

Quelque chose le frappa soudain, qui le fit se redresser, raide.

Le noyer blanc.

L'une de ses branches maîtresses avait été sectionnée du tronc, sauvagement, comme à la hache. Ses rameaux pendaient, lamentables, en direction du sol ; elle avait été arrêtée dans sa chute par les branches au-dessous d'elle. La déchirure dans le tronc de l'arbre faisait songer à la plaie que laisse une dent arrachée : la chair à vif, ouverte. Il fallut à Éric quelques secondes encore pour réaliser que cette blessure était l'œuvre de la foudre. Ce coup si violent, qui l'avait un instant laissé aveugle et sourd, était tombé à vingt pieds à peine. La foudre aurait pu aussi bien frapper le chêne – le chêne où il était perché.

Cette pensée accrut encore l'exaltation que lui procurait cette renaissance d'après l'orage. Ce n'avait pas été un orage d'opérette, mais une confrontation sérieuse. Il aurait pu y laisser sa peau, en fin de compte. Plus jamais, il se le promettait, il ne tenterait le sort en dégustant un orage depuis un arbre, mais il l'avait fait, et il avait eu de la chance ! Le chêne, le noyer blanc, le jardin entier s'étaient coalisés pour le protéger du danger. Il regarda autour de lui, comme en rêve. Il ne croyait pas à la magie, mais peut-être bien qu'elle était là tout de même, qui l'entourait. Le jardin était sacré.

Il s'étendit de nouveau, sur le dos, avec un soupir, les bras derrière la tête. Il savourait l'étrange sensation de recevoir d'un côté la chaude caresse du soleil et de l'autre la fraîcheur humide de l'herbe après la pluie. Il s'amusait en pensée à passer d'un monde à l'autre, le monde sec et chaud, le monde frais et humide, il se coulait de l'un à l'autre sans effort.

Sans doute s'assoupit-il un moment car c'est de très loin, lui sembla-t-il, que lui parvint enfin la voix de M. Beck qui l'appelait, l'appelait – depuis combien de temps ? Il ouvrit les yeux sur un ciel sans nuage, d'un bleu profond et pur.

– Éric ? Éric ? s'égosillait le vieil homme, d'une voix où montait l'inquiétude. Éric ?

Il se releva sur un coude.

– Éric, ça va bien ? Tu n'as pas de mal ?

Il se retourna pour voir le vieil homme qui se débattait d'une main avec la porte, tandis que l'autre main, désespérément, plantait sa canne sur le seuil.

Il se précipita pour l'aider.

– Je t'ai vu depuis la cuisine, expliqua M. Beck, pantelant. Couché par terre. Tu ne bougeais pas. Je me suis dit un moment : la foudre sera tombée là...

– Oui, elle est tombée ici, dit Éric en désignant le noyer blanc.

Il soutenait fermement le vieil homme.

– Mais alors, j'avais raison. Tu aurais pu te faire blesser, observa le vieil homme avec anxiété.

– Ne vous en faites donc pas. Du moment que je suis là pour raconter l'histoire...

Il n'était plus si fier de lui, soudain. Tout le temps qu'avait duré l'orage, il avait oublié le vieil homme. Pas un instant il n'avait songé, dans son arbre, que M. Beck était seul, au fond de son canapé, dans cette pièce sombre, au cœur de la tourmente. Mais à quoi bon présenter des excuses ? Le vieil homme lui rirait au nez. Il dirait, par exemple : « Si tu accordais toute ton attention à l'orage, rien d'étonnant si tu n'en avais plus pour quoi que ce soit d'autre. T'es-tu concentré sur cet orage, oui ou non ? Alors ? »

Comme s'il lisait dans ses pensées, le vieil homme dit soudain :

– Alors ? Et cet orage ?

Éric l'aida à s'asseoir le moins rudement possible dans son fauteuil.

– Je ne suis pas près de l'oublier, dit-il, et il ajouta : Par contre, c'est vous que j'avais oublié.

– Moi ? La belle affaire !

Éric eut un geste d'impuissance.

– Et ça te chagrine ? Mais pourquoi donc ? Tu aurais voulu m'y emmener avec toi ?

La voix de M. Beck s'était faite froide, accusatrice.

– Ne sais-tu donc pas que c'est impossible ? poursuivait-il. Quand tu regardes une chose, tu la regardes. Tu ne peux pas emmener quelqu'un d'autre avec toi, Éric. Pas plus que je ne peux, moi, te faire entrer dans ces peintures que j'ai faites et que tu n'aimes pas.

Éric ouvrit la bouche pour nier que les toiles de M. Beck ne lui plaisaient pas, mais le vieil homme le fit taire d'une main tremblante mais impérieuse.

– Tu n'aimes pas mes peintures, répéta M. Beck, mais au nom de quoi devrais-tu les aimer ? Elles sont le résultat du regard que j'ai porté sur quelque chose. J'ai eu tout le temps de la regarder, cette prison, ces peintures sont ma façon de voir, ce résultat est le mien. Maintenant, ce jardin t'appartient. Moi, je ne suis là que pour te souffler une méthode, te donner l'occasion de le voir, un point c'est tout. N'essaie pas de m'y inclure. Ce que tu vois est à toi.

Le vieil homme ferma les yeux.

– Si tu veux aller t'asseoir dans un carré, vas-y. J'ai malheureusement deux de ces sacrées pilules dans le ventre, et elles m'ordonnent de dormir.

Éric alla donc s'installer dans un carré, près des zinnias et des soucis, pour une heure d'observation qui dura près de cent vingt minutes.

Et les jours s'enchaînèrent, un carré succédant à l'autre. L'été faisait danser l'air chaud, bruire les insectes et remonter du sol quantité d'odeurs végétales. Papillons et sauterelles traversaient la pelouse sans bruit. Le jardin bourdonnait. Éric s'en imprégnait. M. Beck somnolait. Chaque carré, l'un après l'autre, se faisait dûment recenser, inventorier, découvrir. Puis Éric passait à un autre.

4. Les gens

Il fallait trouver le moyen d'aller faire un saut chez Larry. C'était une chose qu'il aurait dû faire depuis une bonne semaine déjà, mais qu'il avait jusqu'alors toujours remise à plus tard. Après tout, il n'y avait pas encore urgence, n'est-ce pas ? Mais désormais si, il y avait urgence. Si Roddy était capable de le prendre en filature et de l'espionner, à plus forte raison ses copains pouvaient le faire. Et plus longtemps il les éviterait, plus grande serait leur curiosité.

De plus, sincèrement, il avait envie de les revoir. Ils étaient ses copains, même si, c'était vrai, il se sentait parfois mal à l'aise auprès d'eux. Ils avaient tout de même avec lui de solides points communs ; ils partageaient son indifférence au monde scolaire, son rejet des groupes organisés. Ils étaient liés par ce refus, qui les distinguait d'autres jeunes de leur âge : à la différence de Silky, par exemple, ils refusaient les règles du jeu établies par les adultes.

Ce fut donc une déconvenue, cet après-midi-là, lorsqu'en entrant chez Larry il vit que la bande n'y était pas.

Puis il repéra Bones, au comptoir, tout au fond. Une casquette de base-ball était perchée très haut sur son épaisse tignasse brune.

Éric le rejoignit, en évitant d'attarder trop son regard sur lui. Bones n'était pas très agréable à regarder, avec cette acné qui lui rongeait le visage et ses oreilles cireuses.

– B' alors, toi, d'où c' que tu sors ? le salua Bones, sur un ton accusateur directement inspiré de celui de Horse, qui accusait les gens pour un oui ou pour un non.

Cette question, Éric l'attendait. Il expliqua qu'il n'avait pas eu une minute à lui, tant il avait eu à faire au jardin paternel.

Bones hocha la tête sans conviction. Éric réalisa un peu tard que la bande avait dû déjà se demander plus de quatre fois où il avait bien pu passer. Sans doute étaient-ils allés, à vélo, tourner autour de chez lui ; ils avaient donc pu constater qu'il ne s'affairait guère au jardin. Mais il était trop tard, à présent. Il avait donné une excuse, il n'avait plus qu'à s'y tenir.

– Au fait, ça tourne rond, toi, avec la police ? s'informa Bones après avoir commandé un deuxième coca.

– Pourrait être pire.

– C'est pas le sergent Nolan qu'on aura, la semaine prochaine. Il part en vacances. Il n'arrête pas de me demander si on se voit, toi et moi.
– Ouais, je sais. Moi aussi, il me le demande.
– La dernière fois, poursuivit Bones, il m'a demandé si je t'avais vu, alors bien sûr j'ai dit non, et aussitôt après il me demande comme ça : « Et tu ne vas pas non plus traîner avec le vieux qui est sorti de prison, là, le meurtrier ? » Et moi je lui dis : « Quel meurtrier ? » Mais il a pas voulu me répondre. Il a fait comme ça : « C'est pas plus mal, que tu le connaisses pas ; ça peut pas te faire de mal. »

Bones passait ses longs doigts dans ses cheveux en broussaille. Éric lui jeta un regard en biais, juste à temps pour le voir s'enfoncer un doigt dans l'oreille et le tourner comme un tire-bouchon. Éric détourna les yeux ; il ne voulait pas voir ressortir ce doigt.

– Remarque, les flics, on le sait, que c'est pas futé. Mais quand même. Me demander si je vais me frotter à un bonhomme qui est dangereux, et ensuite, quand je demande qui c'est, ne pas vouloir me le dire – franchement !

Ainsi Nolan avait demandé à d'autres s'ils connaissaient M. Beck. Nolan n'avait donc pas oublié.
– Seulement, moi, je l'ai trouvé tout seul, disait Bones.

– Tu as trouvé quoi ?

– Qui c'est, ce meurtrier dont il parlait. C'est un vieux bonhomme qui crèche rue Norris.

– Ah ? Comment tu sais ça ? demanda Éric en essayant de ne pas avoir l'air trop intéressé.

– Bah ! parce que tout le monde le sait, c't' idée ! C'est bien ce qui prouve que Nolan est complètement débile. Il m'interroge sur un meurtrier et veut pas me dire qui c'est. Elle est bien bonne ! Comme si ça pouvait se cacher longtemps, un type condamné pour meurtre, dans un bled comme celui-ci ! Je sais pas ce que t'en penses, mais franchement ! Combien je te parie que le dernier crime de sang dans le patelin doit remonter à avant notre naissance ?

– Tu oublies qu'il y a deux ans un type a voulu cambrioler le drugstore Philips, et que Philips l'a descendu.

– Eh ! dis, c'était pas un meurtre. C'était de l'autodéfense ! Et de toute façon...

Éric était bien forcé d'admettre que Bones avait raison. La présence de M. Beck devenait le secret de Polichinelle. Il songea à une question qui pouvait lui permettre de tâter le terrain.

– Au fait, il aurait tué qui, ce vieux bonhomme ?

– Alors là, j'en sais rien, reconnut Bones. Tout ce que je sais, c'est qu'il habite chez sa fille. J'ai entendu ma mère en parler au téléphone. Sa fille, elle doit tenir une boutique de cadeaux, rue... attends, je sais plus trop où... (il se grattait

le crâne, sa casquette renversée sur son front boutonneux.) Ah ! c'est trop bête, je l'ai sur le bout de la langue. Enfin ça fait rien : une boutique de cadeaux.
– Bon, j'ai du boulot, moi, dit Éric en se levant et en déposant les piécettes correspondant au prix de son coca. Tu diras aux autres que je suis passé.
– Et quand nous honoreras-tu à nouveau de ta présence ? demanda Bones sur un ton stylé.

C'était une phrase toute faite qu'il avait piquée à Zap, lequel la prononçait souvent.
– Demain, dit Éric sans hésiter.

Il tint promesse. Dès le lendemain, il retourna chez Larry et suivit les autres au bowling. La bande l'accepta de nouveau sans trop de difficulté, mais quelque chose avait changé. Ses copains le traitaient avec une sorte de réserve circonspecte, comme s'ils le reprenaient de nouveau à l'épreuve, sous condition. De plus, il avait du mal à se mettre au diapason, parce que M. Beck restait au premier rang de ses préoccupations. Il était pris de détresse, d'une détresse comme jamais il n'en avait éprouvé, à la pensée de ces commérages qui se répandaient comme une marée parmi les citoyens de la petite ville. D'ici une semaine, sans doute, pas un habitant de Forest Park âgé de plus de cinq ans n'ignorerait qu'un condamné à vie pour meurtre avait été libéré sur parole et qu'il habitait rue Norris.

Dans les jours qui suivirent, Éric entendit plusieurs fois parler de M. Beck et de sa fille, chez Larry comme au bowling, à la piscine ou à la maison. Même la bande en parlait, avec cette forme de respect qu'on réserve aux célébrités. Un peu partout Éric glanait des bribes de conversation à leur propos. La petite ville, semblait-il, se divisait avec passion, au sujet de cette affaire Beck. Les uns faisaient preuve d'esprit de tolérance. Pour eux, après quarante ans de prison, le vieil homme avait fini de payer sa dette ; on pouvait lui laisser la paix. D'autres s'en prenaient aux autorités : avait-on idée de relâcher ainsi un criminel notoire ? D'autres encore estimaient que la présence de ce condamné parmi leurs concitoyens était une atteinte à l'honorabilité de la ville. Les parents de Horse, par exemple, étaient d'avis que les Beck devaient être expulsés de Forest Park.

Éric se disait que c'était bien mauvais signe. Les réactions de rejet, en particulier, ne s'appuyaient que sur le fait que le vieil homme avait été condamné pour meurtre. Comment les gens réagiraient-ils, se demandait l'adolescent, s'ils savaient que c'était sa femme que le vieil homme avait tuée ?

Pour l'heure, la question demeurait dans le flou, mais la passion que la ville portait à cette affaire était en passe de prendre une tournure venimeuse. Un soir, près de la véranda, Éric surprit une conversation de ses parents, autour de leur verre vespéral. Mère décrivait une réunion à laquelle elle avait assisté le jour même, qui rassemblait la Ligue des citoyens responsables. Il y avait été suggéré, ni plus ni moins, de boycotter la petite boutique du *Chasseur Solitaire*.

– Tout de même ! s'enflammait Mère. Il y a au moins quinze ans que cette dame tient ce magasin. Je trouve écœurant de chercher à lui faire payer ce qu'a fait son père. Oh ! je t'assure, quelquefois, les gens me dégoûtent !

Éric sentit une bouffée de gratitude l'envahir. Il était fier de sa mère.

Mais les événements se précipitaient. Quelques jours plus tard, comme il était chez le coiffeur pour sa coupe de cheveux mensuelle, le client du fauteuil d'à côté entreprit d'exposer à la cantonade les derniers développements de l'affaire. C'était un gros monsieur rubicond qui se faisait faire la barbe. Il déclara au barbier, dans son double menton fleuri de mousse blanche :

– Vous connaissez la dernière, à propos de cette affaire Beck ? Les gens ont décidé de boycotter la boutique de sa fille.

– Non ! murmura le barbier. Je m'était laissé dire qu'au contraire il y en avait qui achetaient chez elle comme ça, par compassion.

– Ah ouais ? Savent pas ce qu'ils font ! Attendez qu'ils en sachent plus long sur le bonhomme !
– C'est-à-dire ?

Éric, raidi, attendait la suite. Les mots qui allaient suivre, il aurait voulu pouvoir les retenir, les effacer. Mais il savait déjà que le vieil homme et sa fille allaient devoir y faire face.
– Savez qui il a tué, pour écoper de la prison à vie ? Sa femme.
– Non !...

Le barbier émit un petit sifflement et, d'une main sûre, dénuda de sa mousse toute une portion du menton écarlate.
– Comment voudriez-vous, poursuivait le client, qu'on aille faire ses achats chez une femme qui recueille chez elle l'homme qui a tué sa mère ?
– Hmm hmm, j'avoue que..., murmura le barbier, qui manœuvrait avec dextérité autour de la mâchoire rougeaude.
– Je vous dirais même que ça ne m'étonnerait pas, ajoutait l'autre, que le propriétaire du magasin déniche une clause qui lui permette de mettre fin au bail, sans attendre qu'elle ait fait faillite... Ah ! je vous jure, où va le monde ? Voilà que maintenant on peut tuer sa femme, et retourner chez ses enfants se faire dorloter.

Éric eut bien du mal à rester sur son siège jusqu'à la fin de sa coupe de cheveux. Sitôt retourné à l'air libre, il enfourcha son vélo et pédala longtemps, sans but, à travers les rues écrasées de soleil. Pourquoi donc fallait-il que tous ces gens aillent mettre leur nez dans la pauvre vie d'un vieil homme qui allait bientôt mourir ? C'était d'une injustice criante. Mère avait raison sur ce point. Et pourtant, tôt ou tard – et tôt plutôt que tard –, Père et elle apprendraient toute la vérité sur le crime de M. Beck, et ils insisteraient sans doute pour qu'il cesse de voir le vieil homme. Il était clair que, dans cette affaire, ils avaient fait preuve d'une tolérance qui en était à sa limite extrême. Si l'interdiction ne tombait pas ce soir, ce serait pour demain sans doute. Et quel argument pourrait-il leur opposer ? Pourtant, il le savait, ils auraient beau faire et beau dire, et sans doute essayer de lui extorquer une promesse, il ne céderait pas. Il ne laisserait pas tomber M. Beck. Chaque jour passé dans le jardin resserrait encore les liens entre Éric et le vieil homme.

Dans la touffeur de l'après-midi, tout en pédalant avec rage, il imaginait un scénario fantastique. Il était seul au jardin avec M. Beck. Soudain, une voiture de police, gyrophare en action, s'engageait dans l'allée. Il en descendait une patrouille, armée, casquée, conduite par le sergent Nolan et qui leur intimait l'ordre, à grand renfort de porte-voix, de sortir immédiatement du jardin. Mais Éric n'avait pas le temps de relever M. Beck de son fauteuil : un épais brouillard tombait brusquement sur tout le pourtour du jardin, et ils s'apercevaient tous deux qu'au-delà du jardin tout le reste du monde était devenu invisible. Ou peut-être était-ce le jardin qui était devenu invisible pour tout le reste du monde ? En tout cas, le fait était là : ils flottaient à présent hors du temps.

Le front ruisselant, Éric accéléra. Cette fois, il allait au jardin. Tout droit.

***

Le jardin frémissait d'ailes d'insectes, dans la lumière de midi. Mais Éric ne le voyait même pas. Il traversa la pelouse en hâte, en direction de la silhouette qui lui tournait le dos à demi, un peu tassée dans son fauteuil. Il lança au vieil homme, dans un souffle :

– Oh ! monsieur Beck, c'est dégoûtant, ils n'ont pas le droit !

Le vieil homme, avec un sursaut, se tordit le cou vers l'adolescent, le regard ensommeillé.

– Ils n'ont pas le droit de lui faire ça, bredouilla Éric en se jetant dans l'herbe au pied du fauteuil, hors d'haleine.

– De faire quoi à qui ? s'informa M. Beck, en arrangeant son écharpe autour de son cou.

– A votre fille.

Ce mot de « fille » sonnait toujours bizarrement aux oreilles d'Éric. La fille de quelqu'un, pour lui, ne pouvait guère avoir que l'âge de Susan ou le sien.

– Attends. Tu veux parler de ce qui se trame en ville, c'est ça ?

– Il y a vraiment des gens idiots, marmonna Éric.

– Oh ! tu sais, dit M. Beck, c'est moins de l'idiotie que de la peur – la peur de l'inconnu... La pauvre, tout de même, ajouta-t-il, songeur. Elle n'a déjà pas eu tellement de joies dans sa vie, et maintenant... Elle est restée loyale envers moi, pourtant, toutes ces années terribles. C'est incroyable, quand on y pense, tu ne trouves pas ?

Il y eut un silence, puis M. Beck poursuivit, pensif, comme s'il délibérait avec lui-même au moins autant qu'il parlait à Éric :

– Je le lui ai dit, quand ils m'ont libéré, que je me débrouillerais très bien dans une maison de retraite. Elle aurait pu m'y rendre visite et tout serait allé très bien. Seulement elle, ma Sophia, elle n'a pas voulu en entendre parler. Elle m'a dit qu'elle avait travaillé dur pour acheter cette maison, que cette maison était pour nous deux. Rends-toi compte... C'était un pari, pour elle, de me prendre ici. Ce pari, tiens, elle l'a perdu.

Il eut un sanglot étouffé.

Éric détourna vivement la tête. Roger l'écureuil escaladait son chêne à grands bonds légers et dardait un regard furieux sur un troglodyte qui avait eu le culot de venir se percher là. Éric se fit la réflexion que l'écureuil ressemblait bien aux habitants de Forest Park : toujours prêt à défendre ce qu'il estimait être son bien, même si tel n'était pas le cas.

– Enfin..., conclut M. Beck avec un soupir. Nous arriverons bien à faire face, Sophia et moi.

Éric cligna des yeux et demanda, d'une voix qui chevrotait un peu :

– Vous ne comptez pas partir d'ici ?

– Partir d'ici ? Ma foi non, dit M. Beck avec un pâle sourire. Nous avons des économies. Ou plus exactement, elle a des économies. Sophia n'est pas de celles qu'on peut envoyer promener comme ça. Je vois mal quiconque réussir à la mettre à la porte de chez elle. (Il gloussa sous cape.) Et puis, j'oubliais : il y a ce marchand de tableaux qui doit venir, de Chicago. Sait-on jamais ? Peut-être qu'il va faire de moi un millionnaire.

Éric ne croyait guère à ce moyen de faire fortune. Mais il était infiniment soulagé d'apprendre que les Beck ne quitteraient pas la ville, que le vieil homme, chaque jour, regagnerait son fauteuil de jardin.

– Au fait, tu m'étonnes, Éric, dit tout à coup le vieil homme en fronçant le sourcil. Il y a quelque chose d'important dont tu n'as même pas parlé.

Éric le regarda, perplexe.

– Plus que deux carrés à explorer, et tu n'as même pas fait remarquer que tu pouvais terminer aujourd'hui.

Erreur. Il y avait songé. Il pouvait finir aujourd'hui. Mais ensuite ? Que ferait-il demain ?

⁂

Le dernier carré terminé, Éric traîna les pieds en direction de son vélo. Il avait un pneu à plat, et la flemme de le réparer. Cela pouvait attendre le lendemain. Une inexplicable fatigue lui enlevait tout ressort. Il se sentait abattu, déprimé, comme lorsqu'on a subi une perte. Il repassa devant le vieil homme qui somnolait dans son fauteuil et quitta le jardin par la ravine. Il venait d'en atteindre le fond, et se débattait encore pour s'extraire des broussailles, quand il entendit comme un cri. Une femme était debout au bord de la ravine, dans un jardin qui devait se situer cinq ou six maisons plus loin que chez M. Beck. Elle faisait de grands signes en direction d'Éric.

Éric se désigna la poitrine.

– Moi ?

– Oui, toi ! Sois gentil, viens donc ici une minute, s'il te plaît !

Éric escalada le flanc escarpé de la ravine et se retrouva face à une dame aux cheveux gris, trapue, en tablier de ménagère. Elle pressait les

mains l'une contre l'autre comme pour une supplique.
– Je pensais bien que c'était toi, dit-elle dans un souffle, en posant sur lui des yeux gris que ses lunettes faisaient paraître immenses. Il me semblait bien que je t'avais vu passer là, en bas. Je me suis dit : faut que je voie ça. Et c'était bien ça ! Prendrais-tu un coca ? J'en ai au frigo. Il y en a pour une minute. Ça faisait longtemps que j'avais envie d'échanger trois mots avec toi, et je me suis dit : c'est maintenant ou jamais...

Éric venait de repérer une chaise longue, placée non loin du bord de la ravine. La dame de céans devait y passer pas mal de temps à se rôtir au soleil, à en juger d'après son visage boucané. Le jardin n'était pas tenu avec un soin jaloux, semblait-il. La pelouse était haute et envahie de mauvaises herbes, l'unique bordure de fleurs n'avait à proposer que des zinnias et des pivoines, ou plutôt ce qu'en avaient laissé les insectes. Sur toute la longueur de la pelouse courait un fil à linge, auquel coulissait une longue corde, elle-même reliée au collier d'un bouledogue obèse qui de loin reniflait Éric d'un mufle soupçonneux. De sa gueule entrouverte en caverne baveuse, au menton blanchi par les ans, sortit une grande langue rouge qu'il passa sur ses babines.
– C'est Alfred, expliqua la dame. On est toujours

plus tranquille, avec un chien, n'est-ce pas ? Et toi, tu t'appelles comment ?

Éric, vaguement désorienté, regardait les mains serrées, les grosses lunettes, les lèvres entrouvertes, ourlées d'un soupçon de moustache blonde.

– Éric, souffla-t-il.

– Éric comment ? J'ai un pack de six cocas, je vais t'en chercher un. Éric comment, tu dis ?

– Fisher. Non merci, pas soif.

– Attends, que je te présente à Alfred.

Éric se laissa conduire près de la chose au bout de sa corde, qui ressemblait davantage à un crapaud géant qu'à un chien. Lorsque le visiteur fut presque à sa portée, la bête, empêtrée dans sa graisse, fit cependant l'effort de se redresser sur ses pattes courtes – les pattes de derrière s'étaient relevées comme du caoutchouc trop longtemps écrasé : lentement, à regret. Le chien haletait de plus en plus fort.

– Ne t'approche tout de même pas trop, dit soudain sa maîtresse. Ce n'est pas qu'il soit méchant, oh non3! N'est-ce pas que tu es un amour, pauvre trésor ? Seulement, tu comprends, quand il ne connaît pas les gens, il essaie de me protéger, c'est normal.

Elle se pencha vers le chien et Alfred, en grognant, lança en avant sa grande langue pour lui en balayer la joue. Sans essuyer la traînée de bave qu'il y avait laissée, elle se releva vers Éric avec un grand sourire de triomphe.

– Il est adorable. Mais il faut dire, aussi, que je lui donne tout l'amour que j'ai, le pauvre chéri. Comment m'as-tu dit que tu t'appelles, déjà ?

– Éric Fisher.

– C'est tout de même terrible, je n'arrive pas à me souvenir des noms. Ni des visages, d'ailleurs, dit-elle en se dirigeant de nouveau vers sa chaise longue. Pour moi, les gens sont comme des souris ; ils se ressemblent tous. Et tu habites où, toi, Éric ?

Éric le lui indiqua.

Son visage s'éclaira d'une mimique de respect.

– Oh ! dans les quartiers chic. J'ai connu quelqu'un qui habitait là-bas, dans le temps. Monsieur... Monsieur... (Elle se creusait la tête en vain.) Enfin bref, quelqu'un. Tu es sûr que tu ne veux pas de coca ? J'en ai six au frigo.

De l'or étincelait par moments dans sa bouche. Ses mains, toujours soudées, poursuivaient leur prière éternelle. Éric se dit qu'elle devait être un tantinet dérangée, la bonne dame. Le chien ne lui inspirait pas confiance, non plus, et plus il regardait la maîtresse, plus il trouvait que son visage large et mou la faisait ressembler à son chien.

– Bon, va falloir que je m'en aille, glissa-t-il.

– Attends, minute ! s'écria la dame en lui prenant le bras.

C'était la première fois qu'elle détachait ses mains l'une de l'autre. Elle s'inclina légèrement vers Éric, s'assura d'un regard circulaire que nul ne pouvait l'entendre et posa un doigt sur ses lèvres.

– Motus et bouche cousue, bien sûr, chuchota-t-elle, mais, tout à fait entre nous, dis-moi donc quel genre d'homme c'est.

Éric s'écarta d'un pas.

– Il faut que je rentre à la maison ; je ne suis déjà pas en avance.

Mais elle le rattrapa, les yeux écarquillés, immenses derrière ses grosses lunettes.

– Je sais très bien que tu vas le voir chez lui tous les jours. On t'a vu assis dans son jardin. Tout le monde le sait, ajouta-t-elle en fronçant les sourcils. Tout ce que je veux savoir, c'est quel genre d'homme il est.

– Je vous assure, il faut que je rentre, marmonna Éric. On m'attend à la maison...

– Ces meurtres qu'il a commis, par exemple. Est-ce qu'il en parle ? Est-ce qu'il en a du regret ? Ou est-ce qu'il a la tête froide et le cœur sec ? Je te dirais qu'à le voir c'est l'effet qu'il me fait. Mais comme on dit, tu comprends : il ne faut pas juger les gens sur la mine.

Éric battait en retraite, mais elle le rattrapait sans cesse.

– Tu peux me le dire à moi, va ! Je n'irai pas tout répéter dans le quartier. Pour commencer, je ne leur parle pas, aux gens du quartier. Les gens sont d'un vulgaire, ici, tu n'as pas idée.

Elle avait empoigné Éric par le bras, mais il se libéra d'un coup sec. Il avait atteint le fond du jardin et se coulait déjà dans la ravine.

– Attends, bon sang ! lui criait-elle. Reviens ! Non mais, tu te prends pour qui ?

Il dévala la pente, en partie sur les fesses, sans jeter un coup d'œil en arrière. La voix maintenant l'accompagnait de ses imprécations :

– Sale gamin ! Espèce de petit mal élevé ! On se demande ce que font tes parents, à te laisser tourner mal comme ça ! Fiche donc le camp, va, graine de voyou ! Vermine !

Choqué, pris au dépourvu, Éric se frayait un chemin en aveugle parmi les ronces. Il n'avait jusqu'à présent guère accordé d'attention aux voisins de M. Beck. Le vieil homme et lui n'avaient jamais quitté le jardin et, dès l'instant où ils s'y trouvaient, le reste du monde n'existait plus pour eux. Alors qu'à présent, pour la première fois, tout en suivant le fond de la ravine, il surveillait à tout instant d'un œil anxieux ces lisières de jardins, là-haut, en surplomb, comme un Indien sur le sentier de la guerre.

***

Il s'était moralement préparé à un affrontement familial, et l'affrontement vint bel et bien. Ses parents, cette fois, le convoquèrent en bonne et due forme au salon, plutôt que de le piéger dans la salle de séjour. Ils ne lui adressèrent pas de reproche. De fait, sa mère passa même un certain temps à exprimer son mépris pour des cohortes de concitoyens qui n'avaient pas l'esprit assez large pour imaginer que le vieil homme pût être autre chose qu'une bête mauvaise. Après tout, souligna-t-elle, il s'agissait d'un *crime passionnel** – Mère avait manifestement mené son enquête, ou retrouvé des journaux de l'époque – et non pas d'un meurtre prémédité, exécuté de sang-froid. C'était d'ailleurs pourquoi la cour l'avait condamné à la prison à vie, et non à la chaise électrique. Mais les gens écoutaient-ils ce qu'on leur disait ? Non. Ils s'ingéniaient à rechercher comment faire le plus de mal possible à un homme qui allait mourir et à sa fille qui avait eu le courage d'essayer de lui offrir un peu de paix pour ses derniers jours. Ils déniaient le droit de mourir en paix à un homme qui avait passé quarante ans de sa vie à expier sa faute... Mère avait de l'éloquence, dans le feu de la colère. Père, dans un fauteuil, hochait la tête en tirant sur sa pipe, en manière d'approbation.

* En français dans le texte.

Mais cette diatribe achevée, ils regardèrent Éric bien en face. Cette flambée de juste colère contre les gens-qui-fourrent-leur-nez-partout n'avait été en fait qu'un prologue. La question n'était pas là ; ce qui importait désormais, c'était qu'Éric mît fin à ses visites au vieil homme, immédiatement et sans délai. Père posa le problème en termes clairs, en faisant valoir les risques encourus. Les gens qui s'enflamment pour une cause et se prennent pour des justiciers deviennent capables de n'importe quoi. Ils étaient bien capables d'assiéger la maison Beck ou de brûler une croix sur la pelouse ou de commettre Dieu seul savait quels actes de vandalisme. Si Éric se trouvait sur les lieux, il risquait d'être, bien malgré lui, impliqué *physiquement* dans l'affaire. Père insista sur ce mot, physiquement. Et tout cela, c'était inévitable, aboutirait à une enquête de police, avec ce que cela pouvait signifier pour Éric : remise en question de son régime de liberté surveillée, etc. Père exposait la situation en toute logique, avec le plus grand calme – il n'était pas pour rien un homme d'affaires efficace.

Lorsque enfin Père se tut, Éric sentit peser sur lui le regard anxieux de ses parents. Il prit une large aspiration.

– Il a besoin de moi plus que jamais, fit-il remarquer simplement.

Père tira une longue bouffée de sa pipe.
– Nous ne voulons pas que tu te fasses blesser, dit Mère.
– Ni que tu aies de nouveaux démêlés avec la police, ajouta Père.
– Je suis son seul ami, reprit Éric sans élever la voix. Je ne l'abandonnerai pas.

Il était clair que ses parents ne savaient plus que faire. Éric songea soudain qu'il les faisait souffrir ; c'était bien autre chose qu'un simple bras de fer entre enfant et parents. Mais il ne pouvait pas capituler. C'était exclu.
– Jamais. Je ne peux pas, ajouta-t-il sur un ton si résolu que ses parents, bien malgré eux, durent admettre qu'il n'y avait pas d'issue.

C'était comme s'il avait tranché la question lui-même – ils en étaient presque soulagés. Après un bref silence, entrecoupé seulement de raclements de gorge et de soupirs, ils le laissèrent quitter la pièce, presque sans un mot de plus.

Mais à l'étage, sur le palier, il dut faire face sur un autre front. Et tenir tête à une attaque autrement véhémente.

Ouvrant sa porte à la volée, Susan lui faisait signe d'approcher.
– Viens donc un peu par ici, j'ai à te parler, lui ordonna-t-elle.

Éric la suivit dans sa chambre – dont l'accès lui était strictement interdit en temps ordinaire.

Il enregistra d'un coup d'œil les fanions universitaires qui ornaient le mur, la montagne de vêtements entassés sur une chaise, les disques – sortis de leur pochette – sous lesquels disparaissait le lit. Il s'assit au bout du lit sur la pointe des fesses.

Susan arpentait sa chambre, en jean et chemisier boutonné à la diable. Elle avait dû l'entendre monter l'escalier et se rhabiller en hâte pour l'intercepter au passage.

– Écoute, mon vieux, commença-t-elle, il faut que je te dise, je ne comprends rien à ce que tu fabriques. C'est clair comme du jus de boudin, tes affaires, en ce moment, on peut le dire. Qu'est-ce que tu fabriques, fourré pendant des heures avec un bonhomme de c't' âge-là ? Roddy prétend que tu es assis par terre, à jouer à je ne sais quel jeu. On peut savoir ce que c'est, au juste, comme jeu ?

– Il m'apprend à regarder le jardin.

Susan écarquilla de grands yeux, plus luisants de colère, à dire vrai, que de réelle surprise.

– Quoi ? A regarder *quoi ?*

Elle en levait les bras au ciel, d'un geste d'exaspération qui semblait bien sortir tout droit de son club de théâtre amateur.

– Dis ! Tu me prends pour qui pour quoi ? enchaîna-t-elle sur le ton de l'offense, en se penchant vers lui.

Par l'échancrure de son chemisier mal fermé,

son soutien-gorge laissait voir un peu de dentelle et Éric, sans même y penser, n'en détachait pas les yeux. Elle se redressa, se boutonna jusqu'au cou.

– Je t'ai posé une question, il me semble, lui rappela-t-elle vertement.
– Oh ! 'scuse-moi, tu m'as demandé quoi, déjà ?
– Éric. Si tu te crois drôle ! Je vais te dire, tu es exaspérant. Pour commencer, tu écopes d'une mise à l'épreuve. Deuxièmement, tu te saoules à la piscine, et sous le nez de Danny Richmond. Et voilà que maintenant tu t'acoquines avec un vieil assassin. Je me demande comment tu réagirais, toi, tiens, si c'était toi qui avais un frère comme ça !

Elle faisait les cent pas sur sa descente de lit, la mine tragique.
– Évidemment, poursuivit-elle, en vérité c'est comme si je chantais. Tu t'en soucies comme d'une cerise, de savoir ce que ça nous fait, à nous. Tes copains sont tous des voyous, alors tu ne risques pas de souffrir de ce que tu fais. Seulement, tu comprends (elle prenait à témoin ses fanions aux armes des universités les plus cotées), moi, j'en souffre ; parce que mes copains à moi sont des gens bien, figure-toi. Sans parler de Père et Mère, aussi. Tu leur fais joliment de la peine, je ne sais pas s'il t'arrive d'y penser. Ça ne te vient jamais à l'idée, non, qu'ils ont une

réputation à soutenir, ici ? Tu leur as vraiment fait du mal, Éric, tu peux me croire. C'est bien pour ça, d'ailleurs, que je ne leur ai jamais dit ce que tu avais fait, à la piscine. Je me suis dit que ça ne pouvait que les faire souffrir encore un peu plus, et puisqu'ils n'y pouvaient rien, pourquoi ajouter encore à leur peine ?

Elle s'immobilisa devant le fanion de l'Illinois. Sa propre péroraison l'avait enflammée, et elle vibrait à présent d'une juste colère, faite de vertueuse indignation. Et, malgré l'aspect théâtral de la démonstration, Éric savait bien qu'au fond d'elle-même elle était sincère. Sans quoi, d'ailleurs, il s'en doutait bien, elle l'aurait dénoncé plutôt deux fois qu'une, pour l'affaire de la piscine. Il s'en était étonné longtemps, de cette promesse tenue, de la part de sa sœur. Mais – c'était une justice à lui rendre – Susan adorait leurs parents. C'était même ce qu'elle avait de plus sympathique, de l'avis d'Éric.

– Alors ? insistait-elle, les poings sur les hanches. Ça ne te fait ni chaud ni froid, hein, de faire de la peine aux parents ?

Éric se leva. Son regard s'attarda sur la roue que formaient au mur les fanions aux couleurs de plusieurs institutions prestigieuses – l'Institut de technologie de Géorgie, l'Université de Columbia, l'Université du Nord-Ouest et l'Université de Californie-Los Angeles. A la porte, il se retourna ; il regarda sa sœur droit dans les yeux,

jusqu'à faire battre ses paupières ombrées de bleu.
– Évidemment que si, ça m'ennuie bien, lui dit-il. Seulement tu vois, ce vieil homme, c'est mon ami. Et tu diras tout ce que tu voudras, ça n'y changera rien de rien.
– Tu finiras par le regretter ! lui lança Susan comme il se faufilait sur le palier.

Finir par le regretter ? Mais il avait déjà commencé. Il le regrettait déjà de tout cœur, de causer tant de soucis à ses parents. C'était une chose, curieusement, qui ne lui avait pas effleuré l'esprit lors de l'affaire des carreaux cassés. Mais maintenant il entrevoyait ce que peut être la malveillance collective, avec quelle force une petite ville peut exercer sa pression vengeresse, et il comprenait mieux pourquoi ses parents tenaient tant à le protéger de ces remous-là. Ils devaient être désemparés de le voir refuser leur aide. Non, Susan avait tort ; il se tracassait pour eux et il le regrettait déjà, de leur causer tant de peine.

Mais il ne regrettait pas de s'en tenir à sa décision.

***

Il s'était engagé dans la ravine, mais il se ravisa soudain. L'idée qu'on pouvait l'espionner d'en haut lui faisait maintenant horreur. Il se hissa donc sur le coteau et fit le reste du trajet le long de la rue, la tête haute. Il regardait d'un air de défi les maisons aux stores baissés contre le soleil du matin. Il aurait aimé voir sortir quelqu'un sur le pas de sa porte et s'entendre jeter quelque remarque désobligeante. Il imaginait déjà sa réponse : il s'arrêterait et regarderait son assaillant dans le blanc des yeux – comme ça, sans rien dire. Il le regarderait dans le blanc des yeux, jusqu'à l'obliger à détourner le regard. Et puis il partirait en riant, sans se retourner. Il souhaitait ardemment voir ce scénario se dérouler, mais il ne se passa rien. Peut-être l'épiaient-ils tous, derrière leurs stores baissés ? Bande de lâches !

Une camionnette était garée devant chez Beck. En arrivant devant la maison, Éric vit un ouvrier occupé à remplacer une vitre à une fenêtre du rez-de-chaussée. Des éclats de verre de toutes les tailles jonchaient le jardinet de devant. Il y en avait jusque dans l'allée. Sur la pelouse, armée d'un sac à ordures, Mlle Beck à quatre pattes s'employait à les ramasser. Trois autres fenêtres de la façade avaient eu aussi leurs carreaux cassés et l'espace d'un instant, avec un pincement au cœur, Éric se souvint de son vieux collège. La lâcheté foncière de ce genre d'agression lui vint à l'esprit comme une gifle. C'était du même tonneau que d'espionner les gens. Sauf que, en plus, c'était de la violence. De la violence lâche. Minable. Il ne jetterait plus de pierres.

Il s'accroupit non loin de Mlle Beck et entreprit de ramasser lui aussi le verre cassé.

Leurs regards se croisèrent brièvement. Puis ils ramassèrent en silence, jusqu'au dernier éclat de verre.

– Merci, Éric, dit Mlle Beck, avec un soupçon de sourire.

Il hocha gravement la tête et contourna la maison. M. Beck, depuis son fauteuil, lui adressa un signe joyeux, comme si rien ne s'était passé.

– Tu ne sais pas ? Le marchand de tableaux dont je te parlais, là, celui de Chicago ? Il a appelé ce matin. Il va venir voir mes tableaux.

Éric se détourna légèrement pour prêter l'oreille du côté de la rue ; la camionnette du vitrier redémarrait.

– Ah ! ça ? dit M. Beck. Oui, c'est le travail de pauvres abrutis. Sont passés là en voiture, au ralenti, pour jeter trois-quatre pierres.

Éric se demanda s'il connaissait ou non les « abrutis » en question. Ce pouvait être par exemple des camarades de classe de Susan. Ou ce gros joufflu qui se faisait faire la barbe, l'autre jour, chez le coiffeur. Il aurait bien pensé à la bande, mais ils n'avaient pas de voiture. Sans doute les aurait-il suivis, d'ailleurs, s'ils lui avaient dit, six mois plus tôt : « Tu viens, on va lui faire sa fête, à cette vieille carne ! » Il en avait le frisson.

Mais M. Beck songeait à autre chose. La main en visière sur les yeux, il regardait l'adolescent, l'air pensif.

– Éric, finit-il par se décider. Tu vas dire que ce ne sont pas mes oignons, mais tu ne me parles jamais de ta famille.

C'était bien la première fois qu'il y était fait allusion.

– Ma famille ? Y a rien à en dire, se défendit Éric.

– Oh ! ne t'inquiète pas : je n'ai pas l'intention de fourrer mon nez dans ce qui ne me regarde pas, dit M. Beck. Mais je t'avouerai que je me demande si tes parents savent bien que tu viens ici.

– Ils le savent.

– Et ils te laissent venir ?

Éric hésita un instant, puis il prit le parti de la franchise.

– Ils aimeraient mieux pas.

M. Beck hocha la tête.

– Oui. Je m'en doutais un peu. D'autant plus que tu es en liberté surveillée. Ils ne doivent pas voir d'un très bon œil que tu fréquentes un ancien condamné. Je pense que tu ferais mieux de cesser de venir pendant un certain temps, Éric.

– Non, monsieur.
– J'ai dit : un certain temps.
– Non, monsieur.
– Voyons, Éric, sois raisonnable. Disons : jusqu'à ce que les choses se tassent un peu, d'accord ?
– Non, monsieur. C'est notre été. Nous n'avons pas de temps à perdre.

Le vieil homme l'étudia un moment, puis il eut un sourire.

– Je ne vois pas quel argument opposer à pareille logique. Tout ce que je voudrais, c'est que tu comprennes qu'il y a pour toi un certain danger à venir ici.
– Ça ne fait rien, il faut que je vienne.
– Ah bon ? Même encore maintenant ? Maintenant que tu as terminé les carrés ?
– Au contraire. Plus encore qu'avant.
– Et pourquoi ?
– Parce que je ne sais toujours pas pourquoi j'ai passé tout ce temps à les étudier, ces carrés. Alors, il faut que je trouve.

M. Beck pinçait les lèvres. Il réfléchissait.

– Je vois, reprit-il enfin. Je pense que tu as raison. Ma méthode, c'était seulement pour lancer les choses, tu comprends. Et maintenant, c'est à toi de jouer, à toi tout seul, parce qu'il est bien évident que tu n'en as pas terminé avec ce jardin. Mais n'était-ce pas ce que tu croyais, pourtant – que tu en aurais fini, une fois regardé le dernier carré ?

– Si, reconnut Éric. Je crois bien que si.

– Et maintenant tu sais que tu n'en as pas fini du tout.

Dans la lumière crue de l'été, Éric clignait des yeux face au vieux visage penché vers lui. C'était un peu comme un vieil arbre, sec et noueux après tant de saisons, mais robuste encore, et aux racines ancrées profond.

– Ce que je vais faire, je pense, finit par dire Éric, c'est me balader dans le jardin, comme ça, et regarder ce qu'il y a à voir.

M. Beck abattit la main sur le bras de son fauteuil.

– Parfait. Je crois que c'est ce que je ferais, à ta place. Ce sera toujours un début.

– Tiens, je crois même que je vais grimper là-haut, pour commencer, dit Éric en désignant le chêne du menton.

Et, joignant le geste à la parole, il en entreprit l'escalade.

A mi-chemin de la cime, un petit vent frais faisait danser les feuilles. Son bruissement couvrait en douceur tous les autres bruits du secteur. Éric avait vue sur les toits voisins et sur une bonne partie des maisons de la rue. Il avait conscience, de manière aiguë, que bien des gens, dans ces maisons, regardaient sa présence d'un œil aussi haineux que celle de M. Beck – lui dans l'arbre, le vieil homme sur sa pelouse. Mais il n'en avait cure. Sans savoir pourquoi, il était convaincu que rien de mal ne pouvait leur arriver à tous deux tant qu'ils étaient dans ce jardin. Sans doute était-ce ce coup de foudre tombé à sept mètres de lui, le jour de l'orage, qui lui avait laissé malgré lui cette impression de magie, cette confiance aveugle dans le mystérieux pouvoir de protection du jardin. En tout cas, le fait était là : de son perchoir, au cœur du chêne, tout lui semblait rassurant, solide et digne de confiance. C'était comme si une bulle invisible était posée au-dessus du jardin et de la maison, qui les protégeait tous les trois : M. Beck et lui, mais Mlle Beck aussi, désormais.

En plein ciel, par-dessus les toits, passait un escadron de canards sauvages. Chaque automne, ils passaient par milliers, en formations serrées, au-dessus de la localité. Plein cap sur le sud.

L'été avançait.

Éric baissa les yeux vers la pelouse. Le vieil homme avait un verre de citronnade à la main.

Tout allait bien. Le jardin veillait. Le jardin était sacré.

***

Le lendemain, Éric retrouva la bande sur la piste de bowling. Il n'avait jamais été un joueur hors pair à ce jeu-là, encore qu'il pût sans trop de mal y battre Zap. Superkool n'avait jamais été battu par qui que ce fût, exception faite de deux ou trois champions qui faisaient partie de l'équipe locale.

La piste échue à la bande, ce jour-là, jouxtait celle où exerçaient leurs talents, pour l'heure, quatre des filles de leur collège qui n'arrêtaient pas de pouffer de rire et jetaient sur Horse de longs regards en biais. Horse n'était pas plus âgé que le reste de la bande, mais sa grande taille et ses épaules carrées le faisaient paraître plus âgé. Les filles n'avaient pas l'air de s'intéresser beaucoup à Solo, quoiqu'il eût, en taille, dépassé la plupart d'entre elles au cours des tout derniers mois. Ce jour-là pourtant, par exception, ce n'était pas absolument vrai. Une certaine Sally Wilson, une fille du genre plutôt timide, lui avait accordé un long regard songeur; il s'en était senti aussi mal à l'aise que s'ils avaient été seuls dans une pièce déserte. Du coup, il n'osait plus jeter le moindre coup d'œil du côté des filles. Et pourtant, chaque fois qu'il empoignait sa boule de bowling, il était paralysé à l'idée de ces paires d'yeux braquées sur lui, si bien qu'il tirait avec plus de force que de précision et n'arrivait à rien de fameux. La boule partait en tournoyant comme une furie, mais elle faisait plus de bruit que de réels dégâts.

La bande se surpassait, en présence de ces filles. On chahutait, on parlait fort, beaucoup plus qu'en temps ordinaire. Solo venait de réussir un joli coup – et de jeter un bref coup d'œil du côté des filles – lorsqu'une vive douleur dans les côtes le fit sursauter. Il se retourna. Zap était l'auteur de cette bourrade un peu trop sentie.

– Ben qu'est-ce qui t' prend ? s'informa Solo, rageur. C'était pour quoi, on peut savoir ?

Le coup que venait de lui infliger Zap dépassait nettement les normes de la bourrade amicale, même un jour de grand chahut.

L'œil bigleux de Zap regardait au loin, pardessus l'épaule de Solo.

– Pour rien, dit-il. C'est gratuit.

Horse, qui venait de lancer sa boule, se retourna vers eux en riant :

– Allons, Zap, sois chic, laisse-le tranquille. Tu sais bien qu'il est amoureux, le pauvre gosse.

Zap partit d'un grand éclat de rire. Superkool, qui s'apprêtait à tirer, s'offrit le luxe de ricaner avant de se concentrer sur son tir.

– Sans blague ! susurra Zap. Qui est amoureux de qui ?

– T'es pas au courant, pour ce vieux bonhomme, là, le tueur ? dit Horse. Entre Solo et lui, c'est le grand amour ; ils sont tous les deux fous de petits oiseaux, de papillons, de fleurs.

Ainsi donc, ils savaient. Éric s'en était douté. Cela faisait des jours et des jours qu'il attendait une allusion de ce style. Peut-être avaient-ils

attendu leur heure : le jour où, par exemple, il y aurait là tout un public de filles. Il regarda du coin de l'œil vers la piste voisine. Deux ou trois filles suivaient la scène – dont Sally Wilson.
– Tiens donc ! dit Zap en lui envoyant de nouveau une bonne bourrade dans les côtes. Allez, toi, raconte-nous donc ça ! Raconte-nous un peu ce que vous faites, toi et cette vieille croûte ! Vous mijotez des assassinats ?

Solo se croisa les bras sur la poitrine.
– Dis, tu arrêtes de me bourrer de coups ?
– Alors raconte ce que tu fabriques avec ce vieux, insista Zap qui attendait son tour de jouer.
– Ouais, dit Superkool qui venait de se rasseoir et prenait le relais. De quoi vous parlez, tous les deux ? Il te raconte ses crimes, ou des trucs comme ça ? Il t'explique comment faire ravaler son bulletin de naissance à un mec ?
– Fichez-lui la paix ! dit Solo avec un regard de biais en direction de la piste d'à côté.
Sally Wilson suivait la scène.
– Lui ficher la paix ? (Superkool, sautant sur ses pieds, faisait mine de regarder dans toutes les directions.) Moi je veux bien, mais où il est ? Faudrait d'abord savoir où il est, pour pouvoir lui ficher la paix.
Toute la bande se gondola de rire. Éric entendit pouffer, sur la piste d'à côté. Il jeta un regard.

Elle ne riait pas, ne souriait pas même ; elle avait les yeux sur lui.

C'était à son tour de jouer, mais il n'eut pas le temps de prendre sa boule. Horse s'en était emparé pour lui et la brandissait bien haut dans une seule de ses grandes mains.

– Éric Fisher ! beuglait-il. Éric Fisher ! On veut le rencontrer, ton copain !

Et toute la bande reprit en chœur : « Éric Fisher, Éric Fisher, faut nous présenter ton copain ! »

L'une des filles, penchée sur la barre de séparation, avait entrepris de chuchoter quelque chose à l'oreille de Superkool. Superkool lui répondit de la même façon, et la fille, avec un petit rire étouffé, s'empressa d'aller rejoindre ses amies pour leur rapporter l'échange.

Solo ne savait trop que faire. Il était clair que les autres ne lui pardonnaient pas sa désertion. Il était tout aussi clair qu'ils étaient tout bêtement jaloux de ses liens d'amitié avec un criminel notoire. Sur la piste d'à côté, les filles le détaillaient d'un air intéressé. Elles avaient le sourire aux lèvres, à l'exception de Sally Wilson qui continuait de le regarder comme s'ils étaient seuls dans une pièce déserte.

Horse lâcha brusquement la boule, que Solo rattrapa de justesse.

Solo visa, tira, manqua. Il y eut des rires dans

son dos. Avant de se retourner pour les affronter, il serra les paupières un instant, le temps de voir le jardin, dans lequel tout était mouvement, au grand soleil, comme sur la mer.

L'une des filles, à nouveau, se penchait sur la barre de séparation. Sans quitter Solo des yeux, elle écoutait ce que Superkool lui glissait à l'oreille.

– Ben quoi ! merde à la fin, qu'est-ce que c'est que ces messes basses ? ne put se retenir de demander Solo.

Superkool se redressa de toute sa taille et enfonça ses mains dans ses poches. Il expliqua à voix haute :

– Je répondais simplement à une question qu'on venait de me poser, sur ton grand copain et toi. Mademoiselle voulait savoir ce que vous faites, tous les deux. Je le lui ai dit : le vieux est dans son fauteuil, et toi tu es assis par terre. Et vous ne faites rien de rien. Toi, tu es assis, et le vieux roupille. Je vous ai vus. C'est fou ce que ça peut avoir l'air folichon.

Il riait de toutes ses dents, d'un grand sourire méchant.

Solo se sentit empoigner par-derrière ; deux mains le faisaient pivoter sans douceur. A hauteur de ses yeux s'activait la large mâchoire de Horse.

– Faut que tu nous le présentes, hein, pas d'histoires ! martelait le grand gaillard. Tu comprends, ça va pas, ça : t'as appris des tas de trucs sur ce mec et nous pas. Pas une fois tu nous en as parlé, pas une. Pourquoi t'as gardé ça pour toi, hein ? Nous aussi, on veut le voir, ton vieux truand !

– Ouaip ! approuva Superkool en tirant son couteau de sa poche.

D'une pichenette il en ouvrit les trois lames et fit quelques pas, comme à la parade, en brandissant l'objet.

– Combien je parie que ton vieux bonhomme n'en a jamais vu un comme ça ? dit-il en l'agitant sous le nez d'Éric, suffisamment près pour le faire reculer d'instinct. Et pour couper ça coupe, c'est moi qui te le dis ! ajouta-t-il en faisant siffler l'air d'un geste de faucheur, à la grande excitation des filles qui se mirent à pousser de petits cris d'effroi.

Il se tourna vers elles et singea une révérence.

– N'ayez pas peur, les filles, dit-il. Regardez donc.

Il tenait son couteau par le bout de la grande lame et, le bras en avant, à hauteur de leurs yeux, il en exhibait le manche, orné d'un écusson de cuivre gravé.

– Voyez ? C'est l'aigle américain. Ce couteau est une arme patriotique.

Les filles rirent de bon cœur, sauf Sally Wilson ; elle suivait des yeux Éric qui s'éloignait.

– Hé ! où tu t'en vas comme ça, Éric Fisher ? s'avisa Horse, gouailleur.
– Et n'oublie pas, hein ? Tâche de nous le présenter ! lui lança Superkool, en tranchant l'air de ses trois lames hérissées.
– Ouais ! ajouta Horse. Surtout qu'on veut donner un coup de main pour le vider du patelin !
– Allez, va ! coassa Zap. Retourne vite le voir, va, ton cher petit assassin !
Il s'en étranglait de rire.

Éric s'éloigna sans hâte. Il ne jeta qu'un coup d'œil en arrière – pour regarder Sally Wilson. Leurs yeux se rencontrèrent un instant, d'une étrange façon, plutôt embarrassante. Quant à la bande, se disait Éric en enfourchant son vélo, c'était fini. Il ne voulait plus avoir affaire à ces gars-là. Se faire chahuter un peu fort, passait encore ; il y avait des types qui ne pouvaient pas s'en empêcher. Mais ce qu'il ne supportait pas, c'était leur jalousie suraiguë. Ils n'avaient pas le droit de lui chicaner le temps qu'il donnait à un autre. Pour qui se prenaient-ils ? Depuis quand avaient-ils barre sur lui, pour lui dicter ce qu'il devait faire et ne pas faire ? Jamais plus ils ne l'admettraient dans leur bande, c'était l'évidence même, mais il y avait plus sûr encore : il ne le demanderait même pas.

***

Au cours des jours qui suivirent, Éric demeura en alerte. Il redoutait d'autres voies de fait sur la maison ou le jardin Beck. Un nombre inhabituel de voitures passaient dans la rue Norris et ralentissaient très nettement aux alentours de la maison grise, le temps pour des familles entières de se repaître du spectacle de la maison d'un criminel. Depuis le jardin, par la fenêtre ouverte, Éric entendait le téléphone sonner presque continuellement. Mlle Beck ne décrochait jamais. Elle était à la maison, pourtant. Le magasin, disait M. Beck, était fermé « pour inventaire ». Mais Éric savait bien que c'était en raison du boycott, et pour éviter des représailles. Les habitants de la localité à qui déplaisait la présence du vieil homme – et ils étaient les plus nombreux – essayaient de contraindre les Beck à évacuer les lieux, soit en ruinant le petit commerce de Mlle Beck, soit en usant de menaces. Éric devinait que les lettres anonymes devaient affluer dans la boîte aux lettres, comme dans un film qu'il avait vu, un jour, à la télévision.

Un après-midi, alors qu'il lisait, à plat ventre dans l'herbe, il eut soudain la détestable sensation qu'on l'épiait. Il leva le nez et aperçut un couple entre deux âges, debout dans l'allée du garage. La dame, se voyant repérée, tira son compagnon par la manche et lui chuchota quelque chose, de biais, derrière sa main. Ils ne faisaient même pas mine de s'en aller, ils dévisageaient Éric qui leur rendait leur regard sans sourciller.

Mais soudain Mlle Beck sortit en trombe de la maison, à la manière d'un boulet de canon, et ses lèvres pincées disaient clairement que dans sa tête elle criait déjà après les intrus.

– Dites donc, vous ! Qu'est-ce que vous voulez ? Qu'est-ce que vous venez faire ici ? Vous vous croyez où, hein ? Dites voir, un peu !

Éric fut frappé par la puissance de son organe vocal. Elle avait pratiquement le même timbre sonore que M. Beck quand il voulait se faire entendre. Jusqu'à cet instant précis, Éric ne l'avait jamais entendue s'exprimer que d'une voix calme et retenue, comme si elle était prête à s'accommoder de n'importe quelle situation, aussi détestable fût-elle. Mais c'était une autre femme qui s'avançait là, dans l'allée. Ce couple de curieux venus sans vergogne fureter jusque chez elle, elle n'allait certainement pas le laisser s'en tirer de la sorte. Elle était bien décidée à le faire rentrer sous terre, avec sa langue bien pendue et ses accents de passionaria.

– Alors ? Répondez, enfin ! Que venez-vous chercher ici, hein ? Espionner ? Fourrer votre nez partout ? Dites !

Éric les suivit des yeux qui contournaient le pignon, le couple d'abord, tête basse, puis

Mlle Beck sur leurs talons. Il continua d'entendre sa voix, intraitable, vengeresse, longtemps après qu'ils eurent disparu tous trois de l'autre côté de la maison. Sans doute ne se contentait-elle pas de leur infliger la frayeur de leur vie : leur faire honte en public, devant tout le quartier, n'était pas une mauvaise idée non plus.

Elle revint au bout d'une minute et Éric, sautant sur ses pieds, ne put se retenir de lui crier : « Bien vu ! » comme si elle venait de marquer un but. Mais c'est à peine si elle lui jeta un regard. Baissant les yeux, pressant le pas, déjà elle se faufilait à l'intérieur de la maison et refermait soigneusement la porte derrière elle.

M. Beck gloussait dans son fauteuil.

Éric se tourna vers lui. Le plus curieux, dans toute l'affaire, c'était la philosophie avec laquelle le vieil homme prenait les choses. Rien ne paraissait le troubler, ou du moins pas profondément. Du moment que sa fille parvenait à faire face à la situation, sans trop en souffrir apparemment, rien ne l'ébranlait vraiment. Il n'était pas exclu, bien sûr, que l'espoir de vendre ses toiles fût la raison de ce moral au beau fixe. Le marchand d'art de Chicago était venu, il n'avait pas tari d'éloges et il avait laissé entendre au vieil homme que l'avenir lui réservait plus que de simples compliments. Éric n'aimait guère cela ; il se disait qu'on n'avait pas le droit d'éveiller ainsi chez un vieil homme ce qui ne serait peut-être que de faux espoirs. Mais de toute manière, songeait-il, la seule perspective de vendre ses tableaux ne pouvait rendre compte de la sérénité dont faisait preuve M. Beck, face aux manifestations d'hostilité. On avait cassé les carreaux, déversé dans l'allée le contenu de plusieurs poubelles, barbouillé *Assassin, fiche le camp !* en lettres rouges sur le seuil de la porte, et lui restait imperturbable. Il se contentait de hausser les épaules. Peut-être avait-il trop souffert, dans sa vie, pour se soucier désormais de l'avis de ses concitoyens. Éric était impressionné de le voir afficher pareille indifférence à l'égard de ces badauds qui venaient le contempler comme on le ferait d'un fauve au zoo. Il feignait de ne pas les voir, n'y faisait jamais allusion, ne donnait pas le moindre signe d'exaspération. Cette leçon d'indifférence, Éric se promettait de la mettre à profit. Lui aussi traiterait ces imbéciles par le mépris.

Les gens auraient beau faire, de toute façon, le jardin resterait le jardin. Même si tout le quartier, même si toute la ville débarquait ici pour une expédition punitive, même si la foule en furie entreprenait de tout démolir, de tout déraciner, de piétiner les fleurs et d'arracher les plantes, de saboter les haies, bref de tout saccager, rien ne serait perdu quand même, le jardin resterait le jardin, leur jardin à tous trois.

Personne ne pouvait le leur enlever, ce jardin, parce qu'il était bien plus que ce qu'on en pouvait voir, bien plus qu'une pelouse, des massifs et des plantes : il était d'abord fait de terre et de ciel, et de toutes sortes de créatures qui vivaient là, qu'on ne voyait pas au premier abord, comme Roger l'écureuil en vigie dans le chêne, comme les lapins qui s'aventuraient sur la pelouse à l'aube ou la couleuvre bleue qui s'y coulait sans bruit. Même si les foules hostiles saccageaient ce jardin jusqu'à le défigurer, il resterait le jardin, parce que ses occupants sauvages le reconnaîtraient toujours pour leur. Parce que le jardin était en eux, comme il était en M. Beck et en Éric. C'était une découverte récente, pour lui, et difficile à formuler. Tout le temps qu'il avait exploré ce jardin, il y avait cherché quelque chose; et maintenant il comprenait que ce qu'il cherchait était en lui, depuis le commencement. Il avait pris place dans chaque carré et cherché, cherché, cherché, sans le savoir, en lui-même. Le jardin était partout. Il s'écoulait de proche en proche comme l'eau qui sort d'un puits secret. On ne pouvait pas le saisir, mais pas s'en défaire non plus. On ne pouvait plus le perdre une fois qu'on l'avait trouvé. Il existait à jamais.

Éric s'aperçut soudain que des larmes roulaient sur ses joues. Il s'empressa de lever les yeux vers le fauteuil, mais le vieil homme s'était endormi.

Alors, à voix haute, tout en sachant pertinemment que le vieil homme n'entendrait pas, il dit en détachant les mots :

– Tout ira bien. Il ne peut rien nous arriver. Nous avons le jardin.

5. L'agression

A son réveil, le lendemain, le ciel n'avait pas de couleur. Roddy était déjà levé et parti. Tout le restant de la famille, sans doute, s'était déjà dispersé – il faut dire que, ces derniers temps, Éric avait pris l'habitude de se lever tard, parce qu'il lisait jusqu'à des heures indues. Susan grommelait que c'était un privilège insensé, mais Mère prenait sa défense en faisant valoir qu'il le pouvait, puisqu'il était en vacances, et que du moment que c'était pour lire, il n'y avait pas grand mal à cela. Éric se faisait la remarque qu'étrangement, ces derniers temps, c'était un peu le monde à l'envers. Toutes ses difficultés de naguère ne semblaient s'être effacées que pour laisser place à d'autres. Mère par exemple, plus compréhensive, le laissait lire tard le soir ses ouvrages sur les serpents, alors que Horse, intraitable, l'accusait de trahison parce qu'il s'était fait un ami d'un vieil homme. Dans la vie, décidément, les choses n'arrêtaient pas de changer, philosophait Éric en descendant déjeuner.

Après un café tiède et quelques tranches de pain grillé, il alla traîner les pieds au jardin paternel et regarder la brume du matin se prélasser sur la pelouse. Il était trop tôt pour aller rue Norris, aussi décida-t-il d'aller d'abord faire une balade. Cette balade, en vérité, il y avait déjà quelque temps qu'il avait envie de la faire – partir à l'aventure, découvrir de nouveaux horizons –, mais il avait vaguement l'impression que ce serait trahir le jardin. Ce matin-là, pourtant, il partit dans la brume, dédaignant les ravines.

Il descendait une rue qui menait justement à une ravine boisée, inconnue de lui, lorsqu'il aperçut Silky qui remontait au petit trot sur le trottoir d'en face. En short et chemisette, une serviette sur la nuque, le jeune Noir paraissait déjà plus grand, plus fort que lorsque Éric l'avait vu pour la dernière fois, un mois plus tôt.

Silky lui fit un signe et traversa la rue en biais pour le rejoindre.

– Bien content de te voir, déclara-t-il, un peu essoufflé. Je voulais te téléphoner, justement. Ces quatre types, tu sais, avec qui tu es comme cul et chemise...

– Je ne suis comme cul et chemise avec personne, protesta Éric.

– Bon, avec qui tu *étais* comme cul et chemise, si

tu préfères – tu vois qui je veux dire. Eh bien, méfie-toi, ils préparent un mauvais coup.
– Oh ! tu sais, ils font beaucoup de bruit, mais c'est du bluff.
– Écoute, j'ai bien peur que cette fois ça aille plus loin que le bluff. D'après ce que je leur ai entendu raconter chez Larry hier soir, ils auraient trouvé le moyen de se procurer du hasch. Ils parlent de se gonfler à bloc et d'aller rendre visite à ce vieux monsieur que tu connais.
– M. Beck ? (Éric sentait la colère lui échauffer déjà les oreilles.) Ils feraient mieux de ne pas y toucher.
– Du calme, d'accord ? Toi, tu ferais bien de ne pas t'exciter, parce qu'ils sont après toi, aussi, à ce que j'ai compris.
– Moi ? Je ne vois pas très bien ce que je leur ai fait.
– Que tu crois ! Il se pourrait bien que tu aies pris leur fierté à rebrousse-poil, ces temps derniers, tu vois.

Éric étudia plus attentivement le visage sombre. Silky essayait-il de le faire marcher ? Son expression disait que non. Éric ne comprenait plus. Avait-il réellement blessé les autres dans leur fierté ?
– Je ne vois pas très bien ce que tu veux dire, hasarda-t-il.
– Tu es bien le seul. Ils l'ont assez laissé comprendre à qui voulait les entendre. Que tu

préférais passer ton temps avec un vieux bonhomme gâteux plutôt qu'avec eux, et patati et patata. Ils employaient peut-être des mots trop compliqués pour eux, mais c'est ce qu'ils disaient, hier soir, chez Larry. Que tu avais blessé leur susceptibilité. Alors, tu comprends, vieux, tu ferais peut-être bien de te tenir à carreau pendant un certain temps.

– Quand ont-ils l'intention de débarquer chez M. Beck ? Ils l'ont dit ou pas ?

– Non. Quand ils se seront bourrés d'assez de hasch pour se sentir capables de n'importe quoi, j'imagine. En gros, c'est ce qui ressortait de ce qu'ils racontaient. Que sitôt qu'ils planeraient un peu ils iraient vous régler votre compte – à lui... et à toi.

– Bah ! tu sais, faut pas toujours les écouter, dit Éric. En réalité, ils ne feraient pas de mal à une mouche. (Il se demandait, tout en parlant, s'il n'était pas en train d'essayer de se rassurer lui-même ; il se sentait mal à l'aise.) Ça fait un bout de temps que je les connais ; ils ne feraient pas de mal à une mouche.

– Mouais, dit Silky. J'espère que tu dis vrai. N'empêche, fais gaffe. J'en ai déjà vu pas mal, moi, des gars de cette espèce. C'est vrai qu'au départ ils ne sont pas bien méchants, ils n'ont pas l'intention d'en découdre vraiment. Seulement, ce qui se passe, c'est qu'ils s'excitent mutuellement, si bien qu'ils sont drôlement plus mauvais ensemble que pris chacun séparément. Tu vois ce que je veux dire ?

Éric tendit la main. Silky fit claquer sa paume dans la sienne.

– Allez, à la prochaine ! dit-il en repartant au petit trot.

Éric le suivit des yeux jusqu'à ce qu'il eût tourné au coin de la rue.

Silky l'avait mis en garde sans dire un mot à propos de M. Beck, sans émettre le moindre jugement. Silky était un chic type. Quant à la bande, Éric s'en moquait. Ils ne lui étaient plus rien, désormais. Cela dit, plus il y pensait, moins il les croyait capables de s'en prendre à lui, et encore moins à un vieil homme. Mais peut-être était-ce parce qu'il ne les redoutait plus qu'il refusait de les croire capables de faire du mal ? Une chose était certaine : il ne redoutait plus leur désapprobation. Peut-être les craignait-il encore vaguement, au physique, mais pour le reste, non, plus du tout. Il se sentait libéré d'eux.

⁂

La brume s'était levée et le soleil se dégageait en titubant des nappes de brouillard qui roulaient dans le ciel lorsque Éric tourna au coin de la rue suivante. La journée s'annonçait belle. Il prit une large aspiration, pour le plaisir de humer l'une des dernières bouffées d'air humide. Le soleil, en réchauffant l'air, le faisait palpiter au rythme de l'été. Et pourtant déjà l'été pâlissait. Depuis quelque temps, il y avait dans l'air comme une impression indéfinissable de déclin, de forces qui meurent. Le soleil, encore haut et chaud, n'avait plus l'air si sûr de lui. Il lui manquait déjà cette fierté avec laquelle, tout l'été, il était monté dans le ciel, si éblouissant qu'il était exclu de le regarder en face, ne fût-ce qu'un dixième de seconde, grand disque de lumière, aveuglant, qui noyait de blanc le bleu du ciel, boule d'énergie qui donnait la vie et faisait monter la sève dans les plantes.

Quelques semaines encore, et il ne serait plus le même. Il contemplerait, hésitant, les premiers flamboiements d'automne. Il aurait cet air pensif qu'avaient à la fin de la journée les hommes de l'âge du père d'Éric.

Cette idée que l'été tirait à sa fin, Éric se refusait à la regarder en face. Il aurait mieux aimé affronter Superkool et Horse au coin d'une rue sombre que ce fait stupide, inéluctable : l'été allait prendre fin. Parce que la fin de l'été, cette année, signifierait aussi la fin de tout ce qui comptait vraiment pour lui. Il aimait mieux ne pas y penser. Il était même bien décidé à faire tout ce qu'il pourrait pour oublier le changement de saison tout proche.

Il arrivait au fond d'une impasse qui débouchait sur une ravine. Sans hésiter, il s'engagea dans les fourrés qui s'agrippaient à flanc de coteau. Une bouffée d'air frais lui monta au visage, un air saturé de cette humidité qui remontait de la terre, sous les broussailles. Et le monde végétal se referma sur lui, un monde plus familier, désormais, que cet univers de trottoirs et de rues qu'il venait juste de quitter. Quelques pieds plus bas, la végétation se faisait plus dense encore, et le bourdonnement des insectes plus insistant que jamais. C'était comme une musique lancinante et monocorde.

Où était-il ? Presque en dehors de la ville, à moins d'un demi-mile, sans doute, du jardin Beck, dans l'un de ces innombrables petits bois qui moutonnaient sur le coteau, au confluent des deux fleuves. Il s'arrêta un moment ; des criquets stridulaient non loin de là. Il mit un genou en terre pour mieux prêter l'oreille. Au bout de quelques instants, il parvint à démêler, dans ce concert de stridulations qui semblaient monter de partout et se fondaient les unes aux autres, une stridulation distincte, à deux ou trois pas derrière lui, sur sa gauche. Il regarda sa montre. Ce crissement de menue crécelle durait quatorze secondes. Dans la mesure où il parvenait à en suivre la cadence, Éric comptait trente-quatre « cri » dans ce « cri-cri-cri-cri-cri » frénétique. Il transcrivit ce chiffre sur le petit carnet qu'il trimbalait partout sur lui depuis des semaines. Il y ajouta quarante, ce qui donnait soixante-quatorze. Il nota l'heure en regard. Ce soir, il appellerait la station météorologique locale pour vérifier qu'il faisait bien soixante-quatorze degrés Fahrenheit aujourd'hui à dix heures treize. Six fois déjà cet été il s'était livré à cette petite expérience, et quatre fois les criquets lui avaient donné la température exacte. Il n'en avait pas encore parlé à M. Beck. Il attendait, pour le faire, d'obtenir à tous les coups un résultat certain.

Il poursuivit lentement son chemin à travers le sous-bois dense. Des érables à sucre et des noyers blancs mariaient leurs troncs, raides vers le ciel. Des frênes rouges s'y joignaient par endroits, et la moindre brise faisait frémir leurs feuilles dont le dessous, pâle et argenté, contrastait avec le dessus, d'un vert sombre. Sous le couvert poussaient des asclépiades aux ombelles liliacées, des oxalis roses, des gentianes gantelées. Les feuilles des arbres et des buissons ondulaient comme une houle. Et toute cette végétation frémissait d'insectes, dont beaucoup, par la forme et par la couleur, tentaient d'échapper à la vue – les uns ressemblaient à des brindilles, à des moisissures, à des feuilles, à des fleurs sur leur tige, d'autres étaient couleur d'écorce ou de crotte d'oiseau.

En détachant un lambeau d'écorce d'une souche pourrissante, Éric mit au grand jour une fourmilière en pleine activité. Les soldats, sur le pied de guerre, actionnaient leurs mandibules dans le vide, comme à l'aveuglette. Les nourrices, sans perdre le nord, empoignaient à bras-le-corps ces grains de riz qu'étaient les larves et s'empressaient de les traîner dans les profondeurs de leurs galeries. Éric eut même la chance de tomber sur la reine en personne, dont il contempla, fasciné, l'énorme abdomen distendu comme un ballon. Il s'approcha pour mieux voir, et juste à ce moment le corps gonflé de la reine expulsa un œuf, pareil à une petite graine blanche. Une nourrice qui attendait là s'en empara aussitôt et s'enfuit en l'entraînant. La reine, en se tortillant, finit par s'enfoncer dans un trou. Bientôt, dans quelque tunnel creusé par ses fidèles sujets, elle expulserait un autre œuf, puis encore un autre... Éric fit un rapide calcul : si elle était encore toute jeune, et si tout allait bien pour elle, il aurait déjà plus de trente ans qu'elle serait toujours fidèle au poste et capable encore de doter sa fourmilière de vies toutes neuves.

Il se balayait le front d'une main machinale, pour en écarter les essaims de moucherons qui le harcelaient sans trêve. Il s'arrêta au bord d'un ruisseau pour contempler un moment le ballet des araignées d'eau et regarder tournoyer les dytiques. Le long de la berge rongée par le courant, les restes de mue de libellules abondaient. Un peu partout, au fond de l'eau limpide, des larves rampaient autour des galets. Le concert des cigales, dans les arbres, emplissait tout le bois d'un grésillement aussi obsédant que le bourdonnement d'un appareil de climatisation, un jour de canicule.

Éric finit par s'asseoir sous un arbre. Dans l'ombre du sous-bois, l'air saturé d'humidité se posait sur sa peau comme un voile léger. Il regardait autour de lui, d'un œil exercé. C'était un coin intéressant, avec des quantités de choses à voir, un endroit qui méritait qu'on s'y attarde. Il calcula rapidement, de tête, quelle pouvait être la surface de ce petit bois. Il y avait bien l'équivalent d'environ cinq pâtés de maisons...

Qu'est-ce que ça pouvait donner, en carrés de six pieds de côté ?

Au fond, c'était le genre d'endroit dont ils allaient avoir besoin bientôt, M. Beck et lui. Maintenant que le jardin était menacé de toutes parts, ils allaient avoir besoin d'un coin secret comme celui-ci. Pour les jours et pour les heures où Éric n'aurait pas classe, il leur faudrait cet automne un endroit où se faufiler, un endroit où ils pourraient refaire ce qu'ils avaient fait dans le jardin.

C'était une idée agréable et, durant de longues minutes, à la lisière du rêve, Éric la savoura avec art et méthode. Le menton calé sur les genoux, il laissait son regard s'égarer dans le fourré, s'accrocher aux branches basses, s'enivrer du tourbillonnement des insectes.

Il n'y avait qu'un seul problème : comment amener là M. Beck ?

Il s'efforça de réfléchir, tout en chassant les moucherons qui l'assaillaient obstinément. Peut-être ne serait-ce pas trop difficile de faire descendre le coteau au vieil homme, à condition d'en préparer l'itinéraire avec soin ? Mlle Beck, par exemple, devait pouvoir le conduire jusqu'au fond de l'impasse. Il ne restait plus qu'à trouver comment lui faire franchir les derniers mètres, le flanc de cette ravine encaissée. Peut-être avec un système de poulies ? Il devait bien y avoir moyen d'accrocher une quelconque nacelle à une grosse corde, arrimée à un arbre, et de faire descendre et remonter le vieil homme de cette façon. Oui, ce devait être faisable. Il existait sûrement des ouvrages sur la question. Mais peut-être M. Beck avait-il encore assez de forces pour parcourir à pied ces quelques mètres, à condition d'être aidé ? Il faudrait bien sûr défricher le sous-bois pour y ménager un passage ; peut-être tailler quelques marches. Une fois en bas, il s'assiérait dans son fauteuil. Le fauteuil resterait ici à demeure. Il serait facile de le cacher sous des branchages, en y ajoutant quelques feuilles. Ce ne serait pas ce qui manquerait, les feuilles mortes, l'automne venu. Le mauvais temps, d'ailleurs, ne serait même pas un obstacle ; s'il neigeait, il n'y aurait qu'à envelopper M. Beck d'une grosse couverture. Et peut-être allumer un petit feu. Éric prenait ses repères, examinait l'endroit d'un regard d'expert. C'était un peu comme le jardin, en plus grand. Et à l'abri des regards hostiles. Personne n'aurait l'idée d'aller les chercher là, et ils n'auraient même pas sous les yeux la moindre maison, la moindre manifestation de présence humaine.

Il se leva. Il était si content de son idée qu'il poussa sans y penser un petit cri de guerre. C'était si bon que, dans l'enthousiasme, il en poussa un autre. C'était délicieux de se dire que personne ne pouvait l'entendre, du fond de ces épais fourrés. A quelques dizaines de pas de là, pourtant, des moteurs devaient ronronner, des pneus crisser sans discrétion sur l'asphalte ; mais de ce repaire secret on ne les entendait même pas. C'était le meilleur des présages. Cet endroit serait leur nouveau jardin. Et ce n'était même pas faire des infidélités à l'autre. Ils lui reviendraient bien vite, les hostilités terminées. Mais, en attendant, ils seraient mieux ici. Le premier jardin, d'ailleurs, rien ne pourrait le détruire. Ce pan de sous-bois qu'ils exploreraient ne ferait que s'y ajouter.

Il jeta un coup d'œil à sa montre. Midi passé. Trop tôt encore, à son avis, pour rejoindre le jardin Beck. Le mieux était de faire un saut à la maison et d'y prendre le mètre à ruban. Ce serait plus constructif de fournir à M. Beck des indications chiffrées, même grossières.

Il quitta donc le sous-bois, gravit la pente sans hâte et repartit le long des rues.

Mais, comme il arrivait en vue de la maison, il vit Roddy s'élancer vers lui, les joues rouges et les yeux immenses.

– Éric ! Je te cherchais partout ! criait Roddy, hors d'haleine. Je t'ai cherché partout ! Ils veulent s'en prendre au vieil homme ! Je l'ai entendu dire là-bas, au terrain. C'étaient des grands qui le disaient. Ils disaient qu'y avait des gars qui disaient qu'ils allaient s'éclater, et qu'ils le feraient quand ils seraient bien bourrés.

– Attends, l'arrêta Éric. Tu répètes ça moins vite, s'il te plaît.

– Y a des types qui ont dit qu'ils allaient se bourrer et aller attaquer ton vieux monsieur.

Éric regardait son petit frère sans y croire. Non, Silky et Roddy avaient beau dire, les quatre ostrogoths de la bande ne seraient pas capables de faire ça.

Mais Roddy était anxieux.

– Dis, qu'est-ce que tu vas faire ? (Il en trépignait sur place, déçu du peu de réaction de son frère.)

Mais Éric réfléchissait. Et si Roddy avait raison ? S'il y avait quelque chose à faire ? S'il n'y avait pas de temps à perdre ? Il vit en pensée le vieil homme, assis sans défense au jardin, inconscient du danger, alors que lui prenait son temps, remettait à plus tard le moment d'y aller... L'idée lui vint qu'il refusait inconsciemment de voir le danger. Parce qu'il ne savait pas comment y faire face.

Il tourna les talons et partit en courant.

– Je peux venir avec toi ? implora Roddy dans son dos.

Mais Éric lui lança par-dessus son épaule :

– Non merci, pas cette fois-ci ! La prochaine fois, Roddy. Et merci, surtout ! La prochaine fois, tu viendras, d'accord ?

Et il était sincère.

***

Il courait. Il n'avait pas le temps de penser, il courait. Il n'était qu'un projectile, une flèche lancée vers le jardin. Pas le temps de s'adresser des reproches, pas le temps de faire des suppositions, il courait. Les ravines, les fonds de jardins, les broussailles, tout se fondait en un brouillard derrière ses yeux qu'aveuglaient par moments de grosses gouttes de sueur coulant de son front. Il s'engagea enfin dans la dernière ravine, gravit le dernier escarpement, celui qui débouchait sur le jardin, et il en entreprit l'escalade sans ralentir l'allure, malgré le point de côté qui l'obligeait parfois à appuyer sa main sur l'endroit douloureux, au niveau de la taille.

Il parvint en haut sans savoir comment, effectua un dernier rétablissement et bascula dans le jardin avec tant d'élan qu'il faillit tomber la tête la première. Le vieil homme était là, dans son fauteuil, près du bain d'oiseaux. La bouche entrouverte, il dormait.

Éric se laissa choir dans l'herbe pour y reprendre souffle. Il en profita, d'un regard circulaire, pour inspecter tout le jardin, plus particulièrement l'allée, ainsi que le jardin voisin. Apparemment, rien d'anormal. Lorsqu'il eut repris haleine, il se releva pour aller inspecter aussi du côté du jardin de devant et pour examiner la rue. A l'exception d'une dame aux bras chargés d'emplettes, la rue Norris était déserte. Mais en revenant sur ses pas, Éric eut le temps de remarquer, sur la façade de la maison, une tête de mort et des os en croix tracés grossièrement à la peinture rouge.

Lorsqu'il revint au jardin, le vieil homme s'était réveillé ; il examina Éric d'un regard brillant de curiosité.

– Ma parole, dit-il, on jurerait que tu viens de tomber à l'eau.

– J'ai couru, expliqua Éric. (Il regardait autour de lui, l'air soupçonneux.) Où est Mlle Beck ?

– Partie chercher du dissolvant. Semblerait qu'un artiste amateur ait exercé ses talents sur le mur.

– Personne n'est venu rôder dans le secteur, ce matin ? s'enquit Éric tout en allant jeter un coup d'œil vers les profondeurs du garage.

– Hé là ! mon garçon, dis-moi : qu'est-ce qui te prend ?

Éric se tourna vivement. « Mon garçon. » C'était nouveau.

– Pourquoi tant de mystère ? insista M. Beck.

Il souriait.

– Oh ! rien, dit Éric. Des gars qui sont allés raconter un peu partout qu'ils viendraient ici faire du grabuge.

– Je vois. Ils veulent faire son affaire au vieux repris de justice. Tu les connais, Éric ?

Il acquiesça avec une grimace.

– Ce n'est pas qu'ils soient si mauvais bougres, à mon avis. Simplement, ils n'ont pas grand-chose à faire, alors ils imaginent des trucs dans ce goût-là. Paraîtrait qu'ils ont trouvé de quoi se faire planer, avant.

M. Beck ne parut pas impressionné outre mesure. Il se contenta de réajuster son écharpe.

– Je ne pense pas qu'ils soient vraiment méchants, répéta Éric. Ce qu'il y a, c'est qu'à eux quatre ils peuvent se monter le bourrichon.

– Sûr, dit le vieil homme d'une voix égale. C'est comme ça que ça marche, depuis que le monde est monde. Que ce soit Paul, Pierre ou Jacques, si tu les prends un par un ils sont doux comme des agneaux. Mets-les ensemble, et tu as un lion. Oh ! je connais ça, va !

– Peut-être que vous feriez mieux de rentrer dans la maison ? suggéra timidement Éric.

– Parce que tu crois qu'à quatre-vingt-deux ans je vais me laisser impressionner par une poignée de gosses désœuvrés ?

– J'aimerais mieux que vous rentriez.

– Je n'ai pas l'intention de rentrer, mais peut-être que pour toi, par contre, ce serait la meilleure chose à faire.

– Pas si vous restez dehors.

– J'ai dans l'idée que ces garçons tiennent moins à me faire du mal qu'à te flanquer une bonne frousse. Si ça se trouve, ne te voyant pas, ils repartiront comme ils sont venus. Si tu rentrais plutôt chez toi, pour le restant de la journée ?

– Non. Je reste avec vous.

– Rentre donc, insista M. Beck, le sourcil froncé.

– Non.

Leurs regards se croisèrent, et pour la première fois ce fut le regard bleu qui faiblit le premier et finit par se détourner.

– Bon, alors tu restes, soupira M. Beck. De toute façon, je vais te dire : nous sommes sans doute en train de faire une montagne d'une taupinière.

Il se renversa contre son dossier, d'un air

détendu qui rassura Éric. L'adolescent s'assit dans l'herbe, au pied du fauteuil.

Le soleil baignait le jardin de lumière. Il ne pouvait rien arriver, dans ce jardin.

– Au fait, j'ai une nouvelle à t'annoncer, Éric, dit le vieil homme. Une nouvelle qui va te surprendre, je crois.

Éric leva les yeux vers le vieil homme, qui lui adressa un clin d'œil. Il était manifestement enchanté.

– Ce marchand d'art de Chicago, tu t'en souviens ? Eh bien, il va exposer mes peintures dans sa galerie, pour les vendre. (Il laissa échapper un gloussement.) Peut-être que ça va donner à réfléchir aux gens, qui sait ?

Éric se mit à rire, lui aussi. Il était ravi pour le vieil homme, et tout content aussi à l'idée de la tête que feraient les gens en apprenant la nouvelle. Voilà que leur repris de justice se transformait en artiste ! C'était franchement un bon tour que M. Beck leur jouait là. Ils riaient tous deux, chacun relançant le rire de l'autre, lorsque, par-derrière leur chahut, Éric crut percevoir autre chose. C'étaient des rires aussi, mais qui provenaient de l'allée.

Éric sauta sur ses pieds.

– Les voilà.

– Laisse ! dit M. Beck en empoignant les bras de son fauteuil, comme s'il s'apprêtait à un décollage. Laisse-moi m'en occuper. Tu vas voir. Je vais pousser un rugissement et ils vont détaler.

A peine avait-il émis ce sarcasme que deux garçons apparaissaient au coin de la maison. Ils ululaient et gesticulaient, le visage caché derrière des masques de Spiderman.

Des masques de Spiderman ! C'était une plaisanterie ! Éric se détendit.

Au même instant deux autres garçons à tête de Spiderman – masque rouge sang, strié de noir en toile d'araignée – émergeaient de la ravine.

A grands cris, en bondissant, ils vinrent se placer en demi-cercle devant le fauteuil.

Avec de petits gloussements ravis, M. Beck battait la mesure, du plat de la main, sur le bras de son fauteuil.

Éric ne pouvait pas se retenir de sourire : ils étaient impayables, tous les quatre ! Horse faisait des bonds sur place, à la manière d'un ours de foire. Bones ululait comme un singe en agitant la tête. Superkool, les mains sur les hanches, faisait froufrouter son jean. Et Zap, le plus doué pour la danse, se déhanchait au rythme d'un boogie-woogie muet. On se serait cru au music-hall. Éric en eut le cœur plus léger. La bande serait-elle venue pour amuser le vieil homme, et non pas pour lui faire du mal ? Si tel était le cas, il se jurait de leur présenter ses excuses à tous. Allons, c'étaient de chic types, finalement. Le fond était bon, il ne fallait pas les juger sur la mine. Il les avait mésestimés, se disait-il à présent, tout en regardant le vieil homme battre la mesure sur le bras de son fauteuil.

– Hé ! hé ! hé ! rugit soudain Horse en arrachant son masque.

Et le cœur d'Éric fit un bond. Parce que Horse, c'était visible, n'était pas dans son état normal. Il avait les yeux mi-clos, mais les pupilles dilatées, l'iris anormalement brillant. Éric aussitôt fut à nouveau sur le qui-vive. Horse s'était drogué, c'était clair.

– Dites, monsieur, pouffa le grand diable, vous voulez bien qu'on entre dans votre jardin, n'est-ce pas ?

M. Beck acquiesça sans mot dire, le sourire presque éteint.

– Parce que, vous comprenez, poursuivait Horse en se tournant vers Éric, vous laissez ce petit morveux y passer tout son temps, assis comme un bouddha ; alors nous on a peut-être bien le droit aussi d'y mettre les pieds de temps en temps, okay ?

Une fois de plus, M. Beck approuva sans mot dire.

Horse mit sa main en cornet derrière son oreille.

– Pardon ? J'ai pas entendu votre réponse.

– J'ai dit : pas de problème, confirma M. Beck.

Zap explosa de rire sous son masque. Seul Horse, jusqu'à présent, avait retiré le sien. Les trois autres restaient plantés là, trois Spiderman aussi grotesques qu'inquiétants. Mais Horse lui-même n'avait pas l'air rassurant, sans son masque. Il montrait trop les dents, riait d'un rire forcé qui ne laissait rien augurer de bon.

– Parfait, reprit-il. Je suis bien content que vous vouliez de nous, voyez-vous, monsieur, parce que de toute façon nous n'avions pas l'intention de nous en aller. Nous avons deux ou trois petites questions à vous poser. Vous permettez ?

M. Beck acquiesça d'un hochement de tête. Son vieux visage était impassible.

– Désolé monsieur, mais une fois de plus je n'ai pas entendu votre réponse.

– J'ai dit : d'accord.

– Parfait ; parce que, voyez-vous, ce petit morveux qui est ici, et qui était censé être notre copain, n'a pas cessé de nous faire faux bond, depuis des semaines, pour passer son temps avec vous, et sans jamais nous en informer.

– Ah ! parce qu'il fallait qu'il vous en informe ? s'enquit tranquillement M. Beck.

– Nous nous disons toujours tout, assura Horse, les poings sur les hanches.

– Vraiment ? Tout ?

– 'tention, hein ? Commence pas à te payer ma tête, pépé.

– J'ai simplement posé une question, *gamin*.

Avez-vous passé un contrat, entre vous, qui précise que chacun de vous, quoi qu'il arrive, doit rendre compte aux autres de ses moindres faits et gestes ?

Superkool, sous sa cagoule, fit un pas en avant, et vint se planter à côté de Horse.

– Parle-nous donc plutôt de tes meurtres, grand-père.

– Ouais, renchérit Horse. Tu as tout raconté à ce petit morveux. Pourquoi pas à nous ? Dis-nous comment tu as tué ta femme !

– Fichez-lui la paix ! lança Éric en se jetant en avant.

Mais Horse l'empoigna de ses grandes mains et le fit voltiger de côté. Après quoi, se ruant sur le fauteuil, il l'envoya verser dans l'herbe, avec les verres et le pichet de citronnade.

Éric n'eut pas le temps de penser. Il n'était que mouvement. Il s'était redressé comme un ressort et, fondant sur Horse, il lui empoignait le dos. L'autre se défit de lui d'une ruade, et Éric se retrouva à nouveau sur le gazon. Une fois de plus il se releva, pour se jeter sur le Spiderman le plus proche.

C'était Zap, qui lui allongea un coup de poing en pleine figure.

Le coup envoya Éric à terre pour la troisième fois, mais parut aussi, curieusement, lui éclaircir les idées. Il se releva sans hâte, d'un geste calculé, comme s'il s'observait lui-même depuis la touche. Il éleva les poings et, durant quelques secondes, décrivit un cercle autour de Zap. L'autre exécuta une petite danse, en l'invitant d'une voix mielleuse :

– Viens donc, mais oui, viens donc un peu par ici, qu'on s'amuse !

Les trois autres l'encourageaient de cris sauvages.

C'est à peine si Éric les entendait. Il était dans le feu du combat, maintenant, le reste n'existait plus. C'était presque un soulagement, tant c'était simple. Il se rua comme un fou sur Zap et lui asséna un coup sur le côté de la tête, qui décrocha le masque et envoya le garçon par terre. Zap était là, assis, les jambes écartées, qui contemplait l'herbe d'un air hébété. Il ne disait rien. On aurait juré qu'il comptait les brins d'herbe, seul et pensif, comme retiré en lui-même.

Mais déjà Éric s'était tourné vers le client suivant, Superkool, dont les longs cheveux blonds dansaient comme des flammes au bord de son masque. Éric fondit sur lui en jouant des deux poings à la fois. Cette attaque contraire aux normes dut surprendre Superkool, pourtant bien plus fort qu'Éric, car il encaissa trois bons coups en pleine figure avant de pouvoir en placer un. Ce direct de Superkool n'était certes pas une caresse, et pourtant Éric s'étonna de le trouver moins douloureux qu'il ne se l'était imaginé chaque fois qu'il s'était demandé, à voir les muscles de son camarade, quel effet cela pouvait faire de recevoir des coups de pareil matamore. Maintenant, il le savait. Cela ne faisait pas de bien, mais il était encore debout. Non seulement il était debout, mais il repartait à l'attaque, sans même prendre le temps de souffler. Son corps pensait à sa place et, quoique plus petit que son adversaire, il mettait ses forces entières dans chacun des coups qu'il lançait, si bien que ses poings étaient plus vicieux que lui-même ne se le figurait.

Superkool perdit l'équilibre et s'en alla mordre le gazon.

Horse alors se mit à aboyer. Il le conjurait, sur le ton du mépris, de se relever tout de suite et de reprendre le combat.

Superkool, toujours à terre, lança un bras en avant et agrippa le pied d'Éric, qui s'écroula dans l'herbe à côté de lui. Et le combat reprit au sol. Ils roulaient l'un sur l'autre – chacun à son tour surmontait l'autre; ils se faisaient des crocs-en-jambes, empoignaient ce qu'ils pouvaient, un bras, un cou, un estomac. Ils commençaient à s'essouffler et leurs gestes se faisaient plus lents, malgré Horse qui, au-dessus d'eux, les excitait de toute son âme. Le masque de Superkool n'avait pas résisté au corps-à-corps, et ses longs cheveux libres battaient au vent du combat. Il soufflait comme un phoque, roulait des yeux égarés.

– Hé ! tire-toi de là ! gémit-il soudain. Tu m'étouffes.

Éric, qui avait le dessus, regarda un instant ce visage cramoisi et ces yeux bleus vaguement vitreux dans lesquels se lisait la peur.

– J' suis dans les vapes..., haletait Superkool. Pris trop de came... Tire-toi. J'étouffe.

Éric se laissa rouler de côté et se redressa sur les genoux. Devant lui se dressaient deux grandes jambes, dont les muscles saillaient sous le jean. Il fut pris de panique. Ce n'étaient pas les jambes de Bones. Il releva la tête, cligna des yeux. Sur le fond aveuglant du ciel se découpait la carrure de Horse.

– Allez, à nous deux ! beuglait Horse. Debout !

Éric sentait le courage l'abandonner et pourtant ses jambes obéirent, dociles. Il retrouva la verticale. Mais à peine était-il debout qu'un coup violent lui explosait dans la mâchoire. Il eut l'impression, une fraction de seconde, que sa mâchoire inférieure avait été arrachée du reste. A quelques pouces de son nez, il reconnut de l'herbe, de l'herbe en gros plan, écrasée. Il n'avait plus peur, plus du tout ; une étrange sensation s'emparait de son corps. C'était presque agréable, c'était comme un vide qui se faisait en lui, tout doucement, qui l'effaçait.

Il était en train de perdre connaissance.

Il battit des paupières, rapidement, dans un violent effort pour rester conscient, et se hissa sur un coude.

– Alors, ça suffira comme ça ? lui demandait la voix de Horse, étrangement lointaine.

A quelques pas de là gisait le vieil homme, dans les écorces de citron ; ses yeux bleus étaient grands ouverts, ses lèvres remuaient vaguement, sans émettre un son.

– Non, marmonna Éric, à qui cette vision, dans un éclair de rage, redonnait aussitôt la force de se remettre sur pied.

Il titubait, les poings en avant.

– Laisse, tu as ton compte, marmotta Horse, qui s'écarta délibérément.

– Oh non ! il ne l'a pas, son compte ! rugit alors une autre voix.

C'était Superkool. Il avait sorti son couteau. Éric vit miroiter la lame.

– Non ! Rentre ça tout de suite ! rugit Horse.

Mais il était déjà trop tard. Superkool avait bondi, son couteau en avant.

Éric sentit comme du feu dans ses côtes. Il entendit son propre souffle se changer en grognement sifflé, et il tomba.

Il n'avait pas perdu connaissance. Leurs voix mêlées lui parvenaient, passionnées, accusatrices. Il entendit Bones se mettre à brailler.

Superkool se défendait, d'une voix où montait la peur : « Je l'ai pas fait exprès ! J' voulais pas faire ça ! » La voix de Zap, en contrepoint, les exhortait à la fuite : « Dites, les mecs, on se taille ou quoi ? » Tandis que Horse tempêtait, ivre de rage méprisante : « Pauvre con ! T'avais besoin de faire ça ? Triple andouille ! »

Pendant un laps de temps indéterminé, il n'entendit plus rien, ne vit plus rien. Puis il entendit à nouveau son souffle, comme une sorte de plainte sifflante. Il voulut soupirer, mais la douleur lui arracha un cri. La douleur que provoqua le cri fut plus déchirante encore. Il se mordit la langue pour se retenir de crier lors de l'inspiration suivante. Il porta une main sur ses côtes, sentit quelque chose de gluant. Il éleva sa main tremblante à la hauteur de ses yeux – du rouge ; c'était bien du sang. Vu. C'était ouvert, quelque part par là. Entaillé. Encore ce bruit, mi-râle, mi-gémissement : son propre souffle. C'était curieux, ce bruit ; il semblait lointain, détaché, comme s'il ne provenait pas de lui. Mais la douleur, oh ! comme elle était proche, intérieure et profonde ! Elle était tapie en lui, prête à mordre au moindre mouvement.

De l'endroit où il se trouvait, il voyait en partie M. Beck – la tête, une épaule, un peu du buste. Il crut d'abord, glacé d'horreur, que le vieil homme était mort. Puis il vit une fois de plus ses lèvres remuer, comme s'il essayait de parler. Éric aurait voulu lui venir en aide. Mais la douleur veillait, qui lui interdisait le plus léger mouvement. S'il tentait de ramper vers le vieil homme, il était sûr de perdre à nouveau connaissance.

Leurs regards se croisèrent.

Les yeux bleus roulaient, roulaient, comme s'ils essayaient de dire quelque chose. M. Beck, sans voix, tentait désespérément de parler avec ses yeux.

Et tout à coup Éric comprit. Le vieil homme lui disait de regarder le ciel. De le contempler intensément, de se fondre en lui, en attendant du secours. Éric tourna légèrement la tête pour faire face au ciel. Le mouvement provoqua un violent élancement, et il sentit qu'une fois de plus il partait dans le vide. Regarde en l'air, en l'air, s'ordonna-t-il. Il n'y avait même pas un nuage sur lequel poser le regard. Il n'y avait que du bleu, un bleu soutenu ; une immense ardoise de bleu. M. Beck n'était plus dans son champ de vision. Il était seul, seul avec cette lame cuisante plantée dans son côté, toute prête à le faire hurler s'il bougeait. Regarde le ciel, se répétait-il. Et il y plongea son regard, intensément, jusqu'à s'enfoncer dans ses profondeurs sourdes, comme le plongeur descend au cœur de l'océan, jusqu'à en oublier la présence hideuse de cette déchirure au côté, jusqu'à laisser se refermer sur lui le bleu sombre, de plus en plus sombre, de ce ciel qui n'avait pas de fond.

*
**

Commotion cérébrale. Fracture de la mâchoire. Ecchymoses et plaies ouvertes. Un poumon perforé. Hémorragie grave. S'en est tiré de justesse... Mais la blessure la plus profonde, la plus cruelle, n'était pas près de guérir. Elle était dans sa tête et dans son cœur, et nul ne saurait la soigner. Depuis son lit d'hôpital, il les regardait tous aller et venir, le cajoler, lui rendre visite, et il les haïssait de tout son cœur. C'étaient eux qui avaient fait ça, eux, les gens, les habitants de la bourgade ; c'étaient eux qui l'avaient jeté sur ce lit d'hôpital, et M. Beck sur le sien, quelque part au fond du couloir. La bande n'avait jamais été que leur bras armé, leurs fantassins – de simples exécutants. Il l'avait compris assez vite, sur ce matelas d'hôpital : ce qu'ils avaient fait, au fond, les quatre garçons n'avaient pas vraiment voulu le faire. S'ils s'étaient bourrés de drogue et s'ils avaient mis ces masques, c'était pour une grosse rigolade, pas vraiment pour une agression. Ils n'avaient pas prémédité de coups et blessures, pas plus sur le vieil homme que sur lui. Et c'était seulement par dépit, parce qu'ils avaient compris qu'ils n'impressionnaient guère les victimes de leur grosse farce, qu'ils n'avaient plus vu très clair, ni su au juste que faire. Alors, ils avaient cogné. C'était ce que faisaient les gens massés en foule, souvent, lorsque, après s'être excités sans trop savoir pourquoi, ils ne se rappelaient plus ce qu'ils étaient venus faire là.

Telle était en gros, d'ailleurs, l'explication de l'affaire que lui avaient donnée ses parents, ses parents qui venaient chaque jour s'asseoir un moment auprès de son lit.

Au début, il les avait considérés comme il considérait le reste du monde : froidement, et d'un œil méfiant. Puis il s'était radouci devant leur détresse. Et au nom de M. Beck. Chaque jour, Mère allait prendre de ses nouvelles et les transmettait à Éric. Il avait souffert d'une légère attaque, mais le pronostic des médecins était excellent. Elle l'avait même rencontré.

– Quelle impression t'a-t-il faite ? avait timidement voulu savoir Éric.

Mère avait paru embarrassée. Il faut dire que ce n'était pas monnaie courante, pour elle, que de s'entendre demander par son fils son opinion sur un condamné de droit commun.

– Il m'a paru très gentil, finit-elle par dire.

Mais Éric n'allait pas se contenter de cette réponse évasive.

– S'il te plaît, insista-t-il.

– Bon. Nous avons échangé quelques mots. Il m'a dit qu'il n'avait vu, de toute sa vie, que deux personnes se battre pour lui. Sa fille et toi. Il a le bras gauche paralysé et ne parle que difficilement, mais je dois te dire, Éric, quand il a prononcé ton nom, je ne crois pas avoir vu, jamais, un homme plus rayonnant que lui. Est-ce tout ce que tu voulais savoir ? conclut-elle avec un sourire.

– J'irai le voir dès que je serai sorti.

Mère soupira.

– Ah ! je m'en doute bien, va ! Je ne vois pas qui pourrait te retenir. Et j'imagine qu'il sera au jardin, à t'attendre. Il doit sortir d'ici avant toi. Un miracle de robustesse, d'après les médecins. Veux-tu qu'on te roule jusqu'à sa chambre, pour aller lui dire bonjour ?

Éric fit non de la tête.

– Quand nous nous reverrons, ce sera au jardin.

Après cette conversation, il commença à se sentir mieux. Sa blessure invisible guérissait d'elle-même. Il fut capable de sourire aux visiteurs qui se succédaient à son chevet, y compris à Sally Wilson qui vint avec un petit groupe d'admiratrices et qui ne lui rendit pas son sourire ; elle continuait de le dévorer des yeux, de sa déconcertante façon. Des quantités de camarades de collège vinrent le voir, il était devenu une sorte de vedette. Même Roddy lui accorda un long regard d'admiration, pour avoir tenu tête, seul, à quatre gaillards – dont l'un était sacrément costaud et un deuxième rudement dangereux. Mais c'était déroutant, tout de même, de voir les fluctuations de l'opinion publique. La vindicte générale n'avait délaissé M. Beck, d'après ce que disait Mère, que pour se reporter en bloc contre le « jeune voyou » – Superkool. C'était sur son dos, maintenant, qu'on cassait du sucre, et les mêmes qui réclamaient l'expulsion des Beck naguère s'indignaient à présent de ce que « cette graine d'assassin » n'eût écopé que six mois de maison de correction. Ils étaient plus furieux encore de savoir que les autres voyous s'en tiraient avec des mises à l'épreuve. Oui, c'était ainsi que les gens réagissaient, se disait Éric. Et il avait beau voir les choses un peu moins en noir, il songeait que jamais il ne ferait confiance au public dans sa faculté de démêler le vrai du faux parmi les on-dit.

Quant à lui, pour ce qui était du gang, il se souvenait plutôt de ce qu'avait dit son père, un après-midi, assis sur son lit, lors de sa seconde semaine d'hôpital :

– C'est une chose, hélas, qui peut arriver à n'importe qui, avait dit Père, de commettre un jour un acte insensé qui fait basculer toute sa vie. C'est ce qu'ont fait ces gamins. Celui qui t'a flanqué des coups de couteau, surtout. Deux ou trois secondes d'absurdité – et toute sa vie pour le regretter.

Éric avait approuvé en silence. C'était vrai. C'était même très exactement ce qui était arrivé à M. Beck.

***

Dix jours après son retour à la maison, ses côtes lui faisaient toujours un peu mal, et on n'avait toujours pas enlevé de sa mâchoire cet appareillage métallique, mais le plus gros de la douleur avait disparu. Il ne pouvait plus attendre. Sans tenir le moindre compte des protestations familiales, il descendit au rez-de-chaussée et attendit à la cuisine que chacun fût parti vaquer à ses affaires. Alors, sur ses jambes flageolantes, il sortit au grand air. Il adressa un signe de la main à sa voisine aux taches de son. Elle lui rendit son salut, un verre à la main :

– C'est bien bon de te revoir, Éric, mon vieux ! N'oublie pas qu'un verre t'attend là – quand tu voudras !

Il aurait pu, bien sûr, passer d'abord un coup de fil à la maison Beck pour annoncer sa venue au vieil homme, mais, d'un autre côté, il ne l'avait jamais fait. Pourquoi commencer justement ce jour-là ? Non, il se contenterait de se glisser dans le jardin, comme toujours. Et comme toujours, il arriverait par la ravine, même si cela devait tirailler un peu du côté de ses cicatrices. Il était toujours allé là de cette manière, il ne fallait rien y changer.

Alors, lentement, dans le soleil du matin, il se mit en chemin de ravine en ravine. Escalader, redescendre, enjamber des ronces – il allait. Plus rien n'existait d'autre, plus rien n'avait d'importance, ni les gens ni leur haine, ni l'agression ni la douleur, plus rien ne comptait que ce dernier flanc de ravine qu'il fallait escalader pour se retrouver dans le jardin. L'effort provoqua, sous ses côtes, plusieurs élancements cuisants, mais il était trop excité pour s'y arrêter vraiment. Tout en se frayant un chemin entre les ronces et les sumacs accrochés à la pente, il revoyait déjà tout en pensée : le grand chêne, les fleurs, le bain d'oiseaux, et M. Beck dans son fauteuil sur la pelouse.

Et, de fait, lorsqu'il émergea de la ravine, tout était là, rien n'avait changé ou presque. Pas même M. Beck, comme toujours dans un fauteuil – désormais un fauteuil roulant, cependant –, à quelques pas du bain d'oiseaux. La tête contre la poitrine, les mains pendantes par-dessus les bras du fauteuil, le vieil homme faisait un petit somme.

Éric s'accroupit en silence, sans s'avancer davantage. Surtout, ne pas réveiller trop vite son vieil ami. Se repaître d'abord du jardin, de ce jardin qui lui avait tant manqué, ces trois dernières semaines. Et pourtant, à partir de maintenant, il allait falloir l'éviter le plus possible.

Il avait longuement creusé cette idée, sur son lit d'hôpital.

Il allait exposer son projet à M. Beck. Il s'agissait de faire, pour le petit bois au creux du vallon, exactement ce qu'ils avaient fait pour le jardin. C'était le matin de l'agression qu'il l'avait découvert, ce petit lopin boisé, il s'en souvenait bien, et l'endroit lui avait plu tout de suite. Durant ses longues heures d'hôpital, il y était revenu souvent, en imagination. Il s'y voyait déjà, avec le vieil homme, occupés tous deux à faire de cet endroit leur jardin secret, à en faire leur monde à eux seuls comme ils l'avaient fait du jardin. Il en observerait chaque pouce carré, attentivement, comme pour le jardin. Il y en aurait sans doute pour une année entière. Quand viendraient les grands froids, il irait seul, bien sûr. Il resterait là jusqu'à sentir le froid s'infiltrer dans la moelle de ses os. De toute façon, ce serait mieux d'observer le bois au fil des saisons, pour en noter les transformations. Il relèverait les silhouettes des arbres, avec et sans leurs feuilles, il noterait au printemps prochain l'allure que leur donneraient leurs bourgeons. Et puis il y avait le ruisseau. Il y aurait beaucoup à faire, avec ce ruisseau, parce qu'il regorgeait de vie, en surface comme au fond, et tout le long de ses berges sinueuses. Il faudrait observer ce qui se passe quand la glace se forme sur ses bords, puis quand elle prend l'eau en bloc et n'en laisse plus qu'un filet, qui se glisse dans un fin chenal comme le sang dans un vaisseau capillaire. Il y pensait si fort, à ce petit bois en hiver, qu'il lui en venait presque des frissons. Sans doute auraient-ils du mal à en faire leur monde à eux, mais il y travaillerait d'arrache-pied, même à la mauvaise saison. Et, quand reviendrait le printemps, M. Beck l'y suivrait, ils referaient équipe.

Il cligna des yeux, revint au jardin. Son tee-shirt était trempé de sueur. Un petit détachement de canards sauvages traversait le ciel en un V impeccable. En route pour le sud, ils fuyaient l'hiver.

Il reporta son regard sur M. Beck, qui dormait toujours dans son fauteuil roulant. Il ravala un soupir. Tout allait bien. Maintenant, il allait le réveiller et lui présenter son projet. Il regrettait seulement de ne pouvoir emmener le vieil homme dans les bois tout de suite. Il faudrait pour cela mettre au point son système de remonte-pente.

– Ohé ! je suis là, dit-il en posant doucement une main sur l'épaule de M. Beck.

Le vieil homme ne bougea pas. Éric lui secoua l'épaule un peu plus fort, sans résultat. Il se pencha pour regarder le vieux visage tourné vers le bas, le menton contre la poitrine. Les deux yeux bleus étaient grands ouverts, les paupières ne battaient pas. On aurait dit des billes de verre.

Éric poussa un petit cri, effleura la main noueuse. Elle était froide. Il toucha l'autre. Froide aussi. Il essaya de soulever le bras inerte, comme on essaierait de remettre en route une vieille voiture, à la manivelle. Un bras frêle, mince, qui ne pesait presque rien. Mais qui ne résistait pas non plus. Rien. Il se mit à tapoter le vieil homme dans le dos, très doucement, comme pour le réconforter. Il ne voyait plus, à travers ses larmes, le vieux corps recroquevillé, voûté, mais le jardin aveuglant de lumière.

Et puis, pris de désespoir, il se laissa tomber aux pieds du vieil homme. Il fixait sans les voir les grands souliers qui dépassaient du bas du pantalon informe.

C'était injuste. Pas même un adieu. Il avait toujours espéré qu'au moins, quand viendrait le temps de se quitter, ils pourraient encore échanger quelques mots. Il n'avait même pas pu parler de ce petit bois qu'ils devaient découvrir ensemble. M. Beck aurait aimé ce projet, pourtant. Mais ils n'avaient pas eu le temps.

C'était injuste.

Il lança un regard désespéré en direction de la maison. Peut-être Mlle Beck était-elle là. Son regard revint malgré lui sur les grands souliers noirs, gris de poussière à la pointe. L'un des lacets, qui avait dû se casser un certain nombre de fois, portait des nœuds en plusieurs endroits. Mlle Beck était trop méticuleuse pour être l'auteur de ces rafistolages. Ces nœuds signifiaient que le vieil homme ne la laissait pas prendre soin de ses propres affaires ; il avait passé quarante ans seul dans une cellule, et il ne voulait pas qu'une femme – pas même sa fille – fût aux petits soins pour lui. Les chaussettes qui émergeaient des souliers étaient noires, elles aussi, et elles retombaient en accordéon sur les chevilles, trop maigres pour les faire tenir.

C'était injuste. Pas même un adieu.

– Oh ! monsieur Beck, murmura Éric, qui se forçait à regarder cette tête chauve effondrée contre la poitrine. Monsieur Beck, répéta-t-il en se tournant vers le ciel.

Puis il s'éclaircit la gorge et s'efforça d'appeler. Timidement une première fois, puis à voix haute et claire.

Mlle Beck lui répondit, depuis la fenêtre de la cuisine. Elle commença par demander ce qui n'allait pas, mais elle n'attendit pas la réponse, et Éric n'eut rien à lui dire. Sans doute avait-elle compris d'instinct, ou en un coup d'œil, car déjà elle sortait, elle accourait, murmurant quelque chose d'inaudible comme : « Oh non ! oh non ! » – une lamentation à voix basse, mais qui ne trahissait nulle surprise, comme si depuis longtemps déjà elle était prête pour cet instant.

Éric s'écarta du fauteuil et la laissa s'en approcher seule. Et cette grande femme dégingandée, aux cheveux déjà gris, se laissa tomber à genoux et saisit la vieille main pendante pour la porter contre sa joue. Elle murmurait doucement, ses yeux s'emplissaient de larmes.

Il était temps de s'en aller, Éric s'en rendait bien compte. Mlle Beck et son père n'avaient guère eu de temps ensemble, hormis ces brèves visites, les jours autorisés, au travers d'un grillage de prison. Ils avaient droit à ces derniers instants seul à seul.

Mais Éric n'avait pas envie de s'en aller. C'était ici qu'il était chez lui, dans ce jardin, près de M. Beck.

Elle l'avait oublié, elle ne le voyait plus. Il comprit soudain que, dans le chagrin de cette femme, ils étaient enfin réunis, père et fille ; qu'en dépit de tout, contre vents et marées, durant toutes ces années, elle avait continué d'aimer son père. Et à présent, dans ce jardin, elle lui disait adieu.

Il fallait s'en aller. Cet instant leur appartenait, à eux, pas à lui. Et pourtant, il le savait, ce jardin qu'il quittait, il ne le reverrait plus. Il embrassa tout le jardin d'un long regard circulaire – les arbres, la pelouse, les fleurs. C'était un adieu, un adieu pour toujours.

Il s'essuya le nez d'un revers de la main et retourna vers la ravine. Il fallait abandonner le jardin, le garder d'une autre manière. A travers ses larmes, il cligna des yeux vers le rectangle de ciel, juste au-dessus du jardin. Un nuage le traversait à la dérive. Il éprouvait, comme une morsure, un obscur sentiment de perte, d'irrémédiable, et cela faisait plus mal encore qu'un coup de couteau. Il sentait que quelque chose s'échappait de lui. Était-ce M. Beck ? Le jardin ? C'étaient les deux. Et pourtant, il le sentait, il les porterait en lui, au fond de lui, désormais, où qu'il fût.

Il se coula dans la ravine. Il n'eut pas un regard en arrière.

Table des matières

Castor Poche

Des livres pour toutes les envies de lire,
envie de rire, de frissonner,
envie de partir loin
ou de se pelotonner dans un coin.

Des livres pour ceux qui dévorent.
Des livres pour ceux qui grignotent.
Des livres pour ceux qui croient ne pas aimer lire.
Des livres pour ouvrir l'appétit de lire et de grandir.

Castor Poche rassemble des textes du monde entier ; des récits qui parlent de vous mais aussi d'ailleurs, de pays lointains ou plus proches, de cultures différentes ; des romans, des récits, des témoignages, des documents écrits avec passion par des auteurs qui aiment la vie, qui défendent et respectent les différences. Des livres qui abordent les questions que vous vous posez.

Les auteurs, les illustrateurs, les traducteurs vous invitent à communiquer, à correspondre avec eux.

Castor Poche
Atelier du Père Castor
4, rue Casimir-Delavigne
75006 PARIS

Castor Poche, des livres pour toutes les envies de lire: pour ceux qui aiment les histoires d'hier et d'aujourd'hui, ici, mais aussi dans d'autres pays, voici une sélection de romans.

693 Chipies **Senior**

par Cynthia Voigt

L'une joue au foot, l'autre pas. L'une est brouillon, l'autre méticuleuse. L'une est agressive, l'autre douce... à première vue, du moins ! Un jour de rentrée, l'ordre alphabétique les rapproche. Font-elles la paire ? Et, si oui, quelle paire ? Une chose est sûre : avec ces deux-là, la salle de classe tourne au champ de mines !

692 Une jument dans la tempête **Junior**

par Irene Morck

Ambrose est certain d'avoir fait une erreur. Pourquoi a-t-il acheté Mondaine, une vieille jument de vingt-cinq ans ? Pour ses randonnées en montagne, il a besoin d'une bête forte et résistante ! Heureusement, Mondaine est courageuse, et saura prouver à son maître qu'il est bon de faire confiance à son cœur...

691 La promesse **Senior**

par Yaël Hassan

« Je m'appelle Sarah Weiss. L'histoire que je vais vous conter, je la porte en moi depuis fort longtemps. » Une petite fille juive raconte les tourments de la guerre et de l'occupation. Pour Sarah, l'espoir réside dans cette promesse insensée donnée jadis à son grand-père : celle de trouver un jour une terre d'accueil, un pays, un chez-soi...

690 Lettres secrètes **Senior**

par Marie-Hélène Delval

« Cher Nicolas... » Ces deux mots font vivre Mathilde, la font sourire et pleurer, rêver et desespérer. Tous les jours, elle écrit à l'élu de son cœur, mais ne lui envoie pas ses lettres. Cette correspondance secrète, douloureuse parfois, est surtout un premier pas dans l'amour...

689 **Babe Le cochon dans la ville** **Junior**

par Justine Korman et Ron Fontes

Sauver la ferme ! Telle est la mission de Babe après le grave accident de son fermier, M. Hoggett. Pour payer les banquiers, une seule solution : Babe doit gagner le concours de la foire agricole. Mais qu'il est difficile de se repérer dans une grande ville, de trouver un hôtel, des amis ! Heureusement, Babe n'est pas un cochon ordinaire, et rien ne résiste à son cœur simple et généreux !

686 **Piège dans les rocheuses** **Senior**

par Xavier-Laurent Petit

Gustin n'a pas vu son père depuis qu'il a… quatre mois ! Cet été, il va le retrouver, au cœur du Wyoming, dans le campement indien où Renard Rouge vit désormais. Mais la sérénité de cette existence sauvage cache une inquiétude, une menace… La présence de Gustin suffira-t-elle à déjouer les plans de Willcox?

685 **Café au lait et pain aux raisins** **Junior**

par Carolin Philipps

Ce soir-là, seul dans l'appartement, Sammy se prépare pour aller au feu d'artifice. Soudain, une bombe incendiaire est jetée par la fenêtre. Que signifie cette violence? Et pourquoi Boris, son voisin et camarade de classe, assiste-t-il à la scène sans rien faire? Avec douleur, Sammy découvre qu'il est victime du racisme…

683 **Marine** **Junior**

par Chantal Crétois

Marine est une « enfant de la DDASS ». Elle apprend un jour que ses parents de naissance n'ont plus de droits sur elle, qu'elle peut être adoptée. Mais qu'il est difficile de se laisser aimer lorsqu'on a douze ans et que tout est cassé dans sa tête et dans son cœur !

682 Les lumières de Diwali **Junior**

par Rumer Godden

Demain, c'est Diwali, la nuit magique où l'Inde entière s'illumine, le soir où partout dansent les petites flammes de la fête. Mais cette année, la maison de Prem restera plongée dans l'obscurité : Mamoni a vendu les lampes ! À moins que... car Prem n'est pas d'un naturel résigné !

681 L'œil d'Horus **Senior**

par Alain Surget

Le destin de Menî est tout tracé : il doit succéder à son père, le pharaon Antaref. Mais pour l'heure, il sait à peine tirer à l'arc et ne s'intéresse qu'à ses animaux familiers. Antaref lui ordonne alors d'accomplir trois exploits pour prouver qu'il peut être roi.

678 La papaothèque **Junior**

par Dennis Whelehan

Décidément, le papa de Joseph laisse beaucoup à désirer : toujours pressé, la tête ailleurs, il oublie de faire les courses et n'est d'aucun secours pour les devoirs. Ah, si seulement on pouvait changer de papa comme on change de livre à la bibliothèque ! ... Et s'il existait bien quelque part, une papaothèque ?

677 La caverne des éléphants **Senior**

par Roland Smith

Jacob, un jeune Américain de quatorze ans, vient de perdre sa mère. Sans nouvelles de son père depuis longtemps, il décide pourtant de la rejoindre, au cœur de la brousse, au Kenya. Dans cet univers farouche, il découvre l'âme de l'Afrique... et son propre destin.

676 Les cornes du diable **Junior**

par Gary Paulsen

Cette année, la cousine de Bobbie vient l'aider à rassembler les vaches égarées. La chasse s'annonce mouvementée, d'autant que le taureau Diablo fait des siennes et que les frères Bledsoe veillent...

674 Danger sur la rivière **Junior**

par Gary Paulsen

À contrecœur, Daniel se rend en minibus au camp de vacances du nid d'Aigle. En plus, il retrouve ses camarades de classe qui lui mènent la vie dure. Mais tout change lorsque le minibus plonge dans la rivière...

673 Le tueur de Gorgone **Junior**

par Gary Paulsen

Warren Trumbull est un drôle de garçon. Avec son groin et ses oreilles pointues, il ressemble à un cochon. Un jour, l'agence de secours Prince charmant lui confie une terrible mission : exterminer une cruelle créature douée du pouvoir de transformer les humains en pierre...

672 La légende de la caverne **Junior**

par Gary Paulsen

À la recherche d'une statue indienne, Will et Sarah explorent la grotte de la Montagne Hantée. Mais deux dangereux malfaiteurs veillent, bien décidés à se débarrasser de témoins aussi gênants...

671 La vallée du tonnerre **Junior**

par Gary Paulsen

Pendant les vacances, Jeremy et Jason aident leurs grands-parents à tenir le chalet familial. Bientôt, une succession d'événements étranges vient perturber la tranquilité des lieux.Les deux frères vont devoir se débrouiller seuls pour déjouer uncomplot diabolique...

667 L'ogre du sommeil **Junior**

par Hubert Ben Kemoun

Depuis qu'une dentiste lui a arraché presque toutes ses dents, Balzébill ne fait plus peur aux enfants. C'est du moins ce que tout le monde croit, jusqu'au jour où il se découvre un appétit et un don fort inattendus... Citoyens de Babès, prenez garde à l'ogre Balzébill, l'avaleur de songes, le glouton des rêves.

658 Dans les trous, on trouve tout **Junior**

par Paul Thiès

Désiré est orphelin et personne ne veut de lui. Un jour pourtant, un personnage étrange lui confie une mission : prendre le sac magique et vendre des trous ! Désiré n'est pas au bout de ses surprises...

657 Chasseur de stars **Senior**

par Klaus Hagerup

A treize ans, Werner, petit, timide, surnommé «Ver de terre», a peur des autres, du noir, de l'altitude et surtout des filles. Jusqu'au jour où Stella, star adulée d'un feuilleton américain, désire le rencontrer...

656 La société secrète **Senior**

par Henning Mankell

Joël a onze ans. Très solitaire, il vit avec son père. Il veut découvrir son passé et celui de sa mère, absente. Pour y parvenir , il crée une société secrète qui lui permet de sortir la nuit et d'explorer les territoires inconnus du souvenir.

654 Le merveilleux voyage deNils Holgersson à travers la Suède **Junior**

par Selma Lagerlöf

Pour s'être moqué d'un lutin, Nils va être ensorcelé et devenir à son tour tout petit. Il accomplira un voyage extraordinaire à travers son pays, jusqu'en Laponie, sur Akka, un jars qui l'emporte dans les airs.

651 Le silence des ruches **Senior**

par Michel Le Bourhis

Lorsque Julien apprend la mort de son grand-père, il est triste. Bien sûr. Pourtant, dans ce deuil à cœur ouvert, l'espoir est là. L'espoir, ce sont les souvenirs et les secrets partagés...

650 Les rois de la combine **Senior**
par Sheila Och
Karel et Jarda ont un problème : ils sont pauvres. Comment le résoudre ? Très simple, pensent-ils, il faut gagner de l'argent : vente de tickets de tram, de vers de terre... Rien ne les arrête !

648 Victoire sur la peur **Senior**
parPhyllis Reynolds Naylor
La dernière fois que Doug a grimpé sur une corniche, il a eu la peur de sa vie. Depuis, il s'est juré de ne jamais recommencer. Pourtant, lorsque son frère disparaît dans la montagne, son courage n'a plus de limite.

644 68, boulevard Saint-Michel **Senior**
par D. Martignol-A. Grousset
La révolte gronde dans les rues de Paris en ce mois de mai 1968. Martial Manault habite au 68, boulevard Saint-Michel, au cœur des manifestations. Un soir, avec Chantal, une élève infirmière, il soigne un étudiant matraqué, qui disparaît juste après. Ils se lancent à sa recherche au milieu des barricades.

641 Aliénor d'Aquitaine **Senior**
par Brigitte Coppin
Aliénor d'Aquitaine a dominé l'histoire du XIIe siècle. Reine de France, puis d'Angleterre, elle a connu le pouvoir, la gloire et la prison, sans jamais renoncer à ses rêves et ses ambitions.

637 Moi Angelica, esclave **Senior**
par Scott O'Dell
Angelica est capturée en Afrique et vendue comme esclave dans une plantation aux Antilles. Que de souffrances et d'humiliations pour une jeune fille, que de rage aussi, et bientôt la rumeur court à travers toute l'île... Les esclaves se révoltent...

635 Sauvez Willy 3 **Junior**
par Todd Strasser
Jesse est presque un homme désormais. Il n'a rien perdu de sa passion pour les orques, et il travaille pour leur protection. Il retrouve Willy tous les ans. Mais leur route va croiser des pêcheurs prêts à tout pour capturer des orques.

634 Yvain, le chevalier au lion **Senior**
par Camille Sander
Yvain, chevalier à la cour du roi Arthur, part chercher l'aventure qui le consacrera aux yeux de tous comme un brave. Un lion le suit partout, pour affronter dragon, géant et démon qui le guettent...

633 Le petit chaperon rouge à Manhattan **Senior**
par Carmen Martin Gaite
L'histoire du petit chaperon rouge, vous la connaissez ? Oui, mais les temps changent ! Sara vit à Brooklyn, la galette est une tarte aux fraises, la grand-mère une chanteuse de music-hall, et le loup un pâtissier multimillionnaire...

632 Les moissonneurs de gloire **Senior**
par Thalie de Molènes
Pierre-Marie s'engage au combat dans l'armée du consul Bonaparte; Louis-François de Ponchapt, se lance dans de sombres machinations... L'affrontement entre les deux hommes va-t-il faire éclater la famille Tibeyrant ?

630 Libraire de nuit **Junior**
par Jacqueline Mirande
En ce début d'automne, sur les berges de la Seine, les ntempéries rendent le métier de libraire ambulant difficile. Belle Humeur a l'intention de terminer sa carrière sur un gros coup : la vente prohibée d'exemplaires de *l'encyclopédie.* Exerçant déjà la profession sans autorisation, le petit libraire double les risques d'être arrêté par la police...

629 Piscine de nuit **Junior**

par Betsy Byars

Cet été, Retta a décidé de faire quelque chose de nouveau. Pourquoi ne pas profiter de la piscine du voisin ? En pleine nuit, elle entraîne ses deux frères pour une baignade clandestine qui promet d'être excitante...

628 Le secret du feu **Senior**

par Henning Mankell

Chaque flamme détient son secret et, en observant le feu, on peut y voir son avenir... Sofia, dont le destin a été bouleversé par la guerre qui ravage son pays, tente de redonner un sens à sa vie. Elle puise dans les flammes qui dansent un message d'espoir...

627 Des bateaux plein la tête **Junior**

par Alice Mead

Reeve a bientôt dix ans et, dans sa cité new-yorkaise, il est parfois bien tentant d'intégrer les gangs ou de tomber dans le piège des dealers. Mais le garçon a un rêve : devenir capitaine de bateau...

620 Dangers sur le fleuve rouge **Junior**

par Bertrand Solet

Khiêm et son père Pham sont enrôlés de force au Tonkin où les combats entre français et chinois font rage. Ils parviennent à s'échapper mais Pham disparaît. Aidé de ses amis saltimbanques, il part à sa recherche. Khiêm retrouvera-t-il son père ?

619 Sous le drapeau noir **Senior**

par Erik Christian Haugaard

Alors qu'il est en vogue vers l'Angleterre, William est kidnappé par l'infâme Barbe-Noire. Le pirate se prend d'affection pour le garçon et l'initie au combat, à l'abordage… Mais William ne pense qu'à s'évader.

616 Le gardien du chateau **Senior**

par Nadine Brun-Cosme

Trois nouvelles qui évoquent l'attente de l'autre, l'émoi de la rencontre, la douleur de l'absence, mais aussi la joie de la rencontre. Laissons les mots saisir les sensations fugaces du temps qui passe.

615 Le dresseur d'ours **Senior**

par Harriet Graham

Avant d'être apprenti-tanneur, Guillaume a connu la douceur d'une famille heureuse. C'était avant la mort de son père, le remariage de sa mère... il y a si longtemps. Mais Guillaume a le don de dresser les ours...Il part pour un long voyage avec une troupe de saltimbanques.

614 La vengeance d'Emily Upham **Junior**

par Avi

Le père d'Emily est ruiné et mêlé à une histoire de hold-up! C'est beaucoup d'émotions pour la jeune et précieuse Emily. Seth Marple, un jeune va-nu-pieds, propose de l'aider. Mais quelle aide! Entre Seth l'intrépide et la précieuse Emily la rencontre est explosive.

604 L'arbre à palabres **Junior**

par Régine Detambel

Sur l'arbre le plus haut, le plus vieux, le plus gros de l'épaisse forêt d'Amérique, cinq drôles d'oiseaux jacassent. Ils se racontent les histoires de Serge, le merle vert, de Dimitri l'ibis gris, de Tom Condor...

603 Le puits **Senior**

par Mildred D. Taylor

La sécheresse est terrible, elle a tari tous les puits de la région, sauf celui des Logan, famille de fermiers noirs aisée. Ils partagent de grand cœur cette eau précieuse. Mais en 1910, dans le Sud américain, les rancœurs contre les Noirs persistent...

602 L'album photo des Fantora **Junior**

par Adèle Geras

Ozzy, le chat des Fantora, conte les derniers épisodes de la chronique familiale. Les préparatifs en vue du mariage de la tante Varvara donnent lieu à une agitation savoureuse dans la maison.

601 La Corbille
Prisonniers des Vikings – Tome 4 **Senior**

par Torill T. Hauger

La Corbille a toujours été considérée comme une sorcière à la ferme du jarl. Crainte et haïe, elle a des dons de guérisseuse, précieux au retour des raids. Pourtant, sous cette apparence farouche, la jeune fille cache un cœur sensible et généreux, qui saura le découvrir?

600 Le jour de la photo **Junior**

Par Corinne Fleurot

La Grande Catoche règne sur l'école. Elle domine la cour de récréation. Hélène vit dans l'ombre de son aînée; pourtant, le jour où la Catoche subira une grande humiliation publique c'est auprès d'Hélène qu'elle trouvera la force de faire face…

599 Match nul **Junior**

par Avi

Comment peut-on détester le football ? C'est une idée saugrenue que partage pourtant une classe entière, et alors ? Alors, dans ce collège, le football est obligatoire. L'entraîneur n'est pas un fou de foot, lui non plus... Spectacle garanti pour le public.

590 Le champ de personne **Senior**

par Daniel Picouly

Le Mohican, onzième d'une famille de treize enfants, vit dans un petit pavillon de banlieue. Sa famille, grande tribu généreuse, est solidaire et la vie n'est jamais monotone pour le Mohican, entre le football (sa grande passion) et les dictées (sa terreur), entre rêves et rires.

585 Les vacances du chiot-garou **Junior**
par Jacqueline Wilson
Des vacances au bord de la mer avec ses parents, ses sœurs et son fidèle Loupiot ? Micky est fou de joie ! Oui, mais l'hôtel n'accepte pas les chiens... et il n'est pas question que Micky parte sans son chiot chiot-garou !

583 Bouffon du roi, roi des bouffons **Junior**
par Hubert Ben Kemoun
Blaise, premier bouffon du roi, rêve d'épouser la princesse Léa. Mais le roi s'y oppose et, choqué, en tombe malade. Bravant la loi interdisant de quitter le pays, Blaise part à la recherche d'un médecin pour le roi, espérant ainsi gagner ses faveurs. En s'éloignant du royaume, oublié du temps, Blaise découvre le monde moderne…

574 Le chiot-garou **Junior**
par Jacqueline Wilson
La vie est dure pour Micky ! Entouré de quatre sœurs toniques, il fait figure de pleurnichard. Sa peur irraisonnée des chiens provoque l'hilarité de son entourage. Et voilà Loupiot ! Ce chien est très spécial…

573 Drôle de nom pour un chien **Junior**
par Jean-Loup Craipeau
Adopté par deux octogénaires à la santé extraordinaire, le chiot Pète-un-Coup mène une existence choyée. Mais un jour, il absorbe des essences que ses maîtres utilisent pour la préparation d'un parfum « Odeur de Sainteté »…

567 Juju Pirate **Junior**
par Évelyne Reberg
Juju Pirate est un pirate du genre rêveur, il n'aime pas se battre. Lorsqu'il découvre la carte de l'île au Crabe, il est frappé par la fièvre de l'or. Armé d'une dent de requin, d'un tonneau de rom-rom et des conseils de Grand-grand-maman pirate, Juju prend la mer sur un radeau, pour affronter les terribles monstres qui convoitent eux aussi le trésor…

559 Liak et la déesse de la mer **Junior**

par Yvette Edmonds

Liak vit avec ses grands-parents dans un village inuit. Un jour alors qu'elle chasse avec grand-père, elle recueille un bébé phoque. Ce phoque est albinos, c'est animal sacré qui appartient à la déesse de la Mer. Et Liak, malgré son jeune âge, risque le banissement de la tribu si elle le garde.

557 Défense de pleuvoir le samedi **Junior**

par Maite Carranza

Ernesto perd la mémoire et change de famille. Le royaume d'Ermelina est menacé par une sorcière. En 2005, une navette spatiale pas comme les autres part en mission. Se raconter des histoires farfelue au téléphone, c'est la meilleure façon de tromper l'ennui d'un samedi pluvieux!bannissement de la tribu si elle le garde. Elle doit choisir.

556 En route pour Wembley **Senior**

par Kim Chapin

Marty n'est pas premier de la classe, non, et d'ailleurs cela ne l'intéresse guère. Il préfère vivre très près la carrière des Bombers, son équipe de football favorite. Malgré ses débuts de saison difficile les Bombers se retrouvent en fin du championnat de la Coupe de la F. A. Marty sera leur mascotte...

549 Le combat du berger **Senior**

par Bertrand Solet

En Italie, au ve siècle avant J. – C., Sybaris et Crotone sont deux villes rivales. Titorme, berger doté d'une force phénoménale, tue lors d'une bagarre le frère de sa fiancée, Lydia. Il fait alors le serment de ne plus jamais se battre. Lorsque la guerre éclate entre es deux villes, Titorme affronte un cruel dilemme : sera-t-il fidèle à son serment ?

Cet
ouvrage,
le cent trentième
de la collection
CASTOR POCHE,
a été achevé d'imprimer
sur les presses de l'imprimerie
Maury Eurolivres
Manchecourt - France
en avril 1999

Dépôt légal : mai 1998.
N° d'édition : 4395. Imprimé en France.
ISBN : 2-08-16-4395-2
ISSN : 0763-4544
Loi n° 49-956 du 16 juillet 1949
sur les publications destinées à la jeunesse